Diogenes Taschenbuch 23447

de
te
be

Kurt Lanthaler

Napule

Ein
Tschonnie-Tschenett-Roman

Diogenes

Lizenzausgabe mit
freundlicher Genehmigung
des Haymon-Verlags, Innsbruck

Mit einem *Glossar* im Anhang
Umschlagillustration von
Peter Kaser

Diese Arbeit wurde unterstützt durch
den Jubiläumsfonds der Literarmechana, Wien,
und das Künstlerhaus Schloß Wiepersdorf/
Stiftung Kulturfonds

Veröffentlicht als Diogenes Taschenbuch, 2005

Diogenes Verlag AG Zürich
www.diogenes.ch
50/05/44/1
ISBN 3 257 23447 3

Bedienungsanleitung:
Es gilt alles nichts.
Also gilt das geschriebene Wort.

Mit einem Glossar:
Es herrscht Vielstimmigkeit in Napule
– dem Napoli der Napoletaner –;
und diese Stimmen wollen Raum.

** Hier werden Wörter und Sätze im Glossar (ab Seite 246) weitergesprochen …*
Übersetzung der Motti auf Seite 315

I

Partono 'e bastimente
*pe' terre assaje luntane**

Die Weltmeere sind der *Hefaistos** längst zu weit geworden. Also zieht sie östlich der Säulen des Herkules ihre immergleichen, ventilaufreibenden Runden*, ein dürres Schnittmuster wie zufällig zwischen heruntergekommenen Häfen gezogener Linien, ein Hin und Her, ein Auf und Ab, Sfaks, Bari, Saida, Patras, Haifa, Smirne, Beirut, Cagliari, Vassiliko, Trieste, Ajaccio, Saloniki, Istanbul, Binghazi, Igoumenitsa, Ancona, Ismir, Dubrovnik, Tarabulus, Famagusta, Rijeka, Mersin, Napoli, ein Hafen folgt dem anderen, und auf die Dauer werden sie sich immer gleicher, nichts als ein chaotisches Gewirr von Zollpapieren, Sprachen, Kränen, Liegezeiten, undurchschaubaren Hafenmeistern und unberechenbaren Habtachtstehern, ein Laden und Löschen, Verbringen und Verschieben von immer neuen Gütern, Schrott und Schredder, Kartoffeln, Kabelrollen, Käsekanister, Lederimitate, Luftmatratzen, Leichtlauffelgen, Mandarinen, Menschen, Maschinen, und wer vom Weizen eine Tonne zuviel und vom Zucker eine

Tonne zuwenig hat, ruft nach der *Hefaistos* und sie folgt seinem Ruf, auf ihren verschlungenen Wegen, irgendwann, und wo Reis fehlt und Rosen welken, stehen die Händler am Hafen und halten Ausschau nach ihr, irgendwo liegt das Geschäft schon im Fax und der Gewinn auf der Hand, jetzt muß noch die Ware zum Käufer und Wasser untern Kiel, man spricht mit den Händen auf diesem Frachter, kaum einer kann mehr als zwei Worte des anderen, das eine für das Vorn, das andere für das Hinten, fürs Alltägliche reicht es, so kann man sich freundlich beschimpfen und in die Verwünschungen treiben, die dann wie Gummibälle noch übers Deck springen, von hier nach dort, selten, daß ihre Richtung voraussehbar ist, vorhersagbar schon gar nicht, und so treibt das Fluchen durchs Schiff wie die *Hefaistos* durchs Mittelmeer, und was wie ziellos und verworren aussieht, folgt einem feingesponnenen Plan, der weitab an Land geschrieben wird, täglich neu; und ein stiller Ruf erreicht die *Hefaistos,* und sie macht kehrt.

2

Für gewöhnlich garantiert ein Seesack* die wenigen Dinge, die ein einigermaßen vernünftiger

Mensch zum Leben braucht: eine Handvoll Sicherheit, zwei Paar trockene Socken, ein kleines Zuhause und so viel Glück, daß von Unglück nicht mehr zu sprechen ist. Für gewöhnlich war Verlaß auf meinen Seesack. Also schulterte ich ihn, hob kurz die rechte Schulter, damit er sich an meinen Rücken legen konnte, nickte dem Ägypter zu, zog die Jacke vor der Brust zusammen und ging von Bord.

Sirenen, Autos, Bremsen, Türen, Geschrei. Und ich liege bäuchlings am Boden, mein Seesack halb auf, halb neben mir, ein oder zwei Schuhe im Kreuz, Schnee im Mund.

Denn es schneit in Napoli.

Dünne, leise Flocken. Sie wirbeln im ablandigen Wind auf und ab, ein Spiel wie ein anderes, und trotzdem denke ich: fehl am Platz. So wie du selbst.

Ich spucke, versuche zu Atem zu kommen und zu begreifen.

Vor mir, in dem schmalen Streifen zwischen dem dünnen weißen Flaum auf dem Asphalt und dem blauen Autoblech mit den roten Buchstaben ARABI, laufen Stiefel und Turnschuhe, nach dem achten Paar habe ich aufgehört, sie zu zählen, und als ich meinen Kopf kurz nach oben drehe, sehe ich die Maschinenpistolen und die schwarzen Kapuzen.

Dann drückt ein Stiefel meinen Kopf wieder in den Schnee.

»Ist gut«, sage ich, »... schon verstanden.«

»E stai fermo!« schreit einer. »Rühr dich nicht.«

»Va bene«, sage ich, »bin schon brav.«

Und es fällt mir nicht einmal schwer.

Als ob so eine kleine Neugier schon eine Todsünde wäre. Als ob einer wie ich überhaupt etwas sehen könnte, das später einmal wichtig werden kann.

Und langsam wird mir naß und kalt.

Von Bord des Frachters kommen Schreie, vielsprachige Flüche. Ein neues Paar Schuhe vor meiner Nase. Der rechte kippt immer wieder auf die Außenseite. Ein nervöser Mensch. Und laut.

»Avanti! Marsch!«

Deutlich der Ton eines Norditalieners. Poebene. Polenta. Perfidie. Deutlicher Carabinieriton.

»E fissatelo, questo qui.«

Soll ich also auch noch gefesselt werden. Und schon reißt es an den Armen und klickt, schneidet ins Fleisch, drückt in den Rücken und nimmt den Atem.

Eben noch hatte ich gedacht: Macht nur. Ich habe Zeit. Und schon wird sie mir lang. Also zähle ich erst einmal Schneeflocken.

Ich hatte mich auf die Reise nach Napoli gemacht, weil es an der Zeit gewesen war. Weil ich diesen Frachter gefunden hatte. Weil ich es einem alten Freund versprochen hatte. Weil ich es eines Tages doch leid geworden war, aus dem Fenster meiner kleinen Wohnung auf den verschneiten Hafen von Saloniki zu blicken.

Also hatte ich, als mich der Chef des Kafenions am Hafenrand ans Telefon gerufen hatte, Kieselstein ans Fenster, wie immer gleich der erste Wurf ein Treffer, »eh, Tséne, komm runter, éla káto!«, nicht lange nachgedacht.

»Dann sehen wir uns. Freut mich.«

Und herumgefragt. »Wann geht ein Schiff nach Napoli?«

»Es wird eines gehen. Es wird.«

Ich hatte mich hingesetzt und einen Kaffee bestellt.

Und war drei Tage später an den Ägypter geraten, der mit seinem Frachter erst Pireas, dann Napoli anlaufen sollte.

Und weil Jorgos, der Wirt des Kafenions *Majestic**, mit dem Ägypter befreundet war und mich nun auch schon gute vier Jahre lang als Nachbar hatte, waren wir uns schnell handelseins geworden.

»Kein Problem. Sei einfach morgen um sechs

Uhr da. Wir trinken noch unseren *metrio**, und dann geht's los.«

Ich hatte am selben Nachmittag noch meinen Seesack gepackt.

Als wir in Saloniki ausliefen, schneite es noch immer. Über Athina lag ein dunkelgrauer Schneesturm, in der Meerenge von Messina brodelte es. Dieser Januar des Jahres 2002 meinte es gar nicht gut mit dem Mittelmeer.* Trotzdem hatte ich die Reise für eine vernünftige Idee gehalten.

Inzwischen bin ich drauf und dran, mir das wieder anders zu überlegen. Die Arme sind mir längst taub geworden und liegen wie Fesseln am Rumpf, immer noch marschieren Stiefel an mir vorbei aufs Schiff, dann drei Hunde. Der letzte, eine schwarzgraue Mischung mit ansehnlichen Riesenschnauzer-Anteilen, hält kurz an, schaut neugierig in meine Richtung, kommt langsam näher, schnüffelt an meinem Gesicht.

Ich schließe die Augen und warte. Liege starr. Als ich endlich wieder alleine bin, bis auf den Fuß in meinem Rücken, ein kurzer Pfiff hatte mich erlöst, hole ich so tief Luft, wie es mein längst schon flachgedrückter Brustkorb eben erlaubt, und versuche, laut zu werden. »Ma porca miseria.«

Jetzt soll man sein eigenes Unglück nicht auch noch verfluchen, zuviel hängt an ihm, wenn nicht gar unser ganzes Leben, und ein Unglück kommt selten allein, und also schreit mich ein Jemand aus dem Nichts an: »Tschenett!«

Das, denke ich, kann jetzt eigentlich nicht sein. Wer kennt mich schon. Und hier schon gar.

»Fatelo alzare. È un mio confidente.«

Nein, denke ich und schüttle stumm den Kopf, so gut das in meiner Lage eben geht, das nicht. So nicht, mein Freund. Von dir lasse ich mich nicht einen Polizeispitzel nennen. Von dir nicht.

Da zerrt es an mir, ein schnauzbärtiger Carabiniere, ebenso massiv wie teigig breit, stellt mich auf die Beine, ich ächze und versuche, meine Hände so zu drehen, daß die Handschellen mir nicht vollends die Gelenke zerschneiden, schaue zu Boden und sage: »Mindestens Größe 47.«

Jetzt weiß ich wenigstens, was da auf mir lastete.

»Zitto«, sagt der Carabiniere.

Und ich schweig still. Blick zu Boden. Wir sind jetzt mitten im Spiel, und ich will kein Spielverderber sein. Oder ist man zu gutmütig, nur weil man alt geworden ist? Vielleicht, denke ich, hat es aber auch nur aufgehört zu schneien. In meinem Blickfeld wenigstens. Vielleicht gibt es noch eine Welt, hinter diesen Schuhen, hinter diesem Hafen.

Und dann höre ich, wie der Neue dem Carabiniere seinen Ausweis zeigt, »Polizia di Stato, ecco qua«, Dienstgrad und Namen nennt und wie er ihn bittet, mit leisem Befehlston, so nebenbei, mir die Handschellen abzunehmen. Weil er mich jetzt mitnehmen will, mich, seinen Spitzel.

Ich drehe mich so, daß der Carabiniere nicht an die Handschellen herankommt, er will linksrum, ich dreh mich wieder rechtsrum, er rechts, ich links.

»Nein«, sage ich, »ich bin nicht sein Spitzel. Ich kenne den da gar nicht, Signor Carabiniere. Haben Sie sich seinen Ausweis genau angesehen? Con tutti i farabutti, che ci sono in giro? Bei all den Gaunern, die frei herumlaufen?«

So einfach bekommst du mich nicht. Nicht, wenn ich dein *confidente* sein soll.

Der Carabiniere ist jetzt doch etwas verwirrt, schaut den Polizisten fragend an, flucht leise und dreht den Handschellenschlüssel unschlüssig in der Hand.

»Andiamo«, sagt der Polizist mit einer Stimme, die keinen Raum mehr läßt, »los jetzt«, greift sich den Schlüssel und schleift mich und meinen Seesack hinter sich her.

3

Dünner, weicher Teig, knuspriger Rand, golden mit Brandflecken, Mozzarella, Tomaten, ein Schuß Olivenöl, fruchtig, und schließlich Basilikumblätter; nichts als eine ganze Welt auf einem Teller, dampfend, und ausnahmsweise in runder Harmonie.

»Ich denke«, sage ich, »die Fröste der letzten Wochen und die Trockenheit der letzten Monate haben den italienischen Gemüsemarkt leergefegt* oder ihn zumindest so unerschwinglich gemacht für unsereinen, wie es sonst nur die Amsterdamer Diamantenbörsen sind.«

»Deswegen sind wir hier«, sagt Totò, »Luccio weiß, wie's geht.«

»Nicht daß mir die Tomaten aus diesen Nährlösungstöpfen der freudlosen holländischen Zuchtanstalten kommen …«

»Tschenett, mach dich nicht unglücklich und laß das den Patron nicht hören: er würde dich direkt zur Hölle schicken. Eigenhändig. Du kämst nicht einmal in den Genuß eines Auftragskillers. Und was das heißt, weißt du: Sauerei.«

»Allora«, sagt Ciro und hebt sein Glas, »auf uns. *Tutt' 'o lassato è perduto.* Was man liegenläßt, ist verloren.«

»Schönes Sprichwort«, sage ich.

»Man kann«, sagt Ciro, »sein Leben mit diesen Sprichwörtern verbringen. Man kann es sich manchmal sogar erklären damit. In napoletanisch, in der Sprache dieser Stadt, läßt sich die Welt beschreiben, wenn überhaupt. Napule, wie wir sagen, Napule ist unsere Stadt. Das andere, dieses andere Napoli, ist eine entschlackte Leichtausgabe für den Reisenden.«

Dann prosten wir uns zu. Ein Aglianico aus dem Umland. Dunkel, erdig, würzig.

Länger als fünf Minuten hatte unsere Fahrt in dem *Alfa Romeo* nicht gedauert, hinter dessen Steuer ein älterer Mann saß, für napoletanische Verhältnisse völlig gelassen, den mir Totò als Ciro vorstellte. Ciro nickte kurz und nicht unfreundlich in meine Richtung.

»Und…«, sagte ich, »ein Kollege?«

»Deiner sicher nicht, Tschenett. Kein gestrandeter Seemann, kein lahmgelegter LKWler. Ein kaum gescheiterter Mensch.«

»Bulle?«

»Naja. So einer wie ich. Mich haben sie in die sibirischen Weiten des Brenners verbannt…«

»Und ich weiß auch, wieso. Vollkommen unzuverlässiger Ermittler mit unkontrollierbarem Hang zu Cannabis. Außerdem rechthaberisch, aufsässig und stur...«

»...und Freund Ciro hat vom Polizeichef mitten in Napoli ein Büro zugeteilt bekommen, in dem er außer Ratten keine Gesellschaft und außer Bleistiftspitzen kaum eine Beschäftigung hat.«

»Und wohin geht's jetzt?« sagte ich. »Zum Verhör dritten Grades?«

»Ja«, sagte Totò, »höchste Zeit für Luccio.«

»E facimmo 'e pizze!«

Ciro schien Lust auf Pizza zu haben. Und die Fähigkeit, sich fürs Essen zu begeistern.

Begeistert bin ich auch. Luccios *margherita* ist ein Wunderwerk in ihrer ruhigen Einfachheit aus nichts als Mehl, Wasser, Hefe, Öl, Salz und den flüchtigen Aromen: Schon bin ich zu Hause. So einfach ist das. Überall. Aber nicht immer. Habe schon festgestellt, daß bestimmte Wasser sich nun gar nicht zur Pizzateigherstellung eignen, wieso weiß ich nicht, keiner konnte es mir je auch nur im Ansatz erklären, Hypothesen, Hypothesen ja. Aber aus Hypothesen macht man keinen Pizzateig. Mit den Hefen ist es einfacher. Hefen funktionieren oder sie funktionieren nicht. Natürlich sieht man ihnen das nicht an. (Ich nicht.) Und trotzdem ist es so. Wir reden vom Fünften Hauptsatz der

Thermodynamik. Hefen und ihre Hierarchien. Hefen und Hufeisen als Glückssymbol. Heftige Hefen höherer Ordnung. Das ganze System eben. Das wäre alles noch zu erforschen. In diesem Leben. Und als nächstes.

»Bene«, sagt Totò und wischt sich den Wein von den Lippen, erst mit der Linken, dann mit der Rechten, langsam mit breitem Handrücken, auf der Linken ein lila Streifen, die Rechte wischt längst ins Leere, und wie ich ihm dabei zusehe, denke ich: er ist alt geworden in diesen Jahren, und ich noch älter. Ob das getrennt schneller geht als gemeinsam?

»Allora, also …«, sagt Totò.

»Versuche ja nicht, dich zu entschuldigen«, sage ich. »Ciro, er hat mich öffentlich als seinen *confidente* ausgegeben. Mehr als öffentlich: einem Carabiniere gegenüber.«

Ciro versteht sofort.

»Das tut man wirklich nicht. *Accide cchiù 'a lengua ca 'a spata*. Die Zunge ist tödlicher als das Schwert.«

»Was wollt ihr?« sagt Totò. »Ihr wart ja dabei. Die Herren vom anderen Ministerium haben eine Razzia veranstaltet. Und entweder finden sie auf diesem Frachter zwanzig halbverhungerte Chinesen, drei Kanister Koks oder Bin Ladens Zwillingsbruder: irgendeinen Ärger wird es geben. So wie die aufmarschiert sind, waren sie sich ihrer Sache sicher. Und der Tschenett, dieses Unglück, wieder mittendrin.«

»Ist mir doch egal.«

»Dir vielleicht, Freund, ich weiß. Aber ich stehe in der Gerichts-Bar vor meinem *caffè*, überlege, daß ich noch den Hafenmeister anrufen muß, um zu erfahren, wann du mit deinem Frachter einzulaufen gedenkst, Herr der Weltmeere du, da hör ich *Hefaistos* und Razzia und sehe die zwei Carabinieri und denke mir: jetzt hast du den Tschenett fünf Jahre lang nicht gesehen, und alles war ruhig und alles war bestens, er sitzt in Griechenland, und was passiert? Die Erde bebt, die Wälder brennen, die Städte ersticken im Schnee, aber was soll's, Griechenland ist weitab, und irgendwie werden die schon mit ihm fertig werden, so wie ich es mußte all die Jahre, das denke ich mir, und das höre ich, und da denke ich, und sag du mir, Ciro, wieso ich immer wieder so blöd bin und warum meine Mutter mich nicht gleich ertränkt hat, als in der Nacht meiner Geburt drohend feuerflammend das Wort Tschenett stand überm Tyrrhenischen Meer und die alten Weiber des Dorfes auf dem Platz zusammenliefen heulend und zähneknirschend, während die Männer nach ihren Gewehren griffen, warum bin ich so blöd und denke mir wieder: hol ihn da raus, rette ihn vor sich selbst, wieder einmal und wohl wieder umsonst, entreiß ihn seinem wohlverdienten Schicksal, zwei Wochen Untersuchungshaft und ein schwerhöriger Richter, der es längst schon aufgegeben hat, den Pflichtverteidiger aus seinem Schlaf zu reißen, es kompliziert die Dinge nur, und die sind draußen in der Welt schon nicht einfach, wie sollen sie es dann bei Gericht sein, wo alles seinen Gang zu gehen hat in den schweren Roben, und dem Tschenett sein Gang ist der in die ewige Verdammnis der *tenebrae aeternae*, wieso also rufst du Ciro eigentlich an und bittest ihn, mit dir zusammen einen Freund am Hafen abzuholen unter Mitnahme eines zivilen Dienstfahrzeuges und also: Formular Nummero 204StrichB, Formular 3Strich21A und was sonst noch, läßt dir von der *Capitaneria di porto* sagen, wo dieses Unglücksschiff anlegen soll, steigst aus dem Auto und wirst schon von der wildgewordenen Horde aus dem Verteidigungsministerium überrannt, nicht das erste Mal, daß ein Polizist von einem Carabiniere totgetreten würde, so gut wie folgenlos, siehst einen da liegen flach wie Flunder trotz der Leibesfülle, die sich im Lauf der Jahre um ihn gesammelt hat, bleich im Gesicht, weiß im grauen Schnee, verschnürt und verpackt und verloren, gut, denkst du und siehst den Carabiniere, der auf ihm steht, und siehst dessen fraglosen Blick und den stummoffenen Mund, gut, da muß jetzt Trick siebzehn klappen und das im ersten Anlauf, und also raus mit dem Ausweis, der zu nichts anderem berechtigt als zu einem ermäßigten Essen in der Kongreßkantine, und vorwärts forsch, und noch bevor der Carabiniere zum Nachdenken kommt und der *nodo al pettine*, der Knoten an den Kamm, zückst du das Zauberwort. *Confidente*. Und jetzt sag mir: Was sonst? Das sag mir.«

»Du hast ja flüssig reden gelernt, Totò.«

»Dich habe ich nicht gefragt, Tschenett. Ciro?«

»Insomma... Naja.«

Ciro scheint sich nicht sicher zu sein. Er schaut zweifelnd zwischen Totò und mir hin und her.

»Liebe Freunde«, sagt Totò und sinniert ins Weinglas, er, der sonst eher ein großzügiger Trinker ist, einer, der sich der Herausforderung stellt, besser gesagt, »liebe Freunde, jetzt, wo wir hier glücklich vereint sind...«

Ich greife mir an den Kopf. Ciro rührt keine Miene. Totò schiebt lärmend seinen Stuhl zurück, stemmt sich hoch, als hätte er's am Rücken, hebt weit ausholend sein Glas. »Amici...«

Und dann lacht es aus ihm heraus, er umarmt mich und sagt: »Gut, daß du da bist.«

»Erzähl mir, was du in Napoli machst, Totò. Von mir weiß ich das. Ich bin mit dir verabredet.«

»Durchaus ehrenwert«, sagt Totò.

»Schon gut.«

»*8th International Conference of the European Polices* undsoweiter…«

»Wie bitte?«

»*8. Internationales Symposion der Europäischen Sicherheitsbehörden zur Grenzüberschreitenden Kriminalität. Entwicklungen und Zukunftsfragen im Lichte jüngster Erkenntnisse.*«

»Und da bist du…«

»…als Fachkraft geladen. Sozusagen«, sagt Totò.

»Nicht dein Ernst.«

»Mein Ernst schon. Aber nicht meine Idee. Befehl von ganz oben. Amtliches Schreiben des Polizeikommandos *Distretto Nord-Est*, Abteilung *Relazioni esterne e ricerche scientifiche.*«

»Und da denkst du dir nichts dabei?«

»Manchmal denke ich, man sollte sich wirklich nichts mehr denken, in Zeiten wie diesen.«

»È vero«, sagt Ciro und lächelt in sich hinein. »Ist wahr.«

»Du auch?«

Ciro nickt nur. Ein stiller Mensch mit Humor. Keine schlechte Kombination.

»Wie hat man sich so etwas vorzustellen?« Jetzt will ich es genauer wissen. Jetzt will ich mehr von Totòs kometenhaftem Aufstieg in die dünne Luft polizeiwissenschaftlicher Symposien hören.

»Das ist einfach«, sagt Totò.

»Ganz einfach«, sagt Ciro.

Die beiden spielen Pingpong. Bei Gelegenheit nachfragen, wo und wann sie das geübt haben. Ich notiere es mir.

»Dieses Ding da«, sagt Totò, »nenne es Symposion, Konferenz, Kongreß, Kabbalistentreffen, Kaffeekränzchen, egal, wie auch immer, bringt an die fünfzig Leute an einen Tisch.«

»Scheißspiel an so einem Tisch«, sagt Ciro vor sich hin.

Die Sache scheint ihm nahezugehen.

»Also sitzen wir da«, sagt Totò, »und schauen dem Gegenüber ins Auge. Polizeibeamte, Gesetzeshüter, Soziologen der Polizeischulen, Finanzfachleute, ein vollkommen zottliger, vollkommen bravgewordener Hacker, der eine oder andere Geheimdienstler, schlecht getarnt. Was die sogenannten Europäischen Sicherheitssysteme eben so zu bieten haben.«

»Und was kommt dabei heraus?« sage ich.

»Niente«, sagt Ciro. »Nichts, außer der Stimme des Dolmetschers aus den Ohrhörern. Glaub es mir, ich bin schon seit ewig bei dem Verein, und ich kenne mich aus. Es ist die pure Alibiveranstaltung, ein gespenstisches Ding. Kein Wunder bei einem Ministerpräsidenten als Dienstherrn, gegen den in mindestens drei der kongreßbeteiligten Länder ermittelt oder prozessiert wird. Da schickt man vorsichtshalber nur die Totòs und die Ciros. Unsere Polizei wird konsequent in den Ruin getrieben. So ist das. Aber: *A chiagnere 'nu morto so' lacreme perze*. Wer über einen Toten weint, weint verlorene Tränen.«

Ich schaue zu Totò hinüber, der immer noch in seinem *caffè* rührt.

»Was herauskommt, Tschenett? Heraus kommt eine Woche Napoli für den Polizisten, der von der Grenze kommt, vom Brenner an den Golf. Elegante Tagungsräume, klassischer Blick aufs Meer, in einem Schloß, das in normalen Zeiten als Museum für Ethnoprähistorie dient. So gesehen eigentlich passend.«

Sonderlich glücklich sieht Totò nicht aus.

»Das Museum ist für zwei Wochen geschlossen worden«, sagt Ciro, »fünf Tage auf Wanzen abgesucht. Drei Einheiten der napoletanischen Kollegen sind für die Abschirmung zuständig.«

»Dann kann euch ja nichts passieren«, sage ich.

»Mach nur deine Scherze, Tschenett«, sagt Totò.

»Es ist gespenstisch. Der ganze Aufwand, für nichts. Und wir mittendrin.«

»Bisogna capire la logica«, sagt Ciro, »man muß die Logik begreifen, die dahintersteckt.«

»Komm einfach mit und schau's dir an«, sagt Totò.

»Wer, ich?« Die Idee, mich in diese seltsame Veranstaltung zu begeben, mitten ins Prähistorische, gefällt mir gar nicht. »Wie soll ich da hineinkommen?«

»Als mein *confidente*.«

»Nie.«

»Dann als mein persönlicher Berater.«

Ciro steht auf. »Also los. Ich muß noch kurz ins Büro. Wir treffen uns vor dem Castel dell'Ovo.«

Totò nickt. Und dann sitze ich allein am Tisch.

»Was ist? Che fai?«

»Komm ja schon«, sage ich.

4

Nun è ca dico: 'O mare fa paura
Ma dico: 'O mare sta facenno 'o mare

Hier schlägt das Meer den Tuffstein und die Zeit tot. Hier ist immer gestern und hier ist immer morgen. Und irgendwo in den Kellergewölben dieser Festung, irgendwo in den Verliesen dieses Schlosses liegt ein goldenes Ei verborgen.* Und hinter jeder Ecke ein Skelett, unter jedem Türbogen ein Knochen, auf jeder Stufe ein Schädel. Es sind viele gestorben, alle sind sie gestorben auf der Suche nach dem goldenen Ei, verlassen, verdorben, gestorben. Davon ahnt ihr, wenn ihr in euren Sonntagsschuhen durch das Schloß geht, davon ahnt ihr, wenn ihr mit eurer Verlobten an der Brüstung steht und auf die Brandung seht, davon ahnt ihr, wenn ihr an seinem Fuße sitzt, davon ahnt ihr, wenn ihr von seinen Zinnen blickt, davon ahnt ihr nichts. Dieses Schloß ist so weit weg von euch, wie ihr ihm nahe kommt. Dieses Schloß steht gar nicht hier, dieses Meer schlägt gar nicht hier, dieses Schloß liegt in einem verwunschenen Land, das ihr nicht kennt, dieses Schloß liegt in einem Paradies, das ihr euch nicht wünscht, dieses Schloß gibt es nicht, und dieses Schloß war immer schon da. Und ich bin nur ein armer alter Mann, ich bin nur einer, der das Leben längst hinter sich hat, mehr als das Leben sogar, den Tod habe ich auch schon hinter mir und Liebe und Leiden und Leidenschaft, vor mir liegt nur noch dieses Schloß und der Tuff und das Meer. Ich kann jeden eurer Schritte hören, ich kann jedes eurer Worte hören, ich kann jeden eurer Blicke hören, ihr schreit bei Tag, und ihr schreit bei Nacht, ihr schreit, wenn ihr lacht, und ihr schreit, wenn ihr singt, ihr schreit, wenn ihr weint, und ihr schreit, wenn ihr euch küßt. Ihr habt Angst vor diesem Schloß, und ihr habt Angst vor diesen Steinen und ihr habt Angst vor diesem Meer. Ich bin der Wächter des Castel dell'Ovo.

5

»Woher kennst du diesen Ciro?«

»Alte Geschichte«, sagt Totò. »War unser jüngster Lehrer an der Polizeischule, runde Dreißig, damals. Wir nannten ihn *'o prufessore*. Er tauchte irgendwann einmal auf, als Aushilfskraft für einen jahrelang krankgeschriebenen *ispettore*, der an den *carciofi** in seinem Garten offensichtlich mehr Freude hatte als an uns. Wir standen im Klassenzimmer stramm, die Tür ging auf, herein kam dieser eigenartige Napoletaner, und vorbei war's mit der Ruhe. Ab da standen nur mehr die Idioten stramm.«

»Angenehmer Mensch. Unaufgeregt.«

»Und guter Esser. Ihr werdet euch verstehen.«

Als ob es nie geschneit hätte. Die Sonne scheint auf

den Golfo di Napoli, liegt an den Hängen, der Asphalt staubt längst schon wieder. Wenn da nicht der Vesuvio wäre und seine Schneehaube, die bis zu den ersten Dörfern reicht, die längst Stadt sind, weiße Zungen, die ins Land lecken; wenn draußen überm Meer nicht die Wolken dunkel hingen wie eine Mauer: Nie würde ich glauben, noch vor ein paar Stunden naß gelegen zu haben. Als ob die Welt eine andere wäre.

»Und sonst, Totò?«

»Ordinaria amministrazione. Alles wie gehabt.«

»Und das heißt?«

»Ich habe den Job am Brenner längst satt, weiß lang schon nicht mehr, wieso ich Polizist geworden bin. Und ich warte nur auf die Gelegenheit zur Kündigung.«

»Gelegenheit? Seit wie vielen Jahren? Das meinst du nicht ernst.«

»Anlaß. Anstoß. Irgendwas. Wenn ich wüßte, was danach kommt, hätten wir's schon hinter uns. Ich kann mich nicht so wie du in irgendeinem Hafen verstecken.« In unserem Rücken rumort beschwörerisch eine Stimme. Ich drehe mich um: ein alter Mann, der in die Luft redet.

»Totò, du hast eine fundamentale Charakterschwäche. Du hältst das Nichtstun nicht aus.«

»Schlecht. Zu lange im Norden gelebt.«

»Man kann es wieder lernen.«

»Vielleicht, wenn man ins dritte Alter gekommen ist, so wie du.«

»Wegen der acht Jahre ...«

»Trotzdem, Tschenett. Du verkriechst dich irgendwohin, läßt nichts von dir hören und sehen, bis auf die eine oder andere Postkarte. Und keiner weiß, womit du lebst und wovon.«

»Ich habe nichts zu tun und damit genug zu tun.«

Wir sitzen auf einer Mauer, hinter uns das Castel dell'Ovo*, vor uns der Golfo di Napoli, lassen jugendlich die Füße baumeln und schauen aufs Meer, als ob da sonst nichts wäre. Der alte Mann ist murmelnd hinter einer Mauer verschwunden.

»Und wenn ich wieder ein paar Drachmen brauche, tue ich das, was ich sonst auch tue: wandere zwischen den Sprachen, und also übersetze ich manchmal in den Händeln, die sich am Hafen ergeben, als *italiano* vom Dienst, und so ganz klar ist mir noch immer nicht geworden, was eigentlich von mir dabei erwartet wird, dieses zwischen den Worten Vermitteln oder das zwischen den Menschen, das man uns anscheinend eher zutraut als anderen. (Ob das nicht falsch ist, frage ich mich, ein Großirrtum, der sich aus dem Blick auf *Bellaitalia* speist?) Oder ich stehe an der Pfanne in einer kleinen *Ouzerie*. Nachdem ich jahrelang da gegessen habe, klaglos, mehr noch: manchmal laut begeistert, traut man mir die einfacheren Gerichte durchaus zu, und so kann der Koch zur Bouzouki greifen, und die Gäste verhungern trotzdem nicht. Es ergibt sich also, wie von alleine. Ein machbares Leben.«

Es hat sich eine Wolke verfangen am Vesuvio, der Wind zerrt an ihr und zieht sie lang zur Fahne. Kleiner Betrug: noch raucht der Berg nicht wieder.*

»Du erinnerst dich an den alten Mann von Brindisi? Der mit den vielen Namen? Krassimir, Bashkim, Khaled, Jorgos, Cosmo, Demetrio, Agesilao, Francis, Michail Petrowitsch, Nilo. Wir haben nie erfahren, wie er wirklich heißt, ich kenne bis heute seinen richtigen Namen nicht. Weiß nicht genau, wovon und wofür er lebte. Ich weiß nicht einmal genau, ob er überhaupt noch lebt, in seinem Hotelzimmer am Hafen von Brindisi. Aber ich weiß, daß ich immer noch in seiner Wohnung in Saloniki sitze, unterm Dach, direkt am Hafen, zwei Handvoll Quadratmeter und ein stupender Blick, Beobachterhorst zwischen Tauben und Katzen wie zwischen Himmel und Erde, und bei Gott, keine dieser fetten Katzen des Nordens, nicht diese runden, häßlichen Biester, sondern räudig raubtierhaft schmale Kletterwesen, die in ihrer eigenen Stadt zu leben scheinen.«

»Napoli ist voll von solchen Katzen.«

»Deswegen bin ich hier, Totò.«

»Danke, Tschenett. Schönes Kompliment.«

»Da kommt Ciro.«

Und hat es eilig. Rudert etwas mit den Armen an seinem Körper entlang, als ob er gegen Wind ankämpfte, wo keiner ist; den Oberkörper leicht nach vorne gebeugt kommt er auf uns zu, kein Wort, kein Zeichen, während wir beide ihn auf seinem Weg am Wasser entlang beobachten.

»Es gibt Ärger«, sagt Totò. »Ich erinnere mich an einen Tag, an dem Ciro mit genau diesem Gang in die Klasse kam. Er war etwas schmaler, damals, aber die Haltung war dieselbe. Es war der Tag des Massakers von Piazza Fontana, der Tag, an dem eine Bombe in der *Banca Nazionale dell'Agricoltura* sechzehn Menschen zerfetzte, an die achtzig verletzte. Polizeioffiziell sollten es die Anarchisten gewesen sein. Ciro stellte sich vor uns hin, holte einmal tief Luft und sagte dann, still, fast unhörbar: ›Ich sage euch: Es waren die Faschisten. Und wir decken sie.‹* Dann setzte er sich und sprach, ohne Punkt und Komma und Unterlagen, eine Stunde lang von Observierungstechniken. Trockener, unspektakulärer Stoff, der einem für die Zukunft nichts Gutes verhieß, nichts außer Müdigkeit, Langeweile, geschwollene Füße und frostrote Ohren. Ganz anders, als wir das aus Filmen kannten. Aber Piazza Fontana war da, und Piazza Fontana blieb da.«

»Da war doch was, vor ein paar Monaten ...«

»Ja. Ein Schwurgerichtshof hat, endlich, dreißig Jahre später, beschlossen, daß es doch die Faschisten waren. Und daß sie all die Jahre lang von unseren Polizeien, den diversen immer wieder neu gesäuberten Geheimdiensten und den Freunden aus Übersee gedeckt worden sind. Wer ihnen zu nahe kam, wurde in die andere Richtung gejagt. Falsche Fährten, verschwundene Beweisstücke, unversehens Verstorbene.«

»Und Ciro?«

»Wenn du mich fragst, ist das der Tag gewesen, an dem sein Polizistenherz einen Sprung bekommen hat. Und in den letzten dreißig Jahren ist genug passiert, um die Kluft zwischen ihm und seiner Polizei noch weiter zu vergrößern. Piazza Fontana ist seine offene Wunde.* Aber er spricht selten darüber. Und hat längst schon arthritische Knie.«

»Ciao, Ciro. Was gibt's Neues?«

»Addò vaje truove guaje. Wohin du auch kommst: nichts als Ärger.« Ciro scheint randvoll zu sein mit diesen napoletanischen Sprichwörtern. Mindestens eines für jede Lebenslage. Und die jetzige scheint ihm nicht besonders zu behagen.

Er steht vor uns, gräbt in den Tiefen seiner Hosentaschen und sieht aufs Meer hinaus, als gäbe es da für ihn etwas zu sehen, wo für unsereinen nur stilles Wasser ist, beschaulicher Wellengang, im besten Falle der Gedanke ans Verreisen. (Und für Altmatrosen wie unsereinen die schaudernde Erinnerung an das eisige Nordmeer*; das ist lange her und weit weg in diesem Augenblick. Dazu wärmt zu sehr die Wintersonne.)

»Addò vaje truove guaje.« Er wiederholt es, leise, beinahe singend.

Totò wird nervös, was sich bei ihm, wie vor zehn Jahren schon, dadurch äußert, daß er mit offenem Mund nach einem ersten Wort sucht. »Ist...«

Ciro schüttelt sofort den Kopf.

Totò sieht mich an, ich sehe ihn an, und wir denken: Was ist? Bleiben stumm und starren jetzt auch aufs Meer. Aber da ist nichts. Nichts, was uns auf den Sprung helfen würde.

Also warten wir.

Und dann nimmt Ciro die Hände aus den Hosen, spitzt an der zu Boden gehaltenen Rechten den Zeigefinger und den kleinen Finger (Mittel-, Ringfinger und Daumen in der Handinnenfläche aufeinandergekreuzt) und stößt mit diesen Hörnern einmal zu, *fa le corna*, das Uraltzaubermittel, um Bösen Blick, *jettatura*, Unglück und Mißgeschick von sich zu wenden*; dreht sich, Ciro, halb erleichtert schon, und lehnt dann neben uns an der Mauer. Zupft sich am Ohrläppchen und beginnt zu reden. Vor sich hin.

»Ich bin in mein Büro, du kennst es«, sagt er. »Hatte da kurz was zu tun. Nichts Besonderes.«

Ohrläppchen.

»M' hanno messo 'o gallo.«

Ohrläppchen.

Sie haben ihm einen Hahn ins Büro gelegt. Geköpft.

»Er war beinahe noch warm. So, wie es da aussieht, haben sie ihn lebendig mitgebracht.«

Langsam ahne ich, was Ciro da draußen im Golf sieht.

»Wer war's?« sagt Totò.

Ciro hebt nur kurz die Schultern. Zupft, außer am Ohrläppchen, jetzt auch an seiner Nasenspitze. Als säße ihm immer noch jemand auf. »Ich weiß es nicht. Aber ich werde es herausfinden müssen. Und schnell.«

»Und du sagst, du bist an keinem Fall dran ...«

»Bin ich auch nicht, Totò. Eigentlich nicht. Aber wer weiß. In dieser Stadt hat man immer mit irgendwas zu tun. Ob man will oder nicht. Es ist, wie durch unterirdische Gänge, jedes mit allem verbunden, hier stößt du an einen losen Pflasterstein, und dort stürzt ein Palazzo ein. Napule eben.«

Ich sehe mir die beiden an. Auch bei ihnen scheint es so etwas wie geheime Kommunikationsröhren zu geben: zwei ins Dienstalter gekommene italienische Polizisten. Auch wenn Totò um runde fünfzehn Jahre jünger ist.

»Und jetzt ...«, sagt Totò. Das ist der Systematiker in ihm.

»... melde ich zuerst mein Dienstfahrzeug als gestohlen.«

»Wie bitte?«

»Naja. Ich komme aus meinem Büro zurück auf die Straße ... und weg ist es. Jetzt versuche ich, uns ein neues aufzutreiben. In meinem Alter will ich nicht noch zum Fußgänger werden.«

Der hat Sorgen. Immerhin ist auch mein Seesack weg.

Nimmt sein *telefonino*, wählt eine Nummer und marschiert vor uns auf und ab, während er spricht.

»Wie geht's dir?« sagt Totò. Er kennt mein Problem, was Federvieh betrifft.

»Gut«, sage ich. »Bis auf den Seesack. Man hat ja sonst nichts im Leben.«

»Du hast ja mich«, sagt Totò. Und ich nicke, schicksalsergeben.

»Va bene«, sagt Ciro und scheint schon wieder tatendurstig. »Wir gehen jetzt zuerst einmal zu diesem Kongreß. Ganz so, als ob nichts wäre. Drei nutzlose Männer an einem nutzlosen Tisch.«

Und im Gehen, auf das Castel dell'Ovo zu, sagt er noch: »Richtig bedacht: Vielleicht war's ja auch der Polizeichef, der möchte, daß ich mit meinen achtundfünfzig Jahren endlich in Pension gehe. *Fuori dai coglioni, rompicoglioni.*«*

6

Langsam den steinigen Weg das Schloß hoch, sekundenlang kurzatmig geworden, und man weiß nicht: war es der kurze Weg oder der lange Blick.

Und vorbei an den Carabinieri in Uniform, kommentarlos, was mich jedesmal neu eine halbe Vergewaltigung meiner selbst kostet, zu abwegig ist diese *arma**, wie Liebhaber sie nennen, in Kleid und Kopf. Und an den Carabinieri in Zivil vorbei, denen man ihre Uniform auch noch in Badehose ansehen würde.

Die Vorstellung, daß es in diesem Castel dell'Ovo ein Museum für Ethnoprähistorie und in diesem Museum zur Zeit ein *Internationales Symposion zu Grenzüberschreitendem Irgendwas* geben solle, läßt mich kurz ins Stolpern kommen.

»Avanti, amico«, sagt Totò und blinzelt mir aufmunternd zu in seiner genießerischen Verschlagenheit, »vorwärts, Freund, verlaß mich nicht.«

Und vorbei an Polizisten in Uniform, kommentarlos. Und an den Polizisten in Zivil vorbei, Totò nickt grüßend, und also nicke ich auch.

Dann der Empfangstisch, drei Jungpolizistinnen und ein Jungmannexemplar, errötend aufgereiht und frischgefönt hinter Stapeln von Unterlagen und seitenlangen Listen, in denen sie eifrig wühlen, rückenbeschirmt von Breitschultern mit Knopf im Ohr, Hände vorm Geschlecht verschränkt; wo bleiben die Sonnenbrillen, denke ich, wo? Und bin schon fast entsetzt, als ich endlich die vier am Saaleingang sehe: die ja, bebrillt, und schon ist unsereins wieder friedlich und verkneift sich die Nachfrage, und Totò zwickt mich am Unterarm und zieht mich hinter sich her, bis direkt vor die Tischkante.

»Buon giorno. Den Ausweis und die Tagungsunterlagen für den Kollegen bitte. Er ist endlich angekommen.«

Und sieht mich strafend an.

»Immer wenn diese Mailänder zu spät kommen, behaupten sie, der Nebel sei schuld. Immer wieder die alte Leier: kein Zug, kein Flug, kein Automobil. Als ob dieser Mailänder Nebel aus Atombunkerbeton sei. Dabei ist es nur ihre Nordistenarroganz.«

Totò redet sein breitestes Pugliesisch, die südliche Sprache seines Großvaters, die er, wie ich weiß, erst in der Zeit seines Militärdienstes erlernt hat.

»Sie denken immer noch, daß wir hier im Süden Armbanduhren nur klauen, nicht tragen.«

Die junge Polizistin bleibt so kühl unberührbar, daß ich ihr blitzsauberes Dorf an den hügeligen Nordausläufern der Poebene geradezu sehen kann.

»Cognome e nome.«

»LoPiccolo. Adriano LoPiccolo. Senza rango. Ohne Rang.«

Und dazu spreizt Totò sein beziehungsvollstes Lächeln.

Das ist ein ganz Geheimer, Signorina Kollegin. So geheim, daß er sich diesen dummen Namen leisten kann.

Adrian der Kleine: Schon mal so etwas Lächerliches gehört? (Ja. Pippin der Große.) Was wohl aus so einem werden kann im Leben? Außer Massenmörder oder Versicherungsverklopfer?

»LoPiccolo, LoPiccolo, LoPiccolo...«

Sie zeigefingert sich dezent rosalackiert durch ihre Listen.

»Non risulta. Scheint hier nicht auf, der Name.«

Totò nimmt den Kopf hoch, hält ein, bedeutungsschwere Zehntelsekunden, und nickt ihn dann bis auf die Brust.

»Capito.«

Jetzt nicke ich auch. Mit meinem ausdruckslosesten Gesicht.

Dann stehen wir gelassen und warten.

»Allora?« sagt die junge Dame, »also ...«

Totò breitet allessagend die Arme aus.

»Magari... Vielleicht...« Man sieht sie denken.

Wir geben ihr ungerührt Zeit und Raum.

»Magari...«

Dann taucht es aus ihren Augen auf, läuft langsam ins Gesicht: Vielleicht ist er so geheim, daß er es sich leisten kann, sich keinen Namen leisten zu können.

Sie sieht Totò fragend an.

Der nickt stumm.

Ich klappe kurz die Lider nieder.

Stelle fest, wie einfach es ist, einigermaßen wichtig und geheimnisvoll zu sein in dieser Welt. Jedes Wort, das du sagst, macht dich kleiner. Jeder Ton, den du von dir gibst, kürzt dich ein. Jeder Laut verrät dich. Gerede tötet. Sätze sabotieren. Und: Antworte nie. Stelle höchstens Fragen. Und stell sie halb. Laß sie allein, verlassen, hilfsbedürftig. Stell sie halb vor dich hin. Voilà.

Oder mach es wie Totò: Rede ohne Ende, Punkt und Komma. Selbes Resultat. Voilà.

»Arrivederci.«

Und los.

7

Ciros runder Tisch ist in Wahrheit ein langgezogenes Oval aus diesem Hier-Wird-Schwergewichtigstes-Besprochen-Aber-Ganz-So-Teuer-Muß-Es-Dann-Auch-Nicht-Sein-Holzfurnier, schräg in einen bombastischen Raum gesetzt; wir sitzen stahlledrig aufgereiht, durchgehend dunkel gewandet (ich bin um meine graue Jacke froh, deren Grau hier noch grauer geworden ist; Ciros roten Pullover könnte ich mir nie leisten: innerhalb von Sekunden wäre ich aufgeflogen. Er trägt das Rot wie einen Orden, verliehen von einem untergegangenen Imperium und inzwischen kaum mehr stumm geduldet), auf den Köpfen brav die Kopfhörer und die Stimmen der Dolmetscher, Ganzverwegene haben sich die eine Muschel hinters Ohr geklemmt, vier von ihnen mache ich aus, aus meinem Sessel;

ich sitze hier, wie ich am Fenster meiner Wohnung über dem Hafen von Saloniki stehe: begierig teilnahmslos auf dem Beobachtungsposten.

ALLA COMMISSIONE EUROPEA È STATO DA POCO CONSEGNATO IL PROGETTO »EUROSHORE. PROTECTING THE EU FINANCIAL SYSTEM FROM THE EXPLOITATION OF FINANCIAL CENTRES AND OFFSHORE FACILITIES BY ORGANIZED CRIME«, FINANZIATO NEL 1998 DAL PROGRAMMA FALCONE DELLA COMMISSIONE EUROPEA E REALIZZATO DAL CERTI (PROFESSORI UCKMAR E MARINO), IN COLLABORAZIONE CON TRANSCRIME (CENTRO INTERDIPARTIMENTALE DI RICERCA SULLA CRIMINALITÀ TRANSNAZIONALE DELL'UNIVERSITÀ DI TRENTO)

undsoweiter. Undsoimmerfort. Sie sprechen nicht Sätze, sondern Ewigkeiten in ihre Mikrofone. Und Ewigkeiten laufen mir aus dem Hörer ins Ohr

CORRUPTIE-ACTIVITEITEN ZIJN IN STRIJD MET DE BEGINSELEN VAN NIET-DISCRIMINATIE EN VAN VRIJE CONCURRENTIE DIE OP DE INTERNE EUROPESE MARKT WORDEN GEHANTEERD OM HET VRIJE VERKEER VAN GOEDEREN EN DIENSTEN TE WAARBORGEN

als ich klein war, also so mit fünf Jahren etwa, lief

mir ein Hund über den Weg. Und es war der erste meines Lebens. Es ist mir viel über den Weg gelaufen im Lauf der Jahre, später, auf nichts war ich so wenig vorbereitet. Tauchte da also dieser Hund auf. Für mich aus der Tiefe der Hölle. Ein schwarzes Urvieh, zottelnaß. Eigentlich nichts, was man überleben könnte. Da lernte ich das Totstellen

WENN WIR WISSEN WOLLEN, WORIN DIE BEDROHUNG BESTEHT, WORIN DIE GEFAHREN LIEGEN, DIE UNS DURCH DIE ORGANISIERTE KRIMINALITÄT IN EUROPA DROHEN, DANN SCHEINT MIR

das nächste Tier, vor dem ich davonlief, nach Leben japsend, war eine Kuh. Diese Kuh hinkte auf ihrem hinteren rechten Bein, ich wußte damals nicht, ich weiß es jetzt noch nicht, was ihr zugestoßen war. Tatsache ist, daß die Kuh, die einen dieser Namen trug, die Frauen nicht mehr gerne tragen, die Kuh morgens beim Stallaustrieb, dem ich aus purem Zufall (weil nämlich zu früh zur Arbeit unterwegs, die damals darin bestand, daß ich den lieben Vormittag lang Polenta rührte im Kupferkessel auf hölzernem Feuer, so lange, bis der Staatspräsident, zu Fuß und in Bergschuhen, weil er ein Partisan gewesen und also den Luxus funktionierender Bergschuhe wie frischer Polenta durchaus schätzend, am späten Mittag am Almhüttentisch sich wieder zu Kräften brachte), aus purem Zufall ich mit ansehen konnte, wie Kuh an Kuh ins morgennasse Gras ausgingen; kein schönes Bild für spätverschlafne Augen (nur der Tourist ist ausgeruht am Morgen), und diese eine Kuh, noch ungehinkt, an mir vorbei mit diesem Fleck am Hals: und abends wieder. So sieht man sich. Und ich am Weg zur Diskothek (noch ist man jung und nimmt den Fußweg frisch in Kauf wie Eintrittsgeld), da kracht der Blitz. Kommt vor. Nur daß die Kuh jetzt denkt: ich war's. Und auf mich losgeht

KORRUPTION FORSTÅS I ALMINDELIGHED MISBRUG AF MAGT ELLER ANDRE UREGELMÆSSIGHEDER I BESLUTNINGSPROCESSEN FORANLEDIGET AF EN UTILBØRLIG TILSKYNDELSE ELLER GEVINST. DOG BETRAGTES IKKE ALLE DE FORSKELLIGE FORMER, KORRUPTION KAN ANTAGE, SOM FORBRYDELSER

das vorerst letzte Tier, das mir ans Leder wollte (wohl, weil ich ihm an die Gräte ging), war ein Fisch. Über eine Stunde lang hatte ich mich an ihn herangepirscht, hatte ihn umkreist in immer enger gelegten langsamen Schleifen, sein Aug ins Auge genommen, mich dann spielerisch einem anderen zugewandt, dabei meinem Fisch kalt den Rücken gezeigt; und damit seine Aufmerksamkeit gewonnen

DIE PERSPEKTIVE DER DEFIZITE IN DER BEKÄMPFUNG DER ORGANISIERTEN KRIMINALITÄT DARZUSTELLEN. DIE ZU WÜRDIGENDEN PROBLEMFELDER KÖNNEN DABEI IM RAHMEN MEINES BEITRAGES NUR BEISPIELHAFT WERDEN. ICH WERDE MICH

schließlich schnappte ich ihn mir: wir waren beide das Spiel leid geworden. *Aftò to psaráki.* Und die Fischverkäuferin nickte belobigend: gute Wahl, junger Mann. Es ist mein täglicher Weg durch den *basári* Salonikis; einmal die Doppelreihe der Fischstände in der engsten Gasse der alten Halle, dann die Quergasse dazu, breiter, lauter auch, die Fischhäufen größer, Berge schon. Links geblickt, rechts geblickt, stehengeblieben, nähergetreten, allen Anpreisungen nur halbohrig zugehört wie irgendeiner Hintergrundmusik, dafür die Augen hin und her über die endlose Leiberansammlung, Aug um Aug, so lange, bis beim dritten Vorübergehen (währenddessen purzeln die Preise; der eilige Käufer hat keine Kulanz zu erwarten: zu Recht. Eile ist hier noch weniger angebracht als anderswo), beim dritten Vorübergehen nickt leise der Fisch, der ganz zu

Anfang schon dich angelacht hat, und sagt pausbäckig: jawoll! Und also lobt dich die *psaroú*, nimmt den Verlust gelassen hin, preist freundlich auf eine runde Drachmenzahl und schlägt das Tier dir ein. Jetzt ist es dein. Dann der Gang durchs Gemüse. Sellerie, Karotte, Zwiebelchen, Petersil, Tomaten, und *chortárika* (ehemals Armeleutekraut, deswegen wohl von bittergrünem Geschmack). Auf diesem Bett liegt gut der Fisch in seinem Topf, Thymiangrün im Bauch, feucht gehalten von Fischsud, Olivenöl und einem Schuß Ouzo, dazu Knoblauch, Pfeffer und ein Lorbeerblatt. Bloß kein Salz. Und wenn du ihn auf dem Teller in einer Kelle dieses Sudes schwimmen läßt, so lächelt er dich wieder an

DELLE AZIONI E DEGLI STRUMENTI DIRETTI ALLA »PREVENZIONE DELLA CRIMINALITÀ ORGANIZZATA«, SETTORE NEL QUALE SONO IMPEGNATI RICERCATORI, OPERATORI DI POLIZIA E GIUSTIZIA, AUTORITÀ LOCALI E IMPRESE. SI TRATTA DI UN SETTORE CHE SI SVILUPPA ATTRAVERSO UN'IDEA GUIDA: QUELLA DI

ich wäre dann beinahe trotzdem an der Gräte erstickt. Zum ersten Mal in meinem Leben. Es war ein fairer Kampf

RITENERE POSSIBILE PREVENIRE LO SVILUPPO DELLE ORGANIZZAZIONI CRIMINALI RIDUCENDO LE OPPORTUNITÀ DEI LORO AFFARI CRIMINALI, ATTRAVERSO UN SISTEMA DI DEREGOLAZIONE O RIREGOLAZIONE DI QUEI „MERCATI“, IN CUI

wobei: Woher kommt dieser plötzliche Hunger? (Totò schnaubt leise. Als hätte er etwas gerochen)

DURING THE HIGH LEVEL CONFERENCE ON CRIME PREVENTION IN PRAIA DA FALÉSIA (ALGARVE)

das hört nicht auf. Die eine Hälfte der Runde scheintot, die andere eitelsstarr. Und Ciro sitzt die ganze Zeit wie festgenagelt, Kopfhörer vor sich auf dem Tisch, linke Muschel in der linken Faust, rechte Muschel in der rechten Faust, festverschlossen, als ob Gefährliches entweichen könnte, Blick drauf, unbeweglich: ein erfolgloser Wünschelrutengänger. Der geköpfte Hahn muß ihm noch im Kopf umgehen

DURANTE LOS ÚLTIMOS AÑOS SE HAN CELEBRADO VARIAS CONFERENCIAS Y SEMINARIOS CON EL FIN DE DEFINIR UNA ESTRATEGIA EUROPEA CONTRA LA DELINCUENCIA, CONCRETAMENTE EN ESTOCOLMO und die Hennen. Sie haben Bertas Hennen an die Bretter genagelt

SI INCONTRANO DOMANDA E OFFERTA DI SERVIZI

ich und mein Unernst waren der Grund dafür gewesen. Ich habe mir das nie vergessen können. Berta, vier Jahre nicht mehr gesehen, einmal gehört aus Silvestergewohnheit, akkurat schiefgegangen, nichts zu sagen gehabt, wie nichts zu sagen ist in einem solchen Feiertagstelefonat außer Glückwünschen, die aber telefonisch selten wirken, ansonsten Funkstille; Berta, meine Wirtin in den zwölf Jahren zwischen Seefahrt und Herumtreiberei, meine Wirtin in dem feuchtklammen Bergtal, abseitig, finster, verlassen, an der jeder Weg auf meinen LKW-Touren quer durch Europa am Ende dann doch irgendwann vorbeiführte, steiniger Fetzen Boden vorm Haus, auf dem eine Zugmaschine eben noch Platz findet, und in dem schmalen, zwischen Felsen, Straße, Bach eingeklemmten Haus, das ihr Bruder Ziegel für Ziegel selbst aufgemauert hatte, die Rückwand seither etwas schräg, kurz bevor man ihn aus Versehen, und solche Versehen sind nichts Besonderes und häufiger, als man denkt, versehentlich also in das Fundament eines Liftpfeilers eingegossen hatte, keiner der Touristen, der sich seither bergwärts karren läßt zur nächsten Schnapsbude sommers wie winters, wird ahnen, wer unter ihm liegt, unglückselig; so war Berta zu dem Haus gekommen vor Jahren an diesem weltfernen Ort und hatte daraus sich ihre kleine, von Anbeginn an illegale Bar gestrickt, ein paar alte Bauern und Figuren wie du, Tschenett, die nicht vorbeifahren können ohne ein Glas Rot oder Weiß aus der Doppelliterflasche, und zusammen mit den Hennen und der kleinen Rente, die tagtäglich kleiner wird, reicht das zum Auskommen, vor allem, wenn man im blütenjungen Alter alles verloren hat, der Verlobte mit einem Touristen hoch in die Tribulaun-Südwand, und wie es sich für Touristen gehört, fällt er aus der Wand, der Verlobte allerdings am Seil hinterher, und so bist du als Verlobte schon verwitwet und begreifst, daß einem die Männer immer abhauen, so oder so, und wenn sie aus der Wand fallen. Und das reicht für den Rest des Lebens, und also hältst du dich an die Hennen, und solange mit denen alles in Ordnung ist, ist sogar ein Tschenett zu ertragen mit seinem ewigen Kindskopf

ILLECITI. IN DIREZIONE DI UNA RIDUZIONE DELLE OPPORTUNITÀ CRIMINALI, und so haben sie Bertas Hennen an die Bretter genagelt. Einzeln. Jedes. Ein jedes ein Nagel. Ein paar bewegen sich noch. Und alles deine Schuld, Tschenett, und alles deine Geschichte*

LATITANTI AFFILIATI A SODALIZI DELINQUENZIALI DI TIPO MAFIOSO, CATTURATI ALL'ESTERO, SIA DALLE NUMEROSE OPERAZIONI DI POLIZIA

dann geh zum Hennenstall und schau's dir selber an. Das hast du gesagt, Berta. Seither nichts mehr darüber. Aber ich: Dafür werdet ihr zahlen, ihr Schweine. Sagte ich. Und dachte: Dieser groteske Voodoozauber ist präzis geplant worden. Und verstand nicht: Wer so was so präzise plant, wird nicht bezahlen. Dann deine Schritte, und ich: Berta?

Tschenett?

Es tut mir leid. Ich versprech dir, es wird nie mehr passieren.

Es ist schon passiert.

Was ist mit den neuen Hennen und dem Hahn, die ich bei deinen Stammkunden aufgetrieben habe? Eingesammelt und Stück für Stück unterm Arm in die neue Heimat getragen?

Was soll mit ihnen sein, Tschenett? Es sind Hennen. Sie legen Eier. Der Hahn kräht, manchmal. Und sie scharren.

PAUSCHALEN VORWÜRFE, LIECHTENSTEIN SEI EIN IDEALER GELDWÄSCHE-PLATZ, SIND MIT SICHERHEIT UNBERECHTIGT UND

8

»Und eine Frage habe ich doch noch.«

Hätte mich anders auch sehr verwundert.

Freund Totò. Kommt auf leisen Sohlen. Ist einer von denen, seit jeher, solange ich ihn kenne, und das sind inzwischen, kurz nachgerechnet nach all der Zeit, runde dreizehn Jahre*, in unserem Zustand halbe Ewigkeiten; solange ich ihn kenne, ist Totò einer von denen, die mit diesen fraglos stillen Augen in die Welt schauen wie kalt, seltene Spezies, meistens nördlicher angesiedelt, nie bei einem Apulier zu vermuten, da müssen dann doch die Kinderjahre in den Alpen ihr Werk getan haben. Es gab auch schon Tage, da erschien er mir als Bergbauer, stummverschwiegen. Und wenn wir dann mit Bergbauern saßen, ging ihm sein südliches Roß durch: Sag endlich und wart nicht so lang und vor allem nicht stumm. Kaum waren wir zwei allein, hatte er dann das Zeug zum Schweigen, liebte es sogar. Vielleicht, weil er meine Ungeduld genoß. So schaut er in die Welt, Totò, Teil jenes Stammes, der schaut, als ob alles an ihm vorüberginge, während er es seziert (außer man wird, vergeblicher Strafeinsatz für einen unbelehrbaren Polizisten wie ihn, an eine menschen- wie motorenleere Kreuzung gestellt für Tage, nur um regelmäßig die Arme zu heben, mal Südost, mal Nordwest, traurige Gestalt, die sich fortwährend wie im Wind dreht, und dabei ist es nur das Videoauge, das drohend jedes Armsenken sieht und kupferkablig weiterleitet, und wer weiß, ob am anderen Ende einer am Monitor sitzt und den Strafeinsatz um Tage verlängert. So war ich in meiner Zugmaschine an ihm vorbeigefahren, endlich ein Motovehikel, das diesem einsamen Armschlenkern einen Sinn gab, und natürlich konnte ich mir den Tritt auf die Bremse nicht verkneifen und das offene Seitenfenster auch nicht und ein: Hoho, Hoho!, und schon blitzten seine Augen dreifarbig und fluchte sein Mund vielsprachig); und so schaut er jetzt wie nebenbei und fragt wie nebenbei und lauscht.

»Welche Frage?«

»Woher?« sagt er. »Wo hast du deine Locken plötzlich her?«

»War'n da. Eines Morgens.«

»Doch nicht bei dir, Tschenett. Hattest ein Leben lang flaches Haar.«

»Und dann waren sie da. Ungefragt.«

»Ich tippe da eher auf Wickler. Rosa, hellblau, gelb.«

»Wenn mir Waschen schon zu blöd ist. Wie soll ich mich dann mit weiterführenden Manipulationen anfreunden?«

»Sieht mir aber ganz danach aus.«

»Dir. Weil dir langsam das Haar ausgeht. Von vorn nach hinten, Büschel für Büschel.«

»Und deswegen lockt sich deines? Wie soll das gehen?«

»Ich weiß es nicht, sag ich doch. Es war da.«

»Und du hast dir keine Gedanken gemacht?«

»Deswegen?«

»Deswegen.«

»Nein.«

»Aber das ist doch nicht normal. Wenn ich aufstehe, an den Spiegel gehe und sehe…«

»Da liegt der Fehler, Totò: Geh morgens nie an den Spiegel. Du könntest sehen, was nachts mit dir geschehen ist.«

9

Wir geben uns hemmungslos unseren Gelüsten hin. Stehen in einer schmalen Bar, lehnen am Tresen, trinken unseren *caffè* und reden. Und reden.

Unser Rückzug aus der Welt des Grauens war ein geordneter gewesen. Ciro *'o prufessore* als erster. Hatte, einen Sekundenbruchteil lang sogar geräuschvoll, den Stuhl nach hinten geschoben, seinen roten Pullover strammgezogen und bedeutend in die Runde geschaut. Um dann doch wortlos loszugehen, wenigstens fürs erste. Nach ein paar Schritten, inzwischen war man auf ihn aufmerksam geworden, hielt er noch einmal kurz an. Und sagte, halblaut, aber allemal laut genug: »Besser würde man dem Kongreß vom Vesuvio erzählen.« Und weg war er.

Ich hatte Totò angesehen. Totò hatte mich angesehen. Dann kurz die Schultern gehoben. Wir waren aufgestanden, nickten beide wie verschwörerisch in die Saalrunde, schon klar, wir werden noch gebraucht, da draußen, in dieser fernen Welt da draußen, sie schreit geradezu nach uns, hört ihr's nicht? Und ab dafür.

Ein Spaziergang. Via Sauro, Via Ammiraglio Acton, Castel Nuovo, Via Medina. Die Sonne steht tief. Das Leben hängt schräg. Die Gedanken haben Ausgang.

Nichts, was einem seine Existenz für Minuten, Halbstunden, Stunden leichter machen könnte als diese Schritte, fußvorfuß auf samten blauen Polstern und schmalen dünnen Tönen, wie ziellos und plötzlich vollkommen unangestrengt, kaum läuft es sich an einem Meer entlang. Was Festländer nie verstehen werden, so viele Urlaube sind ihnen gar nicht gegeben, ihr Leben lang nicht, solche Betriebsvereinbarung gibt es nicht, und daran wird die Sozialdemokratie, wie gehabt und unter unserem Applaus, zugrunde gehen. Frieden, Asche, Eierkuchen.

Und in meinem Kopf höre ich, frag mich wieso, frag mich weshalb, meine Begräbnismusik, die wie Wind fliegt, so wie meine Asche fliegt im Wind und raus aufs Meer, aufs weite, und es ist: *The Home Coming Song*, Dollar Brand.

»Leicht eigenartig bist du schon geworden, mein lieber Tschenett.«

Totò kann es nicht lassen. Und trinkt den letzten Tropfen aus der Tasse, sorgsam und abwartend.

»Eigenartig? Und ob! Das bringt die Zeit mit sich, wenn man sie machen läßt. Mir scheint es vernünftig. Vielleicht das einzig Vernünftige überhaupt.«

Dann kommt Ciro in die Bar.

Er hatte sich, kaum standen wir, nach Frischluft japsend, vor dem Castel dell'Ovo, von uns getrennt: Ho da ffa', ich muß mich noch um etwas kümmern. Geht schon mal vor. Was ist los? sagte ich. Und Totò: Das habe ich schon lange gelernt – wenn er nichts sagt, frage ich auch nicht. Ciro war, im Eilschritt schon fast, vor uns ums Eck gebogen, in einer Gasse verschwunden, zwischen Menschen und Autos.

Ciro stellt sich wortlos neben uns, bestellt mit einem kurzen Kopfwink, trinkt einen Schluck Wasser vorneweg, dann seinen *caffè*, stellt die Tasse ab, schaut sich genußvoll um und sagt: »*A dicere so' tutte capace; 'o defficile è a ffa'*.«

Und der Barista lächelt beglückt zurück. Glückselig. Vollkommen verglückt. »Giusto, *prufesso'*.«

»Es ist so. Die machen hier den besten *caffè* weit und breit. Das behaupten viele, aber es können nur wenige.«

»Dottore...« Ciro mag bei seinen Oberen schlecht im Ruf stehen, hier, in dieser Bar, schätzt man ihn. *Prufessore*, *dottore*, und was alles noch.

»Dottore, le devo racconta'...«

Herr Doktor, ich muß Ihnen erzählen...

Und erzählt, in einem einzigen Schwall, ansatzlos, kaum hat Ciro knapp genickt.

Daß sie sein Haus, seine Familie, ihn selbst, mit Sack und Pack und Hund und Katz, Traktor, Auto,

Leiterwagen, evakuieren wollen vom Hang des Vesuvio, weil er seit 1944 nicht mehr ausgebrochen ist und es an der Zeit wäre, wie sie glauben. Von Staats wegen, also von einem dieser Bürosessel in Roma aus, einem dieser Ledersessel aus Mussolinis Zeit in einem dieser finsteren Ministerien, ein Cousin hat, für zwei Jahre nur, als Bürobote in der Stadt gearbeitet, er weiß, wie die Orte aussehen, an denen solches beschlossen wird, und er weiß, wie die aussehen, die solches beschließen, ohne zu ahnen, was sie seiner kranken Frau damit antun, die prompt noch kranker geworden ist, kaum hatte sich die Nachricht verbreitet am Hang des Vesuvio, und die Kinder laufen mit großen Augen durchs Haus, das eigentlich, *dottore*, Sie wissen das, eher eine Hütte ist und schwer genug erarbeitet und den Weinhängen abgepreßt, meinen Wein kennen Sie ja, *dottò*, er ist gut, aber er bringt nicht viel, und was soll er den großen Augen seiner Kinder sagen, und eigentlich kann nur mehr San Gennaro helfen. Oder ein Gewehr. Ein Strick wär Sünde. Schande auf die Bürosessel Napolis, die den Sesseln in Roma, con permesso, mit Verlaub und bei allem Respekt, vielmehr eben längst ohne allen Respekt, weil das seit Jahren, Jahrzehnten, Jahrhunderten immer dasselbe ist: die kriechen den römischen Sesseln hintenrein, eine Schande, was ein Napoletaner dem anderen antut, nur weil das im Norden so beschlossen worden ist in einem dieser finsteren Zimmer, die Provinzregierung, die Stadtverwaltung, die Gemeindeverwaltung: arme Kriecher, con permesso, und, wenn stimmt, was man hört, sagen Sie mir, *dottore*, daß es nicht wahr ist, Sie wissen es, Sie müssen es wissen, sagen Sie, daß das alles nur schlechte Worte sind, böse Gerüchte, leere Drohungen, die von wer weiß wem kommen, der wer weiß was vorhat mit uns, immer mit uns Kleinen spielt man diese grausamen Spiele, wir sind wie reife Tomaten, die man an die Wand wirft, nichts als ein Fleck, eine Schande. Eine Schande ist das, und sagen Sie mir, daß es nicht wahr ist: morgen soll die Polizei uns aus unseren Häusern holen, sagt man, mit Sack und Pack und Hund und Katz, Traktor, Auto, Leiterwagen, und Frau und Kindern.

»*Meglio pane e cepolle a' casa soja, ca galline e cunfiette a' casa 'e ll'ate*«, sagt Ciro. »Lieber Brot und Zwiebel im eignen Haus als Huhn und Konfekt im Haus eines Fremden.«

Und nickt noch einmal. Der Weinbauer schaut ihn abwartend an, wippt mit seinem Oberkörper kurz nach vorn, einmal, zweimal, nicht allzuweit, aber insistierend, als wolle er eine Zusage, welches verbindliche Wort auch immer, ein Ja, ein Nein, aus dem *prufessore* herauszwingen mit sanftem Druck.

»Ich habe bei der Polizei nichts gehört von einer Evakuierung«, sagt Ciro. »Das muß allerdings nichts heißen. Ich bin nicht wichtig.«

»Aber dottore ...«

»Ich werde mich umhören, versprochen. Aber ich glaube nicht, daß morgen schon etwas passiert. Das dauert bei uns immer etwas länger.«

»Grazie«, sagt der Weinbauer, und bevor er die Bar verlassen hat, hat er sich in immer neuen Formulierungen bedankt.

»Der Vesuvio...«, sagt Ciro, nachdem er eine Zeitlang vor sich hingekaut hat mit leerem Mund. »Ist zu allem gut, der Vesuvio. Vor allem dazu, den Leuten Angst einzujagen.«

»Du glaubst, an der Geschichte ist etwas dran?« sagt Totò.

»Wer weiß das schon...«, sagt Ciro, noch etwas abwesend.

Dann schüttelt er sich. »Zeit, daß wir in mein Büro gehen.«

Totò will bezahlen, der Barista winkt entsetzt ab: für *'o prufessore* und seine Freunde hat er zu jeder Tages- und Nachtzeit einen *caffè* übrig, allein schon, weil das seit Jahren so Brauch ist, und ob wir ihn beleidigen wollen.

Das wollen wir, heftig abwinkend, natürlich nicht.

10

In Ciros dunklem Büro riecht es nach Farbe, frisch und feucht. Und nach scharfen Putzmitteln. Dahinter, wie vorläufig von den Errungenschaften der Petrochemie verdeckt, sitzt still dieser Geruch; breitbeinig und nicht im geringsten bereit, sich so ohne weiteres aus dem Haus jagen zu lassen.

Totò sieht sich um und schnuppert.

»Ja«, sagt Ciro, »e sì. Man riecht es noch. Aber nur, wenn man weiß, wie es hier ausgesehen hat. Blut überall. Setzt euch.«

Und dann kann ich es mir nicht verkneifen, den Stuhl genauer unter die Lupe zu nehmen.

Ciro grinst. »Keine Sorge, Tschenett: ich habe Fachleute beauftragt. Leute, die früher einmal für gar nicht so saubere Geschäfte zuständig waren, aber bekannt für saubere Arbeit. Kleine Maßnahme zur Wiedereingliederung in unsere hochwohllöbliche Gesellschaft.«

Ich gebe es auf, mir Gedanken zu machen.

»Übrigens, Totò: Ich habe Angela nichts von der Sache erzählt.«

»Angela? Wo ist sie?«

»Kommt noch früh genug.« Ciro schaut auf die Uhr. »Sollte schon hier sein. Sie wollte sich unbedingt unseren Freund Tschenett ansehen.«

Sieh dich vor, Tschenett.

Ciros Büro ist einem, bis man es betreten hat, längst unheimlich geworden.

Du gehst durch die Altstadtgassen, links, rechts, wieder rechts, arbeitest dich durch Menschen und Motoren und genießt es, die Sprachen und die Gerüche und die laute Freude, dann gehst du hinter ihm durch den *portone*, stehst in dem sanft mattlichtigen Hof des barocken Stadtpalazzo, Stockwerk für Stockwerk vorgelagerte Umgänge, schmiedeeisern gebrüstet, hinter denen sich die Treppenaufgänge hochziehen, ein labyrinthisches Gewirr von Bögen und Schnecken, Zwickeln und Balustraden, marmornen Lorbeerkränzen in Halbgrau und bröckelndem gelben Stuck; von draußen gedämpft die Straße, aus den inliegenden Wohnungen Ehemann und Koloratur und Rock und Kleinkind, hungrig schlaflos, und immer hinterher, und da wohl *parmigiana di melanzane**, hinter diesem Fenster, man bekommt Hunger, und die Versuchung steigt, so lange stehenzubleiben davor, bis es sich auftut und eine gütige Hand dir einen Teller hinhält… Aber weiter: der schmale dunkle Gang, durch die graue Tür, dann diese schwere, eisenbeschlagen, doppelt beschloßt, eine Klingel, namenlos, nur mehr halb am Putz hängend, und darüber die Videogegensprechanlage, und Ciro sperrt auf, einmal und zweimal, und winkt und also hinterher durch einen Betonschlauch, fensterlos neongrün, und nach dem Türschlagen alles totenstumm und still und menschenleer plötzlich, das scharfe Hallen der Schritte nur, wie Schüsse, fang bloß nicht an zu laufen, jetzt, und schneller zu atmen, immer den beiden hinterher, und die nächste Tür öffnet sich von alleine, und irgendwo fiepst dazu rhythmisch ein Signalton, bis sie sich wieder geschlossen hat; graues Treppenhaus aus unverputztem Beton, treppauf jetzt, zwei Stockwerke, schnaufend hinterher, Feuertreppe, angekommen endlich, Tür auf, lichter Marmorboden, kunststoffverblendete Wohnungstüren aus den Sechzigern, nirgends ein Klingelschild, nirgends ein Mensch, nirgends ein Geruch, nirgends ein Geräusch; und Ciro sperrt schon wieder auf, öffnet die Tür, breitet die Arme und: »Prego.«

Und wenn du Ciro fragend anschaust, sagt er: »Frag nicht. Setz dich. E dai, siediti.«

Ich setze mich.

»Doch. Sie will sich dich ansehen, Tschenett. Der griechische *marinaio* aus dem eisigen Norden: Angela hat eine Schwäche für Seeleute. Zu meinem Bedauern. Ich bin der Meinung, die einzige Schwäche, die sie sich leisten sollte, müßte ich sein. Aber man wird gütig, mit der Zeit.«

»Schon gar«, sagt Totò, »wenn man an die drei Jahre verlobt und der *fidanzato* nicht mehr der Jüngste ist.«

»Richtig«, sagt Ciro und lächelt.

»Angela«, sagt Totò, »Angela ist eine wunderbare Frau. Also mach dir nichts draus, Tschenett.«

»Wo sind wir hier, Ciro?« sage ich.

»Er wird nicht nachgeben, Ciro«, sagt Totò. »Ich kenne ihn.«

»Mir ist nicht wohl in diesem Raum«, sage ich, »und das nicht wegen des Schlachthahnes. Also will ich verstehen, wieso.«

»Was willst du wissen?«

Ciro hat sich hinter seinen Schreibtisch gebückt und bringt eine Flasche Weißwein zum Vorschein.

»Was ist das für ein Haus? Und was war das für ein Weg hierher?«

»Irgendwann vor vierzig Jahren ist der Palazzo, der ursprünglich hier stand, einfach in sich zusammengestürzt. Man sagt, er hätte zweieinhalb Familien und die fünf Ziegen, die im Innenhof grasten, unter sich begraben. Ich weiß es nicht. Ein paar Jahre lang lag der unglückselige Trümmerhaufen da, eine schwärende Wunde, wer an ihm vorüberging, bekreuzigte sich oder schützte sich sonstwie vor dem Unheil. Man hat Geister gehört. Und die, die es genau wissen, erzählen, daß der Palazzo nur deswegen eingestürzt sei, ja geradezu einstürzen mußte, weil er an dieser Stelle stand. Weil hier, irgendwo im Untergrund, vor Hunderten von Jahren irgendwelche Blutgeschichten geschahen. Man kann das glauben. Man kann das nicht glauben. Man wird es jedenfalls nicht los. Napoli hätte mit dieser Lücke gut leben können, es war daran gewöhnt, es ist an Lücken, es ist an das Vorläufige, es ist an das Halbe gewöhnt, weil es das Ganze kennt. Dann sollen Herren aus Roma gekommen sein – mein Gott, ich war nicht dabei, sie können sonstwoher gekommen sein, meinetwegen aus der Hölle des Thomas von Aquin, aber insofern ist es schon wieder wahrscheinlich, daß sie tatsächlich aus Roma gekommen sind – und dann ging alles sehr schnell. Viel schneller als sonst, ungewohnt schnell. Das hat die Leute noch mehr beunruhigt. Auch daß eine norditalienische Firma hier gebaut hat, einige Wochen lang wenigstens, bis sie dann doch auch ein paar Napoletaner einstellen mußten, endlich, nachts war regelmäßig die Baustelle leergeräumt worden. Hinterher besserte sich das etwas. Und irgendwann stand das Haus. Kein Napoletaner wollte es je betreten. Was den Hausherren zupaß kam, Herren in dunklen Anzügen, Vertreter unaussprechbarer römischer Büros und Prokuristen skurriler amerikanischer Firmen. Machen wir uns nichts vor: Natosüdflanke, *US-Headquarter-South-East*, Kalter Krieg; hier gab es Arbeit für viele. Und es konnte nicht schaden, wenn die Napoletaner einen Bogen ums Gebäude machten. (Um die Wahrheit zu sagen: einige spuckten davor aus. Jeden Tag, auf jedem Weg zur Arbeit, nach jedem *caffè* bei Toni und vor jedem *caffè* bei Pino. Sag mir, daß du auch dazugehört hast, sagt Totò. Ciro lächelt, fast schon gütig, auf jeden Fall nachsichtig: Ja. Dieser Betonpalazzo war das Siegeszeichen, unter dem die Napoletaner zu leben hatten. Sie taten es. Aber sie vergaßen nicht.) Im letzten Stock, falls euch das auch noch interessiert, im letzten Stock soll es eine furibund geschnittene Wohnung geben, man redet von vierhundert Quadratmetern, man erzählte sich Wunderdinge von ihr, als es, irgendwann nach dem Fall der Mauer und dem Beginn vermeintlich neuer Zeiten, darum ging, was mit diesem inzwischen wieder leerstehenden Geisterhaus zu geschehen hätte, wobei leerstehend natürlich nicht meint, daß auch der Pförtner das Haus verlassen hätte: Er sitzt seit dreißig Jahren an seinem Platz, stumm wie ein Grab, ich habe es versucht, in der Hoffnung, sein Unglück hätte ihn gesprächig gemacht. Fehlanzeige: Die große, unnennbare Vergangenheit hält ihn stolz, so gesehen könnte er ganz Napoletaner sein, ist aber Sarde, gewesener, nach all den Jahren, der Cousin eines Cousins eines römischen Onkels, so kam man damals in die ganze Welt und also auch nach Napoli, nicht umsonst war einer der Großen der Rechten Sarde, und der Große der Linken genauso, und genau besehen waren sie Cousins, oder? Und überhaupt: Über die Sarden ist noch nichts gesagt, ganze Bücher könnte man über sie schreiben, und wenn ich einmal sonst nichts mehr vorhabe, aber auch wirklich gar nichts mehr, mache ich mich vielleicht ans Buchschreiben.«

Er sucht immer noch nach einem Korkenzieher.

»Langweile ich euch?« sagt Ciro, kaum hat er ihn gefunden.

Totò räkelt sich gemütlich.

»Den Tschenett sicher nicht, der ist auf solche absurden Geschichten geradezu spezialisiert. Manchmal habe ich den Verdacht, unser Tschenett kann ohne sie gar nicht leben. Was auch nur eine

Art und Weise ist, nicht ins erwachsene Leben zu finden.«

»Wohl wahr«, sage ich.

»Mehr weiß man von diesem Ort nicht. Außer daß es einen geheimen Aufzug geben soll, expreß vom Keller in den Himmel, manchmal scheint mir, als würde ich ihn summen hören. Aber das ist natürlich ausgemachter Blödsinn.«

Totò hat Gläser besorgt.

»Also steht das Haus leer. Bis auf mich und den Pförtner. Und als Napolis oberste Polizeiführung über einen Ort der Verbannung für mich nachgedacht hat, sind sie auf diesen hier gekommen. Offiziell leite ich ein *Büro für Besondere Aufgaben*. Meint: Ich soll ihnen nicht mehr auf die Nerven gehen auf meine alten Tage. Mir soll es recht sein. So läßt man mich in Ruhe.«

»Naja«, sagt Totò, »wie man's nimmt.«

Ciro schenkt uns ein. Hebt sein Glas. Schaut in die Runde. Scheint uns plötzlich vergessen zu haben, uns und sein Glas und die Welt dahinter.

Ich blicke zu Totò hinüber. Der nickt beruhigend. Und dann warten wir ab, stumm.

Rundblick im Büro, aus den Augenwinkeln. Die versammelten mobiliaren Scheußlichkeiten der späten siebziger. Graugewordenes Holzfurnier.

Zwei metallene Aktenschränke in Blaugrün, einer mit einer schweren Kette verhängt. Ein Rollcontainer, verbeult, als wäre er zu Unaussprechlichem mißbraucht worden; ein vollgepacktes Bücherregal. Ohne Brille kann ich die Rücken nicht lesen. (Also doch irgendwann diese Gläser, oder? Erst mal den Kopf daran gewöhnen.) Braune Vorhänge, halb zugezogen. Ciros Schreibtisch, leer bis auf zwei Tageszeitungen und ein paar dünne Mappen, die nicht mehr den frischesten Eindruck machen. Und in der hinteren Ecke, wie aus einer anderen Welt, als ob vom alten Palazzo übriggeblieben, auferstanden aus Ruinen, ein dunkler, breitbeiniger Küchentisch aus altem Holz.

»Ich denke, man kann es dem Raum ansehen: hier geschieht nichts Entscheidendes mehr.«

Ciro hat doch noch beschlossen zu reden.

»Ich bin seit Jahren, und durchaus nicht ungern, nur noch so eine Art Hilfspolizist, zuständig für die Banalitäten des Lebens, die mickrigen, verunglückten Gaunereien, die Roßtäuscher, Beutelschneider, Bauernfänger. Tatsächlich gibt es das große kapitale Verbrechen nicht mehr, spätestens seit Andreotti freigesprochen, Berlusconi verjährt und der eine oder andere Faschist an der Regierung ist.* Die Ordnung der Neuen Zeiten macht unsereinen überflüssig.* So überflüssig, daß man schlußendlich sogar darauf verzichtet hat, mich zu exkommunizieren.«

»Wie bitte? Dich, den alten Professor und verdienten Ordnungshüter …« Totò macht sich einen Spaß daraus, sich atemlos zu reden, »so einen wie dich, du … Bist du etwa noch in der Kirche? *Sancta romana simplicitas*.«*

'O prufessore nickt. »Il cardinale«, sagt er.

Zeit an uns, ihn noch einmal verständnislos anzusehen.

»Mein Kardinal hat mich drei Jahre lang verfolgt«, sagt Ciro. »Obwohl, würdest du ihn fragen, er das umgekehrt sehen würde. Zumindest in Teilen. Und gütig verzeihend. Als ob da etwas zu verzeihen wäre. Angefangen hat es damit, daß ein Untersuchungsrichter aus dem Umland sich mit einigen unbedeutenderen Fällen von Wucherei befaßt hat: ein alltägliches Geschäft für beide beteiligten Parteien. Und für mich, dachte ich, genau die richtige Hutnummer von Delinquenz. Ein Alltagsvergehen. Schöne Abwechslung von den großen Verbrechen. Der Wucher ist so alt wie die Welt und diese Stadt; so, als ob sie immer über ihre Verhältnisse gelebt hätte, als ob, gleichgültig wann, der Wunsch immer größer gewesen wäre als die Welt, die Augen als der Magen, der Gaul als der Hafersack. Mit Wucher haben wir zu leben gelernt. Es ist, als ob wir ihn bräuchten, um uns unsere Grenzen zu ziehen. Eigentlich, und richtig besehen, ist der Wucherer der, der dir sagt, was du nicht mehr kannst, was nicht mehr geht: Bis dahin hast du noch daran geglaubt; jetzt hörst du ihn und weißt, es ist aus. Fürs erste. So lange, bis du wieder gut bist für einen neuen Kredit. Und so zieht sich das Leben hin. Zwischen Hoffen und Würgen. So wird man groß. Und so ist man, selbst und vor Jahrzehnten, zu seinem ersten Auto gekommen. Und so, denkt man, ist das ein Fall wie jeder andere, und setzt sich dran. Und dann kommt alles anders. Selbstverständlich. Und plötzlich steht man da wie der, der sich bekreuzigen wollte und sich ein Auge ausstach dabei. *Iette pe se fa' 'a croce e se cecai n'uocchio.* Plötzlich stößt man bei seinen Untersuchungen auf Amtsinhaber und Würdenträger, und *il cardinale*, der hochverehrte Kardinal von Napoli, wird von dem Untersuchungsrichter, der in einer kleinen Stadt an kleinen Fällen arbeitete, einer großen Sache angeklagt: *associazione a delinquere finalizzata all' usura, usura continuata e appropriazione indebita*, der Bildung einer kriminellen Vereinigung zum Zwecke des Wuchers, des fortgesetzten Wuchers und der widerrechtlichen Aneignung. Keine schöne Sache, wenn man Kardinal ist, vor allem dann nicht, wenn man jahrelang gegen den Wucher gewettert hat, von der Kanzel herab und zu ebener Erde. Aber dann dreht sich die Mühle; und hat er Dreck am Stecken, oder ist er reingelegt worden, weil er nicht nur nicht mit von der Partie war, sondern auch noch dagegen? Und schiebt man mir die Durchsuchung der Kardinalsgemächer zu, um ihn in Schutz zu nehmen oder weil ich als Pfaffenfresser bekannt bin? Will man ihn oder mich demontieren? Das sind die Fragen, und weil sie, wie immer, nicht entscheidbar sind, sind sie sehr italienisch. Als ob wir das brauchen würden wie Luft zum Leben, und dabei ist es doch nur ein todbringender Zweifel: dieses Nichtentscheidbare, dieser *bilico*, dieses ewige Auf-der-Kippe-Stehen, so lange, bis beiderseits der Abgrund sich auftut, wie auch immer, und schon: in jeder Ecke Tod und Teufel und *tenebrae*. Und deswegen, liebe Freunde eines alten Polizisten, der längst schon nicht immer mehr weiß, was Recht (und noch weniger: was Gerechtigkeit), ist auch nicht mehr ernsthaft rekonstruierbar, ob ich tatsächlich Gefahr gelaufen bin, exkommuniziert zu werden. Oder demnächst seliggesprochen werden soll. Beides wäre mir unangenehm. Sehr. Aber ich ahne: Ich werde beidem nicht entgehen können.«

»Das warten wir ab.« Totò hat das mehr zu sich gesagt als zu uns.

»Wie ist es mit dem Kardinal dann schlußendlich gekommen?«

»Er seinerseits hat einem verkürzten Gerichtsverfahren zugestimmt, keine langen öffentlichen Verhandlungen, das Gericht wiederum ihn bedingt freigesprochen. In den Tagen vor der Entscheidung hat der Kardinal sich in ein Kloster der Umgebung zurückgezogen. Als er dann, nach der Urteilsverkündung, wieder in die Stadt kam, haben ihm die Leute auf der Straße applaudiert. Es war der 22. Dezember. Und man nahm es als Zeichen, wenn nicht gar als Wunder. In den Lottoannahmestellen der Stadt, vor allem aber in denen rings um den Kardinalspalast, wurde bevorzugt auf diese drei Zahlen gesetzt: die 15, die 22, die 27. Nach der napoletanischen Lotto-Kabbalistik steht die 15 für den Kardinal, die 22 ist der Tag des Freispruchs, die 27 ist der Unschuldige. So daß die Leute, die glauben, ein Wucherer könne sie aus ihren Geldnöten befreien, nunmehr glaubten, ein vom Wucher Freigesprochener könne ihnen in einer Sache zum Erfolg verhelfen, bei der Glaube allemal vonnöten ist: im Lotto, von dem man wiederum glaubt, es könne einem mit Gewinn ins Leben verhelfen, ins wahre. Und so ist alles eine Frage des

Glaubens und damit alles eine Frage des Aberglaubens.«

Es klopft. Zwei mal, kurz wie resolut, schon geht die Tür auf; zwei Frauen, päckchenbepackt, und so küßt man sich notgedrungen nur in halber Umarmung und männlicherseits weit vornübergebeugt, ciao, freut mich, piacere, ah: *il marinaio*, und so werde ich vieräugig gemustert, Seemann, von wegen, denke ich und rätsle, warum ich hier in blauweißen Streifen antreten soll.

»Bene, bene, bene«, sagt Angela, sie stellen ihr Gepäck auf dem Tisch im Eck ab, ein Gewirr von mit Alufolie ausgelegten Schuhkartons und Plastikdosen in Tüten und Modehaustaschen, »ditemi, sagt mir, Männer: wie sieht es aus mit eurem Appetit? Oder läßt euch der Lauf der Weltgeschichte und euer unermeßlicher Beitrag dazu nur mehr die Zeit zum Trinken?«

Ciro reagiert schnell. »Nein, nein.«

Totò sekundiert, und ich schüttle den Kopf.

Angela lacht, die junge Frau neben ihr verzieht keine Miene.

»Na, dann kommt schon, Sera. Tisch auf.«

Angela ist eine zupackende Person von runden fünfzig Jahren, die sie mit augenzwinkernder Würde trägt. Ich versuche mich in Beruferaten, komme aber nicht weit. Sieht aus, als wäre sie gewohnt, mit Kopf und Händen zu arbeiten.

»Und das ist Sera, meine Tochter. Eigentlich habe ich sie Serena getauft, die Heitere. Aber sie besteht auf Sera, der Abend. E valli a capire, versteh einer die Jungen, schon gar, wenn sie, offiziell wenigstens, längst schon die Universität besuchen.«

»E dai, mama, hör auf!«

Sichtlich genervt, die junge Frau.

Und obwohl ich für gar nichts kann, denke ich jedenfalls (hatte freundlich, aber zurückhaltend den Kopf genickt, dabei anerkennende Gedanken gefunden für beide, Mutter und Tochter, die sich ihrer dunklen Schönheit sehr wohl bewußt waren), obwohl ich unschuldig bin wie ein Pubertierender, läßt Sera, während sie widerwillig herrlich riechendes Essen auspackt, mir einen kleinen bösen Blick zukommen, einmal kurz über die Achsel geworfen. Und ich schwanke in der Interpretation. Ganz einfach: Alter Sack! oder: Denk nicht einmal daran!?

»Sie bellen beide«, sagt Ciro, »und sie beißen beide nicht, Tschenett, keine Sorge. Ich habe es getestet.«

»Scheißbulle.«

»Laß ihn, Sera. Und du, Ciro, treib es nicht auf die Spitze mit deinen Sprüchen.«

»Schon gut, Sera. Beinahe beruhigt es mich:

Mein Chef hält mich für ein unberechenbares Arschloch, und du ...«

»... für einen buckligen Büttel des Systems.«

»Siehst du«, sagt Ciro und schiebt zwei Stühle an den Tisch, »da kann ich nicht alles falsch gemacht haben. Los, setzen wir uns. Buon appetito.«

Und während wir neugierig Teller und Dosen beschnuppern und Sera durch das Büro streunt und an allem, was wie ein amtliches Blatt Papier aussieht, herumschnüffelt, sieht Angela sich mißtrauisch im Raum um.

»Du hast doch nicht aufgeräumt, Ciro, oder?«

»Es riecht gut«, sage ich und versuche, mir einen Überblick über das Angebot zu verschaffen. Mein Respekt vor Signora Angela wächst: Fisch sauer und frittiert, *parmigiane, friarielle, salsiccie*, allerlei eingelegtes Gemüse, und: *sfogliatelle* und *babà*.

»Nein, habe ich nicht, Angela. Das heißt, eigentlich: Ja.«

»Und geputzt?«

»Ja.«

»Hör zu ...« Angela ist nicht so leicht zu bescheißen, merke ich. »Sehe ich aus, als ob ich schon vollkommen altersverblödet wär? Eh? Hab ich etwa irgendwann gesagt: Bittebitte, verarsch mich, am besten, wenn deine Freunde dabei sind? E dai, Ciro ...«

Sie stellt sich vor ihn hin und stemmt die Hände in die Hüften. »Hier stimmt was nicht, Ciro.«

11

Und hatte den Kopf geschüttelt, stumm, hatte ihn immer wieder geschüttelt, auch dann noch, als sie sich schon längst an den Tisch gesetzt, uns von ihrem Essen auf den Teller geladen und gesagt hatte: »Mangiate. Eßt schon. Du auch, vecchio brontolone, alter Knurrhahn. Ich kann dich nicht leiden sehen.«

»Nur ab und zu«, hatte Ciro geantwortet.

Ich hatte kurz, an Ciro vorbei, zu Totò gesehen, der hatte leicht gequält gegrinst und beide Hände gedreht, nach oben, nach außen; Ciro war an seinen Schreibtisch gegangen, auf dem inzwischen Sera saß, die militärbestiefelten Füße überkreuz draufgepackt und in einem schmalen Aktenhefter blätternd, Ciro hatte Wein und Gläser geholt, und ich war glücklich: Es schmeckte vorzüglich.

Angela war eine aufmerksame Gastgeberin, hatte sich nach unseren ersten Eindrücken in der Stadt erkundigt, ich hatte mein Hafenerlebnis verschwiegen und mir jeden Kommentar zu Polizeikongressen verkniffen, dafür Napolis Gassen gelobt und den Vesuvio, »seit zweitausend Jahren dasselbe«, hatte Angela geantwortet, und so recht war ich aus ihrer Antwort nicht schlau geworden: War ich blindlings in den jahrhundertealten Begeisterungstaumel aller Besucher Napolis gefallen und damit in die Ungnade der Signora, oder sprach sie von der ewig unwandelbaren und ihr deswegen längst unspektakulären Schönheit der Stadt?

Dann, plötzlich, Ciro war darüber sichtlich erschrocken, hatte Angela die Hände über ihr Buffet gebreitet, »basta così, das reicht jetzt«, war aufgestanden, »gehn wir endlich, mama?« war Sera zu hören gewesen, »andiamo«, hatte Angela gesagt, »es geht los, hilf mir beim Einpacken, Sera«, und so saßen wir drei da, während die zwei Damen alle die Segnungen der napoletanischen Hausfrauenküche wieder in Dosen und Kartons verpackten und Kartons und Dosen in Plastiktüten und Modehaustaschen, und dann hatte Angela dagestanden und Ciro gefragt: »Du hast doch sicher noch irgendwo eine Flasche Wein stehen, oder?«, und Ciro hatte sie angesehen: »Aber nicht dafür, wofür ich jetzt meine, oder?«

Da hatte Angela ihm einen halben Kuß auf die Wange gedrückt und gesagt: »Doch, caro.«

Jetzt stehen die beiden Frauen in der Tür, winken

mit den Achseln, weil die Hände allseits behängt sind mit Essensvorräten, die, soviel habe ich längst begriffen, dazu bräuchte es nicht Ciros Blicke, für diese Veranstaltung hier viel zu viele und wohl eigentlich auch nicht ganz für uns gedacht waren.

»Allora?« sagt Angela, »also?«

»Du willst wieder hin?« sagt Ciro.

»Ja«, sagt Angela, »Sera kommt mit, und der *marinaio*, und dein Freund Totò.«

»Also gut«, sagt Ciro. Angela hält ihm zwei Taschen hin, er nimmt sie, sie hakt sich bei ihm unter.

»Und später packst du damit aus, was hier los war, ja?«

»*Nu diavulo caccia a n'atu diavulo*«, sagt Ciro. »Nimm Gift drauf: Ein Teufel vertreibt den anderen. Also raus hier.«

Über die Via Toledo. Vor uns drei, vier, fünf schwarzafrikanische Straßenhändler, schwere staubgraue, ehemals weiße Tücher geschultert, Blick zurück, kommen die zwei Stadtpolizisten hinterher? Junge, adrett geuniformte Menschen, der Schritt schnell genug, um den Illegalen auf den Fersen zu bleiben, gemächlich genug, um die Amtswürde nicht hopsend zu verlieren; und es reicht ihnen, sie von der noblen Via Toledo vertrieben zu haben. Dabei stehen die napoletanischen

Frauen mindestens ebensolange vor den Tüchern der Schwarzafrikaner, um sich die Handtaschen aller weltgängigen Edelmarken zu besehen, wie sie vor den Glasvitrinen der Lederboutiquen stehen.

»In den Läden verkaufen sie gefälschte Markentaschen. Auf der Straße gefälschte Gefälschte«, sagt Angela. »Dafür kosten sie hier nur ein Zehntel. Original, Fälschung, Kunststoff. Die Klassengesellschaft des schlechten Geschmackes.«

Den Schwarzafrikanern ist mindestens genausosehr wie den Stadtpolizisten daran gelegen, ihre Würde nicht auf der Via Toledo liegenzulassen. Sie gehen gerade so weit, leichten Fußes, krampfhaft wie spielerisch trotz des Gewichtes in ihren Tüchern, in die Gasse hinein, wie es sein muß: fünf Meter, sechs, stehen zufällig und abwartend herum, »'türlich steh ich immer hier«, ein einziger Pflasterstein der Nabel der Welt und Hof und Heimstatt, und sobald die Stadtpolizei zehn Meter weitergezogen ist die Via Toledo hinunter, und sowie die Flanierenden, die so gar nichts Losgelassenes, dafür sehr viel abendlich gelassene Spaziergewohnheit an sich haben, sie verschlucken, sofort haben sie ihre Tücher wieder auf der Via Toledo ausgebreitet, perfekt parallel zur blassen Bordsteinkante ausgerichtet (alles neu hier, alles Bassolino*; die Stadt hat sich herausgeputzt die letzten

Jahre, die verlorenen Cousins leben weiter in den Ghettos am Stadtrand, ganz gleichgültig welcher Rasse, und die einzige Freude im Leben sind die Millionen geklonter Chips fürs Pay-TV*), so zupfen diese Händler der Markenartikel aus dritter Hand für Lebensläufe aus vierter Hand an den Tuchecken ihrer Geschäftslokale, und während sie die Taschen wieder in Reih und Glied aufstellen, sorgfältig das silbrigweiße kugelig in Form geknüllte Papier, mit dem sie ausgestopft sind, zurechtrückend, sammeln sich Napolis Frauen vor ihnen und warten gespannt ab, daß es losgehen kann mit den Verkaufsverhandlungen, besprechen sich vorab; ganz hartnäckige haben drei Worte Arabisch gelernt, hier war immer schon Kasbah. Die Illegalen haben es nicht eilig: Man ist seit einigen Jahren das führende Geschäft am Platz, allein schon das verpflichtet zu kaufmännischer Gelassenheit. Jeder ihrer Plätze ist ersessen und erstanden, und irgendwann sind drei Jahre so lang wie drei Generationen, ein stolzes Kaufmannsgeschlecht, das langsam vergißt, daß es früher Land besessen hat und nicht Quadratzentimeter. Staub hier wie dort. Und hier: Steuern an die Camorra.

Vorneweg die zwei Frauen, haben zu reden, hinterweg wir drei, in einer Reihe, mal ein Wort, mal keines: ganz, als ob das einer dieser sonnachmittäglichen Spaziergänge unter befreundeten Ehepaaren wäre.* (Kinder fehlten noch, lärmend, vorn bei den Frauen, und manchmal ein spitzer Schrei: Attenzione, Peppino, do' vai?, dazu ein leiser Vorwurf an den Gemahl in der Stimme, sich doch auch einmal um den Nachwuchs zu kümmern; darauf nur Stirnrunzeln, im Wiederholungsfalle die genervt wegwerfende Hand und: Paß gefälligst selbst auf dein Kind auf, wir haben zu tun. Fußballübertragung im Radio, einer der Herren mit Knopf im Ohr, die beiden anderen mit dem alten Kleinstradio auf Halbhöhe, Kopf leicht hingeneigt. Manchmal ein Fluch, zwischendurch kurze Verständigung untereinander.) Nur ist heute kein Sonntag. Und wir haben schwer zu tragen.

Und dann stehen wir an der Rampe hinter der Piazza del Plebiscito.

Links und rechts Liebespaare, jung, meist minderjährig, und es scheint zwei Möglichkeiten zu geben, aneinander zu halten: Der Mann umfaßt den Hintern der Frau, sie sitzt beinahe in dieser Haltekuhle, spätestens wenn er sich küssend über sie beugt, lehnt sie rücklings im schrägen Winkel, schiebt dann den Kopf nach vorn, Körner pickend. Oder: zu zweit auf *Vespa* oder *motorino*, hintereinander, nebeneinander, zueinander; Motorradsitzer küssen seltener, dafür gehen die Blicke stumm über den Golfo di Napoli, und gelegentlich drückt die eine Hand die andere.

Und wir dazwischen, zwei Frauen, drei Männer, sieben Tüten (ungleich verteilt, bei den Frauen trifft's zwei auf eine), stehen etwas verloren da, als ginge es an diesem Ort ohne Händchenhalten nicht, außer man geht am Stock, schauen über den Golfo, an den zwei Hügeln des Vesuvio hängen immer noch dünne Wolkenfetzen, unter uns fahren die Autoschlangen hupend in den Berg.

»Schön hier«, sage ich.

»Ja«, sagt Ciro. »Solange man nicht genauer hinsieht. Oder, Geschmäcker sind ja verschieden, falls man genauer hinsieht. Napule eben.«

»Die *Hefaistos* ist schon wieder ausgelaufen«, sage ich.

»Dann haben sie dieses eine Mal nichts gefunden«, sagt Ciro. »Oder wollten nicht. Oder konnten nicht. Oder sollten nicht. Wir werden es nie erfahren.«

»Oder er war in Ordnung, der Frachter«, sagt Totò, »könnte ja auch sein. Ausnahmsweise. Auch wenn es nicht in deine Philosophie paßt.«

»Meine Philosophie? Ich habe schon lang keine mehr, proprio tu lo dovresti sapere, gerade du solltest das eigentlich wissen. Mir reichen die Tatsachen. Schau dir die Stadt an...«

Und Ciro zieht eine Handbewegung durch den Dämmerungsstahl quer über die Häuser und Gassen, mehr Feldherr als Fremdenführer.

»Schau sie dir an. Schön, sagt dein Freund. Ich sage: genauer hinsehen. Dann kommen nicht nur ihre kleinen schmutzigen Geschichten und ihre versteckten bunten Freuden ans Licht. Da entdeckst du dann auch, daß unter diesen Gassen und Straßen eine zweite Stadt liegt, *la Napoli sotteranea*, das unterirdische, in Tuffstein gegrabene Napoli, alte Steinbrüche und Zisternen, Gänge, Grotten, Kanäle, Kammern, Katakomben, eine geheime Welt für sich. Nicht genug: Unter Stadt und Unterstadt entdeckte man dieser Tage was? Eine riesige Lavablase, auf der das alles schwimmt.* Drei Schichten, eine geheimnisvoller als die andere und verworrener. Wieviel Ungewißheit verträgt der Mensch?«

»Drei Schichten?« sage ich. »Erinnert mich an die drei Geschmäcker des *carciofo*. Macht mir die Stadt nur sympathischer.«

»Ciro, mo basta, das reicht jetzt. Gehen wir.« Angela zieht energisch los.

»Wohin?« sagt Ciro.

»Das weißt du. Zur *Odessa*, natürlich. Ob du willst oder nicht.«

»Odessa?« sage ich.

»'O *prufessore* Ciro kann vielleicht von Sprichwörtern und Philosophierereien leben«, sagt Angela, »ich brauche zwischendurch etwas Konkretes. Da unten, hinten links an der langen Mole, das weiße Schiff, das ist die *Odessa*. Da gehen wir jetzt hin.«

Und während Sera und Angela sich schon auf den Weg gemacht haben, schüttelt Ciro immer noch den Kopf.

»Allora«, sagt Totò und schaut auf unsere Tüten, »gut: Da werden wir wohl mitmüssen.«

12

»E questi tre?«

Wir stehen vor einem stacheldrahtbewehrten Eisentor, und durch die Gitter schaut mißtrauisch ein Carabiniere. Hat, was ich besonders liebe, mit seinem spitzen, schlecht rasierten Kinn auf uns gezeigt: Und die drei da?

Was soll mit uns schon sein?

Direkt über meinem Kopf hängt gelb ein Schild. *ALT! Zona militare. Militärisches Sperrgebiet. Betreten verboten. Pericolo di morte.*

Auch ohne diese leise Drohung würde es mir nie

in den Sinn kommen, freiwillig von hier nach da zu gehen, nicht über diesen Jordan. An den Anlegestellen hinter Tor und Carabiniere liegen, sauber gereiht, militärische Ruder- und Schlauchboote, Schnellboote von Guardia di Finanza, Guardia Costiera, Marina Militare, Polizia und Carabinieri: zuviel der Ordnung, zuviel der Ordnungshüter. Die ganze Mole ist sorgsam von der Stadt abgetrenntes Militärgelände.

»No grazie«, sage ich, »kein Bedarf«, stelle die Tüte ab und drehe mich um, einer besseren Welt zu; da hat Angela sich schon meinen eben erst befreiten Arm geschnappt.

»Dai, *marinaio*, bleib hier, keine Angst.«

Und während ich noch zweifle, kommt ein junger Mann auf seiner *Vespa* an, modische Lederjacke, Sonnenbrille, Halbtagesbart. Steigt ab und küßt Angela so deutlich auf die Wange, daß ich verwundert auf Sera sehe, die regungslos bleibt.

Die Dinge verkomplizieren sich, Tschenett, denke ich.

»Allora«, sagt Angela und grinst mir zu, »das ist Paolo, mein kurzfristiger Ex.« Dann dreht sie sich zu dem Carabiniere um, zeigt auf Ciro, Totò und mich und sagt: »Questi? Questi tre sono: mio marito, un marinaio e un amico. Facci entrare, laß uns rein. Wir wollen ja nur zur *Odessa*. Wie sonst auch.«

»Ma, Signora, aber …«, sagt der Carabiniere und schaut etwas ratlos auf uns, sekundenlang befürchte ich, er habe beim Mittagessen meinen Steckbrief gesehen.

»Geht schon in Ordnung«, sagt Paolo, der Ex.

Und plötzlich geht es in Ordnung.

Der Carabiniere widerspricht nicht mehr. Mir ist sogar, als hätten seine Haken kurz gezuckt. Aber an Totòs und Ciros Gesichtern ist nichts, was mir mehr erklärte; sie haben ihre ernsthaft nichtssagenden Bullengesichter aufgesetzt, zwei graue, unantastbare Flächen, signoril, wenn man so will. Und Sera ertappt mich dabei, wie ich ihr einen kurzen Kontrollblick zuwerfe: Ganz die Tochter ihres Stiefvaters, läßt sie sich nichts ablesen.

Angela vorneweg. Ex Paolo nebenan. Hintendrein Ciro und Totò. Der Carabiniere, kaum sind sie an ihm vorbei, nimmt seine Mütze ab, Schweiß. Sera scheint Probleme mit den Schnürsenkeln zu haben. Ich drehe mich kurz um meine eigene Achse. Dann trotten wir nebenbei hinterher.

Diesmal, Tschenett, hältst du die Klappe, denke ich.

Und versuche, auf Seras Schritt zu bleiben. Schrittwechsel.* Militärisch nie geübt. Zivil oft geprobt, vergebens. Diesmal, magisch, klappt's.

Sera lacht. »Du versuchst dich einzuschleichen.«

»Wär mir neu.«

»Sich dumm stellen«, sagt Sera, und tänzelt mit ihren schweren Stiefeln ein paar Schritte rechtsaus, »sich dumm stellen, aber Gleichschritt Marsch. Schönes Exemplar von Mann.«

»Apropos«, sage ich, das ist die Gelegenheit, »wer ist dieser Paolo?«

»Weißt du ja«, sagt Sera, etwas mürrisch, wir laufen längst schon wieder synchron nebeneinander her, »der Ex von Mama. Ein kurzfristiger Ex. Irgendwann, vor vielen Jahren, ist sie sich ein paar Monate lang alt vorgekommen. Und so ist es passiert.«

»Und?«

»Na ja. Einer, der jeden kennt, der überall Freunde hat. Keine Arbeit und anscheinend auch keine größeren Geldsorgen. Hält sich für wichtig. Hält sich für schön. Ein Unsympath. Aber er hat uns geholfen, daß wir an die *Odessa* herankommen.«

»Da hast du mit den Männern deiner Mutter ja richtig Glück.«

»Ciro ist manchmal sogar o.k. Aber das muß ich ihm ja nicht unbedingt sagen.«

Der Weg zieht sich, und was ich rechts und links sehe, gefällt mir nicht sonderlich. Wir sind im militärischen Teil des Hafens, einer Welt für sich: Die Mole schiebt sich weit in den Golf hinaus, riegelt ihn beinahe ab, links liegen ihre Schiffe, rechts von uns alte flachrote Ziegelbauten, langgestreckte Lagerhäuser, die leer und verlassen aussehen und eine dunkle Ahnung davon hinterlassen, daß man hier auf immer ins Nichts verschwinden kann, falls die Sicherheitslage es wieder einmal verlangt; manchmal läuft uns eine Uniform über den Weg, man nimmt von uns ausdrücklich keine Notiz.

»Mir gefällt es hier nicht«, sage ich.

»Verstehe ich ja«, sagt Sera, »geht mir auch immer so. Aber mach jetzt nicht schlapp. Wir sind gleich da.«

»Warum muß ich da überhaupt mit?« sage ich, mehr zu mir als zu Sera, die eine Cola-Dose vor sich her schießt.

»Mama sagt: Weil du ein *marinaio* bist. Und sie hat was für Seeleute übrig. Wieso, weiß ich nicht. Außerdem will sie Ciro ärgern. Und Ciro ist dein Freund.«

»Ich kenne ihn erst seit heute.«

»Du weißt schon, was ich meine. Bei euch Männern geht das schnell. Und dann klebt ihr aneinander.«

»Zur Zeit nicht«, sage ich.

Und hätte es am liebsten augenblicklich wieder verschluckt. Nur nicht recht haben wollen.

Sera bleibt prompt stehen, regungslos, dann tritt sie die Dose ins Meer und geht weiter.

»Total kindisch. Wie heute im Büro. Mama ist doch nicht blöd. Natürlich weiß sie, daß Ciro ihr etwas verheimlicht. Sie wird ihm auf die Schliche kommen, garantiert. Und so lange muß er eben leiden.«

»Und du?«

»Ich? Laß euch eure Spielchen treiben. Keine Zeit für so was.«

»Wofür dann?«

»Das möchte die politische Polizei auch gern wissen. Ich sag's ihr nicht. Und dir sage ich es auch nicht.«

Wir sind angekommen. Vor uns liegen drei Frachter, zwei davon in äußerst fragwürdigem Zustand: Als sie noch jünger waren, waren sie Seelenverkäufer.

»Beschlagnahmt«, sagt Ciro. »Beschlagnahmt. Beschlagnahmt, Zigarettenschmuggel.* Menschenhandel. Menschen- und Drogenhandel. Vollkommen idiotisch, eigentlich; die Kähne sind so heruntergekommen, daß ihre Besitzer froh waren, sie losgeworden zu sein.«

Die *Hefaistos* ist nicht dabei.

Hinter den Frachtern ein Kreuzfahrtschiff, nicht mehr das jüngste, leidlich in Schuß: die *Odessa*. Angela steht davor, hat den Kopf in den Nacken geworfen und ruft hinauf: »Vladimir. Vladi!«

Dann taucht oben ein Gesicht auf, zwei, drei, bärtige, schmale Männer, sie lassen einen Korb herab und pendeln ihn nach außen, bis Angela an ihn herankommt.

»Los geht's«, sagt Angela und bepackt den Korb mit zwei Tüten. »Va bene. Via! Come va, Vladi? Wie geht's?«

Vladimir hat eine Mütze auf; wenn sie nicht so verwegen schief sitzen würde, könnte man annehmen, er sei der Kapitän. Er fuchtelt mit den Armen, während seine Männer den Korb hochziehen. »Es geht«, ruft er. »Pjotr hat wieder Fieber.«

»Habt ihr schon Medikamente bekommen?«

»Nein.«

»Paolo«, sagt Angela, und ihr Ton läßt keine Widerrede zu, »du kümmerst dich darum. Medikamente. Verstanden?«

Paolo nickt. Und strengt sich an, gelangweilt auszusehen.

»Morgen«, ruft Angela, »morgen bekommt ihr sie, Vladi. Sonst noch was?«

Der Korb ist wieder nach unten unterwegs.

Vladimir antwortet, halb italienisch, halb russisch.

»Was sagt er?« sage ich.

Angela steht vor uns, wir anderen stehen hinter ihr, in Reih und Glied, Angela dreht sich um, nimmt wieder zwei Tüten und packt sie in den Korb.

»Er sagt: Wir haben keine Hoffnung mehr.«

Sie legt den Kopf wieder in den Nacken. »Vladi, die Anwälte sagen, diesmal könnte es klappen.«

»Quando?« ruft Vladimir, »wann? Quando?«

Angela hebt die Arme. Vladimir hebt die Arme. Seine Leute ziehen den Korb wieder nach oben.

»Wir werden hier noch alle sterben«, ruft er. »Ich weiß es.«

Angela schüttelt den Kopf. »Nicht, solange ihr mein Essen bekommt.«

»Baci«, ruft Vladimir, und der junge Matrose neben ihm wirft Kußhändchen von Bord. Was mich doch etwas erstaunt. Ist für einen Seemann, sogar für den eines Kreuzfahrtschiffes, doch etwas ungewöhnlich. Aber hier ist einiges ungewöhnlich.

»Sonst noch was, Vladi?«

Der Korb ist wieder unterwegs.

»Nein«, schreit Vladimir. »Alles gut.«

»Wasser habt ihr noch?«

Angela packt die restlichen Tüten ein.

»Ja«, ruft Vladimir. »Wasser gut. Aber besser nicht mehr versuchen, an Bord zu kommen.«

»Das verstehe, wer will«, sagt Angela und dreht sich zu Sera um.

»Ma«, sagt Sera und läßt die Hand, mit der sie eben gewinkt hat, sinken, »verstehe ich auch nicht.«

»Vladi?« ruft Angela, während der Korb schon wieder nach oben verschwindet, »Vladi ...«

»Alles gut«, ruft Vladimir, »nema problema, alles gut, Angela. Grazie.«

Und nimmt, kaum ist der Korb angekommen, die Hand an die Mütze, salutiert, die beiden Matrosen links und rechts machen es ihm nach.

»Va bene«, sagt Angela, »ist gut, hauen wir ab. Denen geht es heute nicht so gut. Also los.«

Und greift sich Sera und zieht los. Wir Männer hinterher. Paolo als stumme Nachhut.

»Insomma«, sagt Ciro, »na ja.«

»Und was sagst du, *marinaio*?« sagt Totò.

Aber ich komme nicht dazu zu antworten. Angela ist stehengeblieben, hat uns auflaufen lassen, hängt sich bei mir ein, schiebt Ciro weiter, wartet, bis auch Paolo an uns vorbei ist, und sagt dann: »Hai visto? Hast du gesehen?«

»Ich weiß nicht so recht, was ich da gesehen habe«, sage ich, und eigentlich ist mir jetzt nicht danach, Arm in Arm mit Angela über diese Mole zu laufen, ein andermal an anderm Ort gern, aber... »Ich halte nichts von Seemannsromantik, egal, was du davon denkst. Dafür habe ich zuviel gesehen. Sorry.«

»Dann hör her, Tschenett, alter Zyniker, vielleicht kann ich dich ja glücklich machen mit einer traurigen Geschichte.«

Was sagt man dazu? Ich ziehe eine schiefe Grimasse.

»Also«, sagt Angela, »in Kurzfassung: Vladimir Lobanov ist seit zwölf Jahren der Kapitän dieses Schiffes. Seit sechs Jahren liegt die *Odessa*, ehemals stolzes Flaggschiff der noch stolzeren Flotte der rühmlichen Sozialistischen Republik Ukraine der ruhmreichen Sowjetunion beschlagnahmt hier am Molo San Vincenzo. Ein unglückliches Schicksal für so ein Schiff, wie du dir vorstellen kannst.«

»Diese Kreuzfahrtdampfer waren mir nie sonderlich sympathisch«, sage ich.

»Wart's ab«, sagt Angela.

Sie ist mit großem Ernst bei der Sache. Wie alle Landratten, wenn es ums Meer geht. Als ob das Ehrerbietung genug wäre. (Immer wieder tödliches Mißverständnis.)

»Also«, sagt Angela, »die Sowjetunion ist verschwunden, die Ukraine stolz auf ihre Flotte, die inzwischen *Black Sea Shipping Company* heißt und mit dreihundert Schiffen weltweit eine der größten ist, die *Odessa* schippert winters durch die Karibik und...«

»Schippern«, sage ich, »tut mir leid, *schippern* ist wieder so'n Landrattenausdruck.«

»Scusami, sorry, schippert also nicht, tut aber das, was sie tun muß und wie du es eben nennen willst, im Sommer jedenfalls immer wieder auch im Mittelmeer, und wie sie vor Capri liegt, kurzer Landgang der rund 570 internationalen Passagiere, die zwischen 150 und 300 Dollar pro Tag hinlegen für dieses Schmuckstück, auf dem sie rund um die Uhr von 265 Mann Mannschaft den Arsch gewischt bekommen...«

»Sie wird und wird mir nicht sympathischer, diese *Odessa*«, sage ich. »Ich mag diesen Traumschiffscheiß nicht.«

»Warte es ab: Wie sie vor Capri liegen, im April 1995, kommt ein Telex eines napoletanischen Richters. Das Schiff ist beschlagnahmt, unbezahlte Rechnungen, so was. Die *Odessa* wird an den Molo eskortiert. Macht hier fest. Und bleibt hier liegen. Mit den Passagieren verschwindet auch der Großteil der Mannschaft, vor allem das nichtseemännische Personal. Schuldner und Gläubiger können sich nicht einigen, die Ukraine ist weit und gerade in undurchsichtigen Umständen. Und so bleiben der Kapitän und neun weitere Ukrainer übrig, meist Offiziere. Sechs Jahre jetzt schon. Sitzen auf ihrem Schiff, ohne Wasser, ohne Strom, ohne Essen, ohne Lohn.«

»Heuer«, sage ich.

»Laß das, Tschenett«, sagt Angela und lacht.

Ist da ein leichtes Rot auf ihren Wangen, und kommt das davon, daß sie vor lauter reden nicht richtig zum Atmen kommt?

»Keine Kohle, jedenfalls, kein gar nichts. Und einfach abhauen können sie auch nicht, weil ...«

»... sie sonst dafür zur Verantwortung gezogen werden könnten: grob fahrlässiges Verlassen eines Schiffes. Außerdem gibt es Schwarze Listen, das *black listing*; wenn du da einmal draufstehst, und das geht schnell bei so was, bekommst du auf keinem Schiff mehr einen Job.* Seelenverkäufer und Menschenhändler natürlich ausgenommen. Ich kenne das.«

»War es bei dir auch so?«

Darüber wollte ich jetzt eigentlich nicht reden.

»Erzähle ich dir bei Gelegenheit, vielleicht.* Übrigens geht es einigen Schiffen so wie der *Odessa*. In Venezia liegen zwei, in Saloniki hatten wir drei gleichzeitig, undsoweiter. Ist ein Scheißspiel. Die können nur verlieren, deine Freunde da an Bord.«

Sera hatte nach oben gewinkt. Und Angela?

Geht dich nix an, Tschenett. Und werd' mir nicht altersstarrsinnig.

»Allora, ihr beiden«, ruft Ciro, »was ist: Kommt ihr?«

Sie stehen, ein verlassenes Grüppchen, schon vorn am Tor: Ciro, Totò, Sera, Paolo und der Carabiniere.

»Die haben Zeit«, sagt Angela und rührt sich nicht von der Stelle. »Kann sein, das mit dem Verlieren. Kann durchaus sein. E allora? Und? Man sollte wenigstens in Würde verlieren dürfen in dieser beschissenen Welt.«

»Jetzt klingst du ein wenig nach Ciro«, sage ich.

Angela lächelt.

»Ganz zu Anfang«, sagt sie, »ganz zu Anfang sind wir nächtens illegal an Bord: Schiff beschlagnahmt, Schiff extraterritorial. Mannschaft illegal, Besuche illegal. Das Übliche. Gesetze und nichts als Gesetze, Vorschriften, Paragraphen, internationale Abkommen. Ich hätte damit leben können, wenn sie die betuchte Kundschaft auch in Quarantäne genommen hätten. Haben sie natürlich nicht. Wäre ja Freiheitsberaubung. Aber nicht für die Restmannschaft. Es gibt immer zwei Gesetzesbücher: eins für oben, eins für unten. Also sind wir eben nächtens an Bord geschlichen, vom östlichen

Teil des Hafens her, haben uns von einem Schlauchboot übersetzen lassen, dabei habe ich Paolo kennengelernt, unweigerlich, er gehört zu denen, die die Dinge hier am Hafen möglich machen. Dann, irgendwann, die Zeitungen hatten ein paar Zeilen geschrieben, die Hafenarbeiter einen halblauten Protest veranstaltet, erbarmte man sich, und jahrelang war es, in all dem Elend, irgendwie machbar, das Leben an Bord. Besuche waren erlaubt, sogar der Zugang über diese Militärmole hier, für uns wenigstens, Versorgung gesichert, zumindest was das Wichtigste betraf, ein paar Künstler haben irgendeine Aktion gemacht, die Seeleute hatten ihren Kontakt zur Stadt und sogar Telefonate mit ihren Familien, was aber auch nicht verhindert hat, daß, irgendwann, einer von ihnen an Herzinfarkt gestorben ist, eines Nachts an Bord des Schiffes, auf dem sie immer noch festlagen wie Galeerensklaven, und die Mitteilungen, wie das Gericht beschließt und ob es zu einer Versteigerung kommt und endlich zu einem normalen Leben und Arbeit und Lohn, waren so rar und widersprüchlich, als ginge es um ferne Meeresungeheuer. Immer wieder neue Hoffnungen und immer wieder neue Enttäuschungen. Erst vor ein paar Wochen wurde wieder eine Versteigerung abgesagt; offiziell, weil keiner an dem Schiff interessiert war. Kannst dir vorstellen. Und was ist jetzt los, seit ein paar Tagen? Plötzlich, urplötzlich, darf wieder keiner von uns mehr an Bord und keiner mehr von Bord. Offiziell wegen – hör dir das an: Seuchengefahr. Nach all den Jahren. Aus. Plötzlich. Dabei brauchen die das, im siebten Jahr auf diesem Sklavenschiff, am dringendsten: daß man ein paar Stunden zusammensitzt und ein paar Worte redet, was gibt's Neues draußen in der Welt, und wie ist das mit Georgien und Tschetschenien?, alles ist an ihnen vorbei, ihr Leben, die Türme von New York und der Krieg in Afghanistan, die Neue Achse und das Alte Reich des Bösen, wenigstens über die Welt reden muß man, wenn man schon nicht in ihr leben kann. Aus und vorbei. Wir haben vor ein paar Tagen noch einmal versucht, an Bord zu kommen, nächtens, per Schlauchboot, wieder von der Ostseite des Hafens her, wie ganz zu Anfang eben; und sind sofort geschnappt worden, so rabiat wie nie. Sera ist im Wasser gelandet, und das, alter *marinaio*, das weißt du, ist kein Spaß, hier im Hafen. Dafür, und das gab es noch nie, die ganze Zeit nicht, haben sie ihnen Strom ans Schiff gelegt: plötzlich also Licht, nachts. Versteh das einer. Alles sehr undurchsichtig. Wenigstens dürfen wir weiter Essen liefern, hier über die Mole. Paolo, egal, was man sonst von ihm denkt, hat da so seine Beziehungen. Und hilft uns. Wieso auch immer.«

»Jetzt sag mir noch, was du von Beruf bist«, sage ich, »und ich habe keine Frage mehr.«

»Beruf? Schwierig zu sagen. Früher Gewerkschaftsbasis, heute Sprachkurse für Zuwanderer.* Wieso?«

»Die warten auf uns«, sage ich.

»Sollen sie«, sagt Angela, »sollen sie.«

Und ich schaue mich um zu ihr. Es klang plötzlich müde, nach langen, allzu langen Nächten.

»Die meisten Menschen«, sage ich, »tun sich sehr schwer damit, zu begreifen, was ein Seemann ist.«

»Ja. Leider.«

»Man sollte ihnen nicht böse sein. Es ist wenigen gegeben.«

»Das«, sagt Angela, »ist eine Scheißformulierung: *gegeben*. Nix ist gegeben, es reicht, wenn man hinsieht.«

»Kann sein«, sage ich, »aber es braucht zwei Paar Augen dafür: eins unter der Stirn und eins unterm Herz.«

»Natürlich. Und Schwimmhäute zwischen den Zehen. Was für ein romantischer Quatsch.«

Darauf, denke ich, darauf kannst du nichts mehr sagen. Schon gar nicht als gewesener Seemann.

»Gut«, sage ich, »gehen wir. Da warten ein paar immer noch auf uns.«

Und während wir auf sie zugehen, sehe ich, wie Paolo wortlos abdreht, auf seine *Vespa* steigt und verschwindet.

»Ist ja Zeit geworden«, sagt Totò.

»Ja«, sage ich. »Ist Zeit geworden. Wofür? Che facciamo? Was kommt jetzt?«

»Che facciamo, Ciro?« sagt Totò.

»Frag Angela«, sagt Ciro.

»Che facciamo, Sera?« sagt Angela.

»Voi non so«, sagt Sera. »Keine Ahnung, was ihr vorhabt. Ich gehe in die Stadt rein, eine Runde drehen. Ciao.«

»Nimmst du uns mit?« sagt Ciro.

Sera schaut sich leicht verwundert um und zuckt dann mit den Schultern. »Wenn ihr meint«, sagt sie, »und wenn ihr euch alleine nicht traut. Kostet dich mindestens eine *sfogliatella**, papà Ciro.«

Und zwinkert kurz in die Runde und geht schon mal los.

Kleine, schnelle Schritte, ganz ohne Eile, taucht sie zwischen den Autos unter, die sich auf mehreren Spuren stauen.

Langsam liegt Dämmerlicht über der Stadt.

13

Pärchen, Geschäftsfreunde, berentete Fachleute für sämtliche Lebensfragen, auf der Piazza Municipio ist einiges los. Kurzer Spaziergang, um sich einen vernünftigen Hunger fürs Abendessen zu holen. Dazwischen, hoheitlich abgezäunt, die blauen Dienstwagen der Stadtregenten, ihrer Stellvertreter und Subcomandantes, ein mittelgroßer Parkplatz mitten im Platz, an dessen Rändern die politischen Tagesgeschäfte nachgeschliffen werden von sonnenbraunen Männern in dunkelblauen Anzügen, vergiß den Beschluß der Stadtverwaltung, du weißt ja, wie es läuft, der Gemeinderat muß das beschließen, weil das eben so vorgesehen ist, aber was heißt das schon, wir regeln das unter Freunden, laß mich mal machen, spätestens morgen rufe ich dich an, verlaß dich drauf, du weißt ja, woran du an mir bist, oder, und haben wir dich jemals enttäuscht?

Wir biegen in die Via Medina ein, plötzlich Hektik rings um uns, eine Hektik, die sich von der Unruhe des Tages deutlich unterscheidet, man kann es nicht festmachen, aber man merkt es sofort.

»Che succede?« sagt Angela zu Ciro, »was passiert hier?«

Der sieht sich um, geht dann weiter vorwärts, Sera, die schneller geworden ist, hinterher.

Totò und ich versuchen, in dem Auflauf, der immer dichter wird, den Anschluß nicht zu verlieren.

Und dann stehen wir da, wie alle anderen auch, und sehen erstaunt, direkt vor dem Eingang des Palazzo, in dem sich, wenn man der Aufschrift trauen kann, das Polizeipräsidium befindet, stehen da und sehen: fünfzehn, zwanzig Männer, durchaus keine zerlumpten Figuren, in einer Reihe aufgefädelt, mit Handschellen aneinandergefesselt.

Und während ich mir noch überlege, was das zu bedeuten hat, schieben mich zwei Breitschultrige von hinten etwas unsanft zur Seite, drängeln sich nach vorne durch, greifen, beinahe synchron, im Gehen noch hinten unter ihre Jacketts, ziehen Handschellen aus dem Bund, stellen sich an die Reihe und schließen sich an.

Ich hätte die Pistolenhalfter nicht sehen müssen, um in diesem Augenblick klar zu wissen, mit wem wir es hier zu tun haben.

»Bravo«, sage ich, »Totò, siehst du, so muß es gehen: die Polizei nagelt sich selbst ein. Ist doch schon mal was. Ist doch ein schönes Bild.«

»E come«, sagt Totò, »und ob.«

Aber er ist nicht ganz bei der Sache, sieht sich um, versucht, Ciro zu finden, der ein paar Schritte neben uns steht, aber kaum zu sehen ist, weil zwischen uns ein paar Männer stehen, die gerade dabei sind, Fackeln anzuzünden, was aber immer noch nicht richtig klappt, sie verlöschen immer wieder, der eine nimmt dem anderen das Feuerzeug aus der Hand, laß mich machen, beeil dich, und als kurz Ciros Gesicht auftaucht, sehe ich, wie er mit seinem Nebenmann redet und gleichzeitig seinen fragenden Blick hin zu Angela, die irgendwo vor uns steht.

Die Stimmung ist deutlich gereizt jetzt, es wird Protest geschrien aus der Menge, eine Fackel brennt endlich, und qualmt und rußt, weiter vorne taucht ein Transparent auf, zum Teil noch in die Latten verwickelt, *Scandalo!* kann ich lesen.

Uniformierte sind bis jetzt keine zu sehen. Dafür habe ich den Verdacht, daß die jungen Männer rechts von uns auch nicht zur Caritas gehören.

»Che paese di merda!« schreit einer. »Was für ein Scheißland.«

Hab ich auch schon ein paarmal so formuliert, in aller Liebe. War aber noch nie Mitglied irgendeiner ordnungshüterlichen Vereinigung. Insofern beunruhigt mich diese Überschneidung etwas.

»Bin ich hier im falschen Film?« sage ich zu Totò. »In Eisen geschlagene Polizisten, die unsere wundervolle Demokratie verhöhnen? Und darf das überhaupt sein? Und wenn es nicht sein darf, wie dann doch?«

»Das fragst du mich?« sagt Totò.

Dann, inzwischen brennen drei Fackeln und ziehen los, hat Ciro es geschafft, sich zu uns durchzuboxen.

»Sie haben sechs Leute aus dem mobilen Einsatzkommando in Untersuchungshaft gesteckt«, sagt er, »und zwei Beamte des Polizeipräsidiums. Gegen achtzig wird ermittelt. Daraufhin haben die feinen Kollegen hier das Präsidium besetzt. Kommt mit.«

Und drängt sich nach vorne, ohne zu sehen, ob wir überhaupt hinterherkommen. Aber Totò kann das, er arbeitet sich mit seinen Ellenbogen vor, gelernt ist gelernt, ich treu im Kielwasser hintennach, bis wir bei Angela stehen. Ich sehe sie fragend an.

»Il G8«, sagt sie, »der G8-Gipfel. Nicht der von Genova, der kam etwas später, folgte auf dem Fuße, hat aber seine eigene Geschichte, sein eigenes Dilemma*; wir reden hier vom napoletanischen G8, dem unseren. Straßenkämpfe, Schlägereien, das Übliche. Und jetzt ein kleines, nicht uninteressantes Detail: Wenn es nach den Untersuchungsrichtern geht, haben die Leute vom Einsatzkommando an die hundert illegal in eine Kaserne verschleppt.«

»Verdunkelungsgefahr«, sagt Ciro, »deswegen

die Untersuchungshaft. *'A iustizia piace, ma non a purtarla 'ncuollo.* Gerechtigkeit ist gut und schön, solange sie einen nicht selbst erwischt.«

»Dagegen protestieren deine sogenannten Kollegen jetzt«, sagt Angela, und man kann ihr ansehen, daß sie wütend ist, wenn auch, in all dem Durcheinander, immer noch beachtlich ruhig.

Von hinten kommt jetzt, insistierend, ein Schreien: »Fascisti, fascisti, fascisti.«

Ich drehe mich um und kann gerade noch einen Mann um die Vierzig sehen, der die Faust hebt, bevor er von ein paar Jüngeren eingekreist und weggestoßen wird, ein Knäuel rudernder Arme, dumpfe Geräusche, schon ist nichts mehr von ihm zu hören.

Und dann entdecke ich Sera. Sie kommt von der anderen Seite, schmeißt sich von hinten durch die Menge, erstaunlich, wieviel Energie in ihrem schmalen Körper steckt, und dann hat sie es geschafft, ist durchgebrochen, läuft auf die Polizistenreihe zu, bremst kurz vor ihnen ab, stellt sich vor einen hin, schaut ihm ins Gesicht hinauf (ist Angelas Tochter: hat sich den größten ausgesucht, zielstrebig), zeigt dann, messerspitz, mit dem Zeigefinger auf ihn und sagt: »Aguzzino. Folterknecht.« Schritt nach rechts, Zeigefinger spitz: »Ti ho visto. Dich hab ich gesehen«, Schritt nach rechts, Zeigefinger: »Coglione, Arschloch«, Schritt nach rechts, Zeigefinger: »Aguzzino. Folterknecht.«

Die Polizisten haben sich nicht gerührt. Nicht nur, weil sie mit Handfesseln aneinanderhängen. Der leise Ton Seras scheint sie verwirrt zu haben. Bis zwei aus der Menge, besonders unauffällige Zivilisten, sich auf Sera stürzen, die ihrerseits sofort mit Stiefeln und Fäusten auf sie losgeht und schreit, »fascisti di merda, servi del padrone, Scheißfaschisten, Arschknechte«. Sie haben einige Mühe, sie wehrlos zu bekommen, in diesem Augenblick läuft Angela los und tritt dem ersten gegen das Schienbein, Ciro hinterher, packt den einen am Arm und schreit den anderen an, und plötzlich ist es ruhig, die beiden lassen Sera los, die tritt noch einmal nach ihnen, Ciro hält sie zurück, nimmt sie an der Hand und geht los, Angela mit, durch die Menge, die sich auftut vor ihnen, Totò und ich hinterher, es ist immer noch still, und dann haben wir es hinter uns.

14

Wortlos ist man durch die Straßen marschiert, Sera vorneweg, manchmal stampft sie, mitten im Gehen, mit den Füßen auf, Ciro und Angela hinterher, Totò und ich als Nachhut. Fast alle, denen wir begegnen, sind in Gegenrichtung unterwegs; dieser seltsame Aufstand der Polizisten hat sich, scheint es, windeseilig herumgesprochen in den unterirdischen Kanälen der Stadt. Und jetzt will man mit eigenen Augen sehen.

Auf der Piazza Matteotti, unter dem Postgebäude aus der Faschistenzeit, das sich breit in den Platz lehnt, dreht sich Sera ansatzlos um.

»Was erlauben die sich?« sagt sie, »was bilden sich diese verdammten faschistischen Scheißer ein? Erst verprügeln sie die Leute auf der Straße, du kannst dich an mein blaues Auge erinnern, Angela, dann schicken sie ihre Einsatzkommandos in die Notaufnahmen der Krankenhäuser und nehmen jeden mit, einfach jeden, der eben angekommen ist und sich verarzten lassen will und nicht gerade achtzig ist oder im Doppelreiher herumsitzt; Vera, meine Freundin, hat eine Cousine, die aus Sizilien zu Besuch in der Stadt war, deswegen sind sie auch nicht zur Demonstration, Familientag, beim Spaziergang auf Capodimonte, sie spielen mit dem Hund, knickt ihr Knöchel um, Verstauchung, Schwellung, Krankenhaus, die beiden sind noch nicht richtig angekommen, da werden sie auch schon vom Einsatzkommando verschleppt, in einen Transporter geladen, ab in eine Kaserne, wie Dutzende andere auch, die *telefonini* nimmt man ihnen ab, Rechtsanwalt gibt es nicht, dafür hier ein Schlag und da ein Stoß, Schreierei und Drohungen, *wir machen euch fertig, Scheißkommunisten, Drogenfresser*, und dann, immer wieder, einzeln in einen dieser gekachelten Räume, und außer Schreien ist nichts zu hören, und Hosen runter und Leibesvisitation, für die Frauen haben sie die Faschoweiber, da sind sie genau, was für ein Drecksfortschritt, ein paar müssen sich nackt vor der Kloschüssel niederknien, Tritte in die Rippen, und willst du ein ganz klares Beispiel, könnte ja wirklich sein, daß diese Leute alles gefährliche Terroristen sind, inklusive Vera und ihrer Cousine, nehmen wir einen ganz Braven, denn zufällig, ohne es zu ahnen, haben diese Scheißbullen auch einen jungen oberbraven Rechtsanwalt einkassiert, einen aus guter Familie auch noch, als sie seinen Ausweis sehen, bemerken sie es, sie rufen ihn auf, an einen Schreibtisch, er muß sich davor niederknien, bekommt ein paar Ohrfeigen ab, Scheißrechtsanwalt, *l'avvocato d'o cazzo*, er darf wieder gehen, dreimal geht das so, immer wieder, dann ab ins Klo, ausziehen, niederknien, anziehen, draußen muß er kniend warten, wie es weitergeht, noch einmal ab zur Leibesvisite, Signor *l'avvocato d'o cazzo*, so geht das reihum, macht vor kaum einem halt, und stundenlang geht das so, und es scheint nicht aufzuhören. Und als es dann endlich vorbei ist: alles vergessen und vorbei, eine Handvoll Anzeigen von unseren Leuten, mehr haben sich nicht getraut, keiner von denen, die in die Kaserne entführt worden sind, ist jemals angeklagt worden, weil ihnen nichts vorzuwerfen war, und die Staatsanwälte ermitteln, und wir denken schon, da passiert wieder nichts, da wird wieder vertuscht, wie immer in diesem Land, und dann? Dann setzen sie eine Handvoll Bullen in Untersuchungshaft, und was machen die anderen Scheißbullen, ha? Nix anderes zu tun, als sich sofort und umgehend auf die Straße zu stellen in ihren gebügelten Hemden und sich aneinanderzuketten, arme, mißhandelte Schweine, die sie sind, Protestprotest, Skandalskandal, so was darf man mit uns nicht machen, so was nicht, wo sind wir denn? Ja wo sind wir denn, frag ich dich, Ciro?«

Inzwischen hat sich eine Handvoll Leute um uns herum gesammelt, Sera hatte noch nicht die Zeit, Atem zu holen, als der erste schon loslegen will: »Senta, Signorina, nu saccio …«

Ciro nimmt Sera unter seinen Arm und winkt Angela. »Gehen wir«, sagt er, »nicht noch ein Volksauflauf.«

»*Storta va, deritta vene; sempe storta nun pô ghì*«, ruft uns der Mann des Volkes hinterher, »wenn's schief läuft, kommt's gerad zurück; immer schief laufen kann es nicht.«

»Siehst du, Ciro, das hast du nun davon«, sagt Angela, »du und deine napoletanischen Sprichwörter. Jetzt schreien sie sie dir schon auf der Straße hinterher.«

»Wieso hast du nie davon erzählt?« sagt Ciro zu Sera.

Sie sieht ihn einen Augenblick lang wortlos an, entgeistert fast, dann nimmt sie ihre beiden Fäuste und trommelt auf Ciros Brustkorb ein. Der läßt sie machen, bis irgendwann wieder Ruhe ist.

»Scheißbulle«, sagt Sera, leicht erschöpft. »Du bist ein Scheißbulle. Gib mir dein *telefonino*.«

Und während Sera etwas seitab ein Telefonat führt, dreht Ciro sich zu uns um. »Schwieriges Alter«, sagt er.

»Du«, sagt Angela, »du bist im schwierigen Alter, caro mio.«

»Ich habe eine Verabredung«, sagt Sera, hält Ciro das Telefon hin und verschwindet.

15

Piazza Carità. Platz der Barmherzigkeit.* Angela hat noch zu tun, irgendwo in einem der Büros über unseren Köpfen. Wir stehen am Tresen und trinken unseren *caffè*. Wer weiß, was noch kommt.

Draußen, an der Rückseite des Zeitungskiosks, lehnt ein mannshoher Karton, daran an der Vorderseite Automagazine und andere Unsinnigkeiten per Gummizug befestigt. Der Kioskbesitzer muß ein höflicher Mann sein. Schreibt er doch, schön leserlich, Schönschrift, auf ein sauber verklebtes Blatt Papier: *Si pregono i Signori Homeless di non asportare questo cartone. – Die Herren Obdachlosen werden gebeten, diesen Karton nicht fortzutragen.* Man muß ihm ja recht geben: so ein schöner, standfester, mannshoher, geradezu makelloser Karton, schlank und rank samt angenehmer Bräunung, ein Bauteil, das noch dazu nicht unwesentlich zur Erweiterung seines Geschäftsraumes beiträgt, auf so was hat man sein waches Auge zu werfen, liebevoll. Andererseits: So, wie er da steht, der Karton, muß er jedem Obdachlosen wie ein Fertighaus erscheinen, das nur noch an den richtigen Ort zu verbringen ist, Wasser, Strom, Gasanschluß, eine wackelige Gipsstatuette vielleicht noch, links vor der Tür, Amor, Diana, warum nicht Herkules, und schon ist man Villenbesitzer. Am besten dann doch noch einen Wachhund dazu, und der Ordnung halber ein Warnschild: *Attenti al cane*.

Das, denke ich, das interessiert mich: wie dieser Kampf um den Karton ausgehen wird. Ein Auge drauf halten, bei Gelegenheit.

»Non ci credo«, sagt Ciro, »das glaube ich nicht.«

Und es ist ihm anzusehen, daß er es wirklich nicht glauben kann. Was auch immer.

»Non ci credo.« Sagt es, stopft sich beide Hände in die Hosentaschen und marschiert los.

»Hast du was …?« sage ich zu Totò.

Der schüttelt leicht verwirrt den Kopf. »… nix verstanden, nix gesehen«, sagt er. »Also los.«

Und wie wir beide draußen stehen, zwischen den Stühlen und Tischen, und Ciro vorne, zwischen den parkenden Autos und den Autos, die in zweiter Reihe abgestellt sind, begreifen wir: Da, in dritter Reihe, umhupt, umkurvt und längst schon strafzettelgezückt von einem Stadtpolizisten ins Visier genommen, steht Ciros *Alfa Romeo*.

Der Strafzettel ist das kleinste Problem.

Ciro erklärt dem Kollegen Stadtpolizisten, daß das zwar sein *Alfa Romeo*, aber eben gleichzeitig auch ein in exakt diesem Augenblick beschlagnahmtes Personenkraftfahrzeug sei, Verdacht auf eine Straftat noch unbekannten Ausmaßes.

Der Stadtpolizist zweifelt einen Augenblick lang, fuchtelt gekränkt mit den Armen. Stellt sich dann aber vors Fahrzeug und winkt flügelschlagend den hupenden Verkehr vorbei. Als ob dadurch etwas schneller ginge im abendlichen Durcheinander der Piazza Carità.

Ciro dreht in aller Ruhe eine Runde um seinen *Alfa Romeo*, linst durch die Fenster, skeptisch.

»Und?« sagt Totò.

»Ich weiß nicht«, sagt Ciro. »Das auf dem Fahrersitz scheinen Äpfel zu sein.«

»Äpfel?«

Ciro hat die Fahrertür geöffnet, mit einem Taschentuch, beugt sich hinein, zieht den Kopf aber schnell wieder zurück. Und als wir näher kommen, begreifen wir, wieso. Auf dem Fahrersitz liegen tatsächlich Äpfel. Drei Kilo, vier, fünf vielleicht. Wie soll man das abschätzen können, wenn man sich ein Leben lang noch keine Äpfel gekauft hat. Schon gar nicht kiloweise. Wozu auch. Sind gesund, sonst nichts. Diese hier, allerdings, sind faul. Durch und durch faul. Liegen matschig stinkend breit auf dem Leder.

»Bene, bene«, sagt Ciro, »also gut« und schließt die Tür. Blickt sich um, schaut über die Piazza Carità, demonstriert nichts als desinteressierte Langeweile und geht dann zum Kofferraum.

»Wollen wir?« sagt er.

Totò nickt. Ich nicke.

Und dann, Kofferraum offen, sind wir doch wieder ein wenig überrascht: Da war jemand fleißig. Da hat sich einer was gedacht. Nur: was? Man ist ja einiges gewohnt, man hat ja viel gesehen. Aber einen Kofferraum voller Pferdemist? Ich meine: mitten in Napule? Im Jahr zwonullnull-zwo? Muß sich einer schon anstrengen. Und wo, und ich sehe mich um, unwillkürlich, wo findest du hier ein Pferd? In dieser Stadt? Natürlich kennt man das: die illegalen Pferderennen, die legalen Pferdewetten. Und die ennuyierten Damen hoch zu Roß an der Longe. Der ganze Scheiß. Aber, und das kommt daher, daß man die Dinge selten zu Ende denkt, weil das Ende weit ist, zu weit höchstwahrscheinlich, aber: wer denkt bei Pferdewette schon an Pferdeäpfel? Und deswegen stehen wir jetzt etwas verstört da. Ich schon gar. Unter dem Pferdemist habe ich meinen Seesack entdeckt, das schöne Stück.

»Bene, bene«, sagt Ciro. »*'O culo ca nun ha visto maie 'a cammisa, quann' 'a vede se schiatta 'e risa.* So einfach ist das. Der Arsch, der nie ein Hemd gesehen hat, zerplatzt vor Lachen, so er eines vor sich hat.«

Und hat, und das nötigt mir schon wieder Respekt ab in dem Wirrwarr, ein irrlichterndes Lächeln um die Mundwinkel.

Nimmt dann den linken Zeigefinger und stößt ihn drei, vier Mal auf seine Lippen. »Beviamoci un bianchetto«, sagt er, »pago io. Ich lade euch auf ein Glas Weißwein ein. Ich weiß, ihr seid das da oben im Norden so gewohnt.«

So sitzen wir an einem der Tische vor der Bar, Piazza Carità tobt weiter, der Stadtpolizist fuchtelt immer noch mit seinen Armen, rudert Kreise, zwischendurch dann doch ein kurzer Seitenblick auf uns, wie wir so dasitzen und uns zuprosten. (Möchte nicht wissen, welche Verwünschungen jetzt amtlich auf uns niedergehen; in Zeiten, in denen man noch an etwas glaubte, hätte man sich kreuzbeschlagen, über die gespreizten Finger das Böse in den Boden abgeleitet, und dann, natürlich, noch so einen kleinen Bannfluch hinterher, vorsichtshalber.) Aber Ciro scheint das jetzt kaltzulassen. Er ist am Telefonieren. Redet hin, redet her, wird schon mal laut. Und legt dann ganz zufrieden auf.

»Bene, bene«, sagt er, »questa è fatta. Das wäre erledigt. Ich habe die *scientifica* bestellt, den Erkennungsdienst. Sollen die doch den Dreck aufräumen. Wir behandeln das jetzt amtlich. Sie schleppen das

Auto ab, nehmen Spuren auf, suchen nach Fingerabdrücken, Sprengstoff, Spermien, Spurenelementen, was weiß ich, auf jeden Fall: Sie putzen es. Das ist das Schöne dran. Morgen abend habe ich's wieder. Vollbetankt und vor dem Haus. Bis dahin wirst du auch auf deinen Seesack warten müssen, Tschenett.«

Dachte ich's mir schon. Unbändig war meine Lust, im Mist zu wühlen, um anschließend nach Stallbursche riechend durch die Stadt zu ziehen, ja nicht gewesen. Und trotzdem: man steht plötzlich so nackt da, ohne Seesack.

»Er wird es überleben«, sagt Totò. »Und Kompliment für dein Organisationstalent, Ciro.«

»Bei den Technikern«, sagt der, »bei den Technikern habe ich immer noch einen guten Stand. Die sind da rationaler. Und anhänglicher. Vernünftiger vielleicht auch. Weil sie verrückter sind. Und weißt du, wieso? Weil du, wenn du dich täglich streng an Fakten hältst, automatisch verrückt wirst, in dieser Welt. Ringsherum Trari und Trara, Abrakadabra und Hokuspokus* und Schalmei, ein Labyrinth von Heißluftgebläsen.«

»Amen«, sagt Totò.

Und Ciro lacht sich einen.

»Faule Äpfel«, sage ich. »Und Pferdeäpfel ...«

»Ja?«

Ciro wartet ab. *'O prufessore.* Und professoral schaut er mir ins Auge. Freundlich freilich, aber mit einer gewissen Beharrlichkeit. Bin mir nicht so sicher, ob ich Totòs Jugenderinnerung teilen kann. *'O prufessore* weiß, was er will. *'O prufessore* weiß mehr als wir. Und *'o prufesso'* will wissen, wie weit ich inzwischen bin.

»Na ja...«, sage ich, prüfender Seitenblick zu Totò, aber Freund Totò rührt, natürlich, Streber, elendiglicher, keine Wimper.

»Könnte eine Nachricht sein. Sollte man entziffern. Botschaft. Schlüssel. Entschlüsselung. Aber von uns dreien hat nur einer den Schlüssel. Und also warten wir...«

»Es hängt alles davon ab«, sagt Ciro, und er läßt sich Zeit, »es hängt alles davon ab, was man sehen will, wenn man sieht. Ist ganz einfach.«

»So weit war ich schon«, sagt Totò. »Habe es, wenn ich mich recht entsinne, in deiner zweiten Schulstunde gehört und brav mitgeschrieben. Hast du den Eindruck, daß die Welt sich seither das eine oder andere Mal um sich selbst gedreht hat?«

»Wenn du mich so fragst«, und Ciros Stimme ist um einen Deut deutlicher geworden, »so gefragt, eigentlich: Nein.«

»Womit wir schon einen Schritt weiter sind«, sage ich.

»Ja. Mitten im Napule des Jahres 1944, wenn ihr wollt. Also, muß man sich vorstellen, daß die Amis die Nazis vertrieben haben, mein Gott, sicher, mit Hilfe der Mafia, bis in die siebziger Jahre haben sie in den USA die Rechnung dafür bezahlt, und wir bezahlen heute noch, ist aber vollkommen egal, wichtiger ist: Man stellte fest, genauer gesagt, ein Bulletin des *Psychological Warfare Bureau* der US-Army schrieb es nieder, daß fünfundsechzig Prozent des Pro-Kopf-Einkommens der Napoletaner aus Transaktionen mit gestohlenen alliierten Vorräten resultierten. Ich meine: Die Leute hatten nichts, die Amis alles. Und man war, irgendwie, immer noch im Krieg. Also. Es soll, bei der Wiedereröffnung des *Teatro San Carlo*, unserer Oper, festgestellt worden sein, alliierterseits: daß alle, also jede Frau aus Mittel- oder Oberschicht, in einem Mantel ankam, der aus Armeedecken geschneidert war. Quatsch, natürlich. So'n bißchen was war den Reichen schon noch geblieben. Aber, eben: es hängt alles davon ab, was man sehen will, wenn man sieht. Jedenfalls: Bekannt ist die Geschichte der Ehefrau eines respektierten napoletanischen Industriellen, der von den Alliierten zu einem Jahr Knast verurteilt worden war und bereits in *Poggioreale* einsaß. Der üblichen Geschichte wegen, Handel mit gestohlenen alliierten Gütern. Der gute

Mann hatte Pech gehabt. Aber eine gute Frau. Die ging zur *Bake*, damals das beste Bordell Napolis, und fragte nach dem intelligentesten Mädchen. Gab der ihre besten Klamotten, behängte sie mit dem, was ihr an Schmuck noch geblieben war, und bezahlte sie mit viertausend Lire, damals bekam man an die zwölf Liter Olivenöl dafür, und Olivenöl war teuer, damals, und so, behängt und bekleidet und bedacht, machte sich die junge Hure als noble Industriellenehefrau verkleidet auf den Weg zu einem gewissen hochrangigen Beamten der alliierten Militärregierung, klagte ihr Leid und bat aufopferungsbereit um Entlassung ihres Mannes aus dem Kerker. Es kostete sie eine Nacht, aber es funktionierte. Was haben die Napoletaner dazu gesagt? Schade, haben sie gesagt, schade, daß sie nicht ein Mädchen mit Syphilis geschickt hat.« Ciro setzt das Weinglas noch einmal an und schaut belustigt über den Platz. »So war das«, sagt er, »und das war unser Kommentar dazu. Ich denke, das erklärt alles.«

»Aber was sagt es uns zu Äpfeln und Mist?«

»Genau das. Alles Mist.«

»Insomma«, sagt Totò, »was hältst du wirklich davon?«

»Schwer zu sagen«, sagt Ciro. »Kann natürlich ein *avvertimento* gewesen sein, eine Warnung. Oder aber ein Spaß.«

»*Avvertimento*«, sagt Totò.

»In diesem Falle«, sagt Ciro, »dato e non concesso, angenommen, aber nicht unterstellt, würde man wohl am besten versuchen, die Nachricht hinter den Dingen zu lesen.«

»Und?«

»Ist gar nicht so schwierig, mein Gott. Da kann einem viel dazu einfallen. Und deswegen kann man es sich auch aussuchen, was man davon hält; das ist das Schöne an Zeichensprache. Faule Äpfel, *mele marcie*, das scheint, auf den ersten Blick, eindeutig.«

Richtig, denke ich. Im Wörterbuch würde, man kennt ja die Prosa dieser Schreibtischmenschen, vermutlich stehen: *verdorbenes Individuum innerhalb einer Gruppe*. Ins Leben übertragen also: Verräter, Kameradenschwein, oder, in der leicht zivileren Variante, die die deutsche Sprache entwickelt hat, seit ihr der eine oder andere Krieg verlorenging: Kollegensau.

»Daß du in der Polizei ein paar Freunde hast, das wissen wir«, sagt Totò.

»Richtig«, sagt Ciro. »Und deswegen ist das vielleicht eine zu banale Lesart. Wir werden es erfahren. Irgendwann.«

»Der Pferdemist...«, sagt Totò.

»Da wird es schon schwieriger, und deswegen

gleich interessanter. Mist ist Mist, könnte man sagen, und vielleicht war kein Kuhmist zur Hand, und Elefantenmist ist zu unpraktisch. Mulimist hätte mir gut gefallen. *Chi pazzea c' 'o mulo nun le manca nu caucio 'n culo.* Wer mit dem Muli spielt, holt sich den Arschtritt selbst ab.«

»Das reicht jetzt, Ciro.« Angela legt Ciro von hinten eine Hand auf die Schulter, und es ist alles klar.

Beide grimassieren uns an, ohne daß es der andere merkt: Wir sollen ihn nicht verraten, und sie will jetzt mit ihm nach Hause.

Wir nicken gütig und machen es beiden recht.

16

'Stu vico niro nun fernesce maie
e pure 'o sole passa e se ne fuie.

Enzuccio aus dem Rione Sanità, dem grauen Stadtviertel am Fuße von Capodimonte, Enzuccio ist ein guter Schüler und ein schlechter Fußballer. Enzuccios Vater wird das nie im Leben begreifen, verzweifelt über sein Unglück, hat ihm doch wundersamerweise seine Frau den Erst- und Einzigüberlebenden just an dem Tag in die Wiege gelegt, als das vom Himmel gesandte Wunderkind *el pibe de oro* Maradona sein erstes Tor für den SSC Napoli schoß, ein steiler Paß, ein Tanz am Ball, ein Schrei, ein Freudentaumel quer durch die Stadt, der Rione Sanità ein einziges Feuerwerk, Enzuccios künftiges Leben vorgezeichnet, strahlender Ballzauberer mit kleinen Problemen im sonstigen Leben, Günstling des *fatum*, Liebling der Götter, der aufgehende Stern des Rione Sanità, übermenschlicher Sohn eines sterblichen Feuerwehrmannes; ein wahres Wunder eben. Ein wahres Unglück. Enzuccio aus dem Rione Sanità kann keinen Fußball, und es ist ihm egal, Enzuccio hat nur eine Liebe: den Friedhof *Fontanelle* im Rione Sanità, der so gar nichts von einem Friedhof hat, viel eher ein großes, versunkenes Beinhaus ist in den Tuffsteingrotten, die entstanden sind, als man hier das Material für den Stadtbau gewann, und das Beinhaus entstand, als die Pest von 1656 und die Cholera von 1836 die Stadt mit Hunderttausenden von Leichen überzogen, die man erst alle auf einen Haufen warf, um später dann liebevoll Knochen um Knochen zu ordnen und zu stapeln, Schienbein auf Schienbein, Wadenbein auf Wadenbein, Schädel auf Schädel, worauf, wer einem Verstorbenen nachtrauern wollte, sich einen Schädel aus der Reihe suchte und ihn fortan mit Vornamen ansprach, die heiratsfähigen Jungfrauen verehrten die in Brautkleider verpackten Gerippe, die, wie anders auch, Knochen für Knochen aus Dutzenden von Männern und Frauen bestanden, egal, Enzuccio hat all das parat, fein säuberlich aufgereiht in seinem Kopf, so säuberlich gereiht wie die *capuzzelle* und die *cascatelle* in seinen Grotten, die kleinen und die großen Schädel, Tausende und Abertausende, peinlich genau gestapelt aneinander, aufeinander, und als, nach Jahrzehnten wieder, die *Fontanelle* geöffnet werden, immer am letzten Monatssonntag, bewirbt sich Enzuccio als Fremdenführer, und man sieht ihn erstaunt an, den kleinen Mann mit seinem ernsten Gesicht, bleich vor Aufregung, er aber fängt gleich an und erzählt und erklärt und verweist, und man nimmt den Überglücklichen, und sein Vater verflucht den Tag, an dem er den Sohn, dem ein glorreiches Fußballerleben vorgezeichnet war, für ein paar Wochen zu seinem Bruder geben mußte in Obhut, er selbst auf Montage in Milano wegen des verdammten Geldes und Enzuccios Mutter im Kindsbett, und Enzuccios Onkel Pasquale, der Unglückselige in seiner dunklen Parterrewohnung, dem *basso*, nichts im Kopf als *Fontanelle*-Geschichten und *Fontanelle*-Geheimnisse, fristet sein Leben in der düsteren Wohnung und verdient sich die drei Lire zum Überleben, indem er den einfachen Leuten der Sanità, die schaudernd vor seinem *basso* stehen, die Lottozahlen des *scartellatiello* verrät für einen Obolus, tagtäglich beinahe besucht er auf geheimen Wegen dieses kleine Skelett in den *Fontanelle*, der *scartellatiello* kennt die Zahlen, und der Schädel des Mönchs Pasquale kennt sie auch, und Enzuccio begleitet ihn und wird die *Fontanelle* nicht mehr los, und Onkel Pasquale ist schon längst tot, als Enzuccio zum Fremdenführer durch die Grotten wird, und immer wieder fragen ihn die Leute aus dem Viertel nach den Lottozahlen, er aber lächelt und winkt ab, es ist nichts Wahres an den Zahlen, sagt er und geht zur Schule und meidet den Fußballplatz, bis auf den Fußball ein vollkommen normaler junger Mann, der eines Abends auf das Dach eines halbverfallenen Schuppens klettert, heimlich, um die verdorrten Weihnachtsbäume zu verstecken, und dann rutscht er aus und stürzt ab und ist tot.

17

»Vielleicht sollten wir dich erst einmal unterbringen in dieser Stadt.«

Totò. Im Zweifel ist er der Praktiker von uns beiden.

Und ich der Verfressene.

Also beschließen wir, daß das Hotel noch warten kann, und ziehen durch die Gassen der *Quartieri spagnoli*, vorbei an den Fernsehabendnachrichten aus den ebenerdigen *bassi*, diesen eineinhalb Zimmern mit den zur Gasse offenen Türen, die den Vorübergehenden direkt im Wohnzimmer stehen lassen, das tagsüber dunkel und nächtens neonhell ist, durch Dunstschwaden von Frittiertem und Gebratenem der Familienküchen, mit jedem Schritt werden wir hungriger, vorbei an den elektrisch flackernd beleuchteten Marienaltären und Heiligenpodesten an den Hauswänden, harter *Metal* aus dem Obergeschoß, hinter jedem zweiten Haus kreuzen sich die schmalen Gassen, und die Motorräder hupen, wenn sie den Berg herunterfahren, an jedem Gassenkreuz, bremsen kaum ab, so, als ob der Hupton Beschwörung genug wäre, um ungute Begegnungen zu vermeiden, und so hupt es andauernd, manchmal entstehen kurze Melodien daraus, und wenn ich inzwischen nicht so einen grummelnden Magen hätte, wäre mir nach Mitsingen, in diesem Zwielicht, in das sich kein Tourist verläuft und in dem keiner flaniert. Dafür stehen eine Handvoll Männer vor einem kleinen Laden, aus dem es neonhell grünlich strahlt, Fässer, nichts als Fässer, günstiger Landwein, Öl, ein

Stück Brot dazu, so stehen sie da und reden, Totò hat es schon geahnt, zieht mich weiter, möchte was Warmes essen. An der nächsten Gasse kommt uns ein Junge entgegen, der beidhändig zwei vertrocknete Weihnachtsbäume hinter sich her schleift; dann stürmen drei andere ums Eck, zwei lassen ihre Bäume fallen, stürzen sich auf den Jungen, schmeißen ihn nieder, klauen ihm die Weihnachtsbäume, er hat ihnen nicht viel entgegenzusetzen, ein paar Fußtritte und ein paar Verwünschungen, und ruft laut um Hilfe, irgendwelche Freunde, deren Namen er schreit, die aber nicht auftauchen, und so bleibt er am Ende am Boden sitzen, schlägt wütend auf das Pflaster ein und sieht den dreien hinterher, die mit seinen und ihren Weihnachtsbäumen, allesamt vertrocknete Häßlichkeiten, johlend abziehen. Ich kann mich nur wundern. Totò grinst.

»I ceppi di Sant'Antonio«, sagt er, »die Feuer des heiligen Antonius, alter Brauch, bei dem es manchmal rüde hergeht.* Habe ich hier schon erlebt, Mitte Januar, am Tag des San Antonio Abate. In den Tagen vorher sammeln die Jungen die Weihnachtsbäume von der Straße, verstecken sie, jeder *quartiere*, jedes Viertel, jede Gasse versucht soviel wie möglich zu bunkern, um dann, heute nacht, ein möglichst großes Feuer zu machen, und natürlich ist es taktisch-strategisch besonders effektiv, wenn man den anderen ihre Weihnachtsbäume unterm Hintern wegklaut; der hier war ziemlich unvorsichtig, wird es aber auch noch lernen. Alleine hätte er nicht losziehen müssen mit seinen Bäumen, Anfängerfehler, blutiger. Und jetzt«, sagt Totò, »rein hier. Mir reicht's. Hunger.«

Hunger ist nicht immer ein guter Ratgeber. Hat sich doch wirklich mitten in den unter Reiseführern Gott sei Dank noch verrufenen *Quartieri spagnoli* ein Speiselokal verirrt, das alles tut, um möglichst normal zu wirken, also halbnobel verkommen, touristisch verludert, seelenverloren für die hiesigen Verhältnisse.

Wir sind noch keine drei Schritte hinter der Tür, als alles in mir zum Rückzug bläst: links am Tisch, gleich hinterm Eingang, an einer liebevoll plastikblumenverseuchten Glasfront, zwei Geschäftsleute. Tisch rechts: Liebespärchen, trotz der Jahreszeit Sonnenbrand, auf den zweiten Blick ganz klar Engländer. Und Napolikitsch vom Band. Schwarzweißfoto einer dicken Mama an der Wand. Selbstverständlich die Arme bis zum Ellenbogen im Teig, Kittelschürze, Schweiß, und man kann die achtzehn Kinder, die knapp nicht aufs Foto gepaßt haben, geradezu schreien hören.

»Sei pazzo?« sage ich. »Du bist verrückt geworden, Totò.«

»Ja«, sagt er, »Unterzucker. Schlägt den härtesten Mann tot.«

Meeresgetier frittiert (heute muß das sein, dieses eine Mal, sonst wär man nicht angekommen in dieser Stadt), dazu *friarielle*, die bittergrünen Gemüsesprossen in Öl und Zitrone, einzigartiges Geschenk des Umlandes an die Stadt, der weiße Hauswein vom Cousin in der unetikettierten Flasche: Wir hätten's schlimmer treffen können. Was die Küche betrifft. Die sich, Aufzug hin, Aufzug her, in geheime Verliese verzogen hat und trotzdem regelmäßig aus irgendwelchen Ritzen Frittenöldampf ausstößt.

Mit der schwarzen Bauchbinde, die kaum merklich spannt, und den grautraurigen Augen des verlorenen Tangotänzers: so kommt uns der Kellner an den Tisch. Daß es noch dramatischer um ihn steht, zeigt sich bald, aber eben nicht sofort. Solange spielt *Farfisa*-Musik aus den fünfzigern, Paradeprogramm aus Billigboxen, geschwungenes Nichts.

»Das weißt du doch, oder?« sage ich, »daß genau mit dieser Musik, mal am Piano, mal an der *Farfisa*, unser aller Signor B. und als Ministerpräsident auch dein Brötchengeber sich sein erstes Geld verdient hat, der Saga nach, orgelnd auf Ozeandampfern und Schmalz im Haar.«

»Ja«, sagt Totò, immer, wenn er zu essen bekommt, ist er von einer geradezu unmenschlichen Güte, »weiß ich, und? Muß ich alles ernst nehmen, immer alles glauben?«

»Wenigstens ein Teil wär schon gut. Irgendwas. Wenigstens.«

»Weil Glauben immer mit Hoffnung zu tun hat, meinerseits, hoffe ich und setze also Glauben darin, daß der Blitz ins Haus schlägt. Speziell in die Stereoanlage, wenigstens in die eine Box da oben. Gleich.«

Man hat uns den dunklen Tisch hinten im Lokal gegeben, direkt vor der Kühlvitrine mit den unetikettierten Weinen des Cousins und genauso direkt an der Anrichte, an der traurigtrüb der Kellner hantiert. Rechts von uns, am ebenso kleinen Tisch, nach zwei Seitenblicken gewahrt, der Chef des Lokals, ein *luogotenente* eigentlich, Statthalter ganz anderer Interessen, bedeutungsschwer graugesichtig und, was den Anzug betrifft, durchaus, wenn auch mit Abstrichen in der Qualität des verwobenen Garns, ein Schüler des berühmten Menotti.

»Wie kommst du auf Menotti?« sagt Totò.

»Er war es, der mir die Augen geöffnet hat. Damals, als er noch Trainer war. Sein Anzug.«

»Als ob du je ein Anzugtyp gewesen wärst, Tschenett.«

»Erstens: in urvorderen Zeiten, als Signor Totò Giurato noch nichts von Signor Tschenett wußte oder ahnte…«

»Ich Glücklicher.«

»Aber ja, schätzungsweise warst du gerade dabei, einen Polizeiprügelkursus *summa cum laude* zu absolvieren.«

»Ein paar hintendrauf hätten bei dir sicher nicht geschadet«, sagt Totò. »Jetzt, mein Lieber, ist es sichtlich zu spät. Troppo tardi.«

»Allerdings. In diesen urvorderen Zeiten also, glaube es, glaube es nicht, ging der Tschenett im Hohen Norden des deutschen Landes nur im Anzug vor die Tür des Seemannsheimes. Zugegebenermaßen eine etwas gewagte Kombination, Dreiteiler und Seesack. Aber: Ein kurzer Vergleich zwischen den Bekleidungsgewohnheiten der Herren Menotti und Schön sowie der von ihnen vertretenen Fußballstile respektive Fußballideologien, der erste Blick schon auf Schöns Schlabbertrainer und Menottis Anzug* brachte mir alles bei, erklärte mir die Welt und zwang mich, mich auf die richtige Seite zu schlagen.«

»Menottis Maßanzug als Zentralstück der Kosmologie eines Herumtreibers ... Beachtenswert.«

»So bin ich eben.«

»Lo so. Ich weiß.«

»Inzwischen«, sage ich und ziehe ein besonders degoutiertes Gesicht, »inzwischen trägt sogar ein deutscher Bundestrainer namens Tante Käthe Anzug; so verhundsschludert ist die Welt, wie du siehst.«

Dann steht der *luogotenente* auf, mein Blick fällt auf seine Schuhe, und jetzt bin ich doch maßlos enttäuscht.* Eigentlich mag ich sie, die *luogotenenti*, diese machtlos wortgewaltigen Stellvertreter fremder Herrschaften, ich mag ihren kühlen Blick, der kaum verhohlen traurig in die Welt sieht, weil er weiß, wie es wirklich um die Dinge und die Menschen und deren Möglichkeiten steht, um die eigenen schon gar, was aber nur der beobachten und schätzen kann, der nicht angstvoll in ihrer Macht steht. Eine internationale Spezies, aber in Napule, ihrem Napoli, gedeihen sie besonders schön. Und unser *luogotenente* hält sich für einen harten Burschen, mindestens für einen halben *guappo* und glaubt an die alten Geschichten von blühenden Zeiten für seinesgleichen*, die in den Schwarzweißfilmen immer wieder durchs Nachmittagsprogramm geistern.

Wir sind an einem zusätzlichen halben Liter Weißwein interessiert, Marke Cousin.

Der Tangokellner, überwachen Auges, hat die Bewegung meiner linken Augenbraue aus dem hintersten Winkel dieses eigenartigen, verkorksten und deswegen beinahe schon wieder liebenswerten Lokals heraus notiert und korrekt interpretiert: ein Lehrbeispiel dafür, wie präsent ein Kellner sein kann (weine nicht den bekifften Berliner Tresenkräften vergangener Jahre nach, denen auch eine Axt im Hirn längst noch nicht zuverlässig genug zu signalisieren vermochte, daß da wer um ihre werthe Huld anklopfe und vielleicht um eines dieser labbrigen Biere); unserer hier, unter dem immer gleichbleibend kaltfeuchten Kontrollblick des *luogotenente*, reagiert bereits hektisch auf Ausschläge im My-Bereich.

Und kommt überfreundlich an den Tisch, gezwängter Bückling, wie an allen anderen Tischen, nichts, was uns beide, den verhinderten Polizisten und den verhinderten Seemann, hervorheben würde, hier wird jeder bebückt im Angesicht des *luogotenente*, der sich einen Teller Nudeln und Fisch hat auftragen lassen und das Telefon, in das er verschwörerisch, aber laut genug, um seine Wichtigkeit in den Raum zu blasen, über die erkaltenden Spaghetti hinweg seine Kürzel nuschelt. Weil das aber alles nicht so wichtig und weil er selbst ein Wicht, bekommt der Tangokellner seine geballte Aufmerksamkeit und seine heiße, stille Wut ab.

»Desiderate altro?«

Ob wir noch was wünschen?

Aber ja. Aber nichts, was machbar wäre: Erlösung von diesem traurigen Schauspiel, das mich, ich gestehe, anzieht wie faules Fleisch die Fliegen. Kleines masochistisches Spiel meiner dünnen Seele gegenüber. Große Liebeserklärung. Stiller Abgesang.

Es sind diese Menschen, die als erste sterben. Diese ewig Unterworfenen, trauernde Tangotänzer, die präzisest den halben Liter aus der Siebenzehntelflasche gießen, strichgenau, Tropfen vom Glaskragen wischen, zentimetergenau plazieren, um in der letzten Sekunde der Flasche noch eine Drehung zu geben: Es ist alles, wie es sein sollte, und es ist todtraurig.

Die rotgebrannten Engländer wollen zahlen.

Und ich frage mich immer noch, wo in dieser Stadt es Bräunungstische gibt, die so gnadenlos zuschlagen.*

Der Tangotänzer geht an den englischen Tisch, bestätigt bücklings den Wunsch, geht an seine Anrichte, sammelt Zettel ein (die Engländer haben es sich gutgehen lassen, da liegt einiges vor gegen sie), sortiert, glättet und richtet an den Kanten aus, kommt an uns vorbei, angedeutetes Seitenlächeln (wir verteilen friedlich den Wein auf uns, und unsere Teller sind noch lang nicht leer), und legt alles, stumm, dem *luogotenente* submissest zu Füßen, also vor den Teller mit der *maltagliata*, an der er gerade säbelt*, zwei herrische Handbewegungen, der Tangotänzer weiß, was das zu bedeuten hat, und läuft nach dem Rechner, ein Bankengeschenk, das billigplastene Belegstück dafür, betrogen worden zu sein, sì, Signor Direttore, der *luogotenente* rechnet und addiert und summiert und überträgt Schönschriftzahlen auf den gelben Block. Dann, große Geste, eine Unterschrift. Und ein nachlässiger Schub, Rechnungsblock Richtung Tangotänzer, ab dafür, zackzack, der Tangotänzer zurück an den Engländertisch, und so geht das hin und her, ein ewiger Pendler, längst schon fußkrank, es folgen Kreditkarte, Trinkgeld, Abschiedsschnaps, hier natürlich und unbedingt *limoncello*, und zwar die Variante, die mit *limoncello* garantiert nichts zu tun hat, mit Sprit und Farbstoff schon eher, der *luogotenente*, der seinen Freunden ein solches Gesöff nie und nimmer anzubieten sich traute, stochert und saugt in seinen Zähnen, ohne seinen Haussklaven eine Sekunde lang aus den Augen zu lassen.

»Andiamo, laß uns gehen«, sagt Totò.

Und ich winke nach der Rechnung.

Der Tangotänzer, gerade daran, Gläser zu besorgen, um den Engländertisch neu einzudecken, bückt sich an seiner Anrichte (die Gläser stehen auf einem Regalboden, nicht höher als zwölf, siebzehn Zentimeter; praktisch für Stiefelträger, ansonsten nichts als eine Frechheit für ein Wirbeltier im fortgeschrittenen Alter), und, husch, klirrt es: drei der wertvollen Preßglasgläser hinüber.

»E fai un po' di attenzione!«

Dauert keine Zehntelsekunde, und der *luogotenente* beißt zu. Sei doch vorsichtig!

Den Rest denken wir uns. Und schenken wir uns.

Zahlen. Gehen. Raus hier.

Die Handvoll Trinkgeld kann keine Wunden stillen. Nirgendwo.

Trotte brav und ergeben neben Totò her. Habe es sogar geschluckt, diese Nacht in einem vom Innenministerium bezahlten Hotelzimmer zu verbringen, wieso auch immer haben sie Totò ein Doppelbett zugeteilt, er hat für diese Nacht, behauptet er, keine weiterführenden Pläne, vom Doppelbett aus gesehen, und deswegen wäre mein Problem keines, sondern gelöst, und ich, wie immer, ein Glückspilz.

»Natürlich«, sage ich, wie wir vor dem Hotel stehen, habe den Kopf in den Nacken geworfen und sehe entsetzt in die Höhe. Nicht nur, daß das Ding *Jolly* heißt, es ist auch noch fünfzehn, zwanzig Stockwerke hoch, ein grauer, ekelerregender Kasten, das Foyer glitzert blinzelnd auf die dunkle Straße, und ich denke: Puff.

»Hier nicht«, sage ich.

Totò dreht sich um.

»Weiß ich selber, daß das ein Scheißkasten ist. Habe ich mir nicht ausgesucht, habe nicht ich gebucht, war nicht mein Wunschpalast: alles Innenministerium, alles behördliche Behütung. Hier bringt man seine verdientesten Polizisten unter. Und aus irgendeinem Grund auch mich.«

»Wird sein«, sage ich.

»Und draußen ist es kalt ...«

»Wird auch sein«, sage ich, »und wenn es arktisch wäre. Hier hinein? Keinen Schritt. Es ist ein Monster.«

»Bist du nicht etwas zu sensibel?« sagt Totò. »Und kann sich der Tschenett das leisten?«

»Weiß ich nicht«, sage ich, »aber in dieses Gekotze aus Glas und Beton, in dieses Ding, das hier mitten in der Stadt steht, als würde es die Stadt überhaupt nicht geben, in so ein Ghetto gehe ich nicht, nicht freiwillig. Suche mir meine Ghettos immer noch selber aus. Egal, ob ich mir das leisten kann.«

Totò sieht mich an, mit diesem Blick, den ich aus unseren eineinhalb Jahrzehnten bereits kenne: Blödes Arschloch, verrücktes, hast ja recht.

Hab ich auch.

Gibt er aber nicht gern zu. Aus formalen Gründen.

»E allora?« sagt er, »und, also, was dann?«

»Parkbank«, sage ich. »Irgendwas. Das nicht.«

»Sicher?«

»Das nicht. Rückenschmerzen, Kopfgrimmen, Augenflimmern, jetzt schon.«

»Also gut«, sagt Totò, greift in die Tasche, zieht ein paar Geldscheine heraus, eurobunt, steif noch, »schlag dich durch.«

»Damit wird's wie von selbst gehen«, sage ich, »keine Kunst.«

»Wirst du mir morgen ja erzählen«, sagt Totò, »halb zehn, hier, vor dem Hotel, o.k.?«

»Hol dir nix, heut nacht«, sage ich, drehe mich und gehe.

Es wird Zeit.

18

Entsinne mich (vielleicht war es ein Trugbild, wird sich spätestens bei Tageslicht herausstellen), in den *Quartieri spagnoli* so etwas wie ein Hotelschild gesehen zu haben. Ist zwar unwahrscheinlich, sitzt aber als fixe Idee in meinem Kopf.

Kenne sonst nichts und will sonst nichts, die *Quartieri* sind genau das, was ich brauche, mit ihren dunklen Gassen und den schmalen Eingängen, dem Heiligen Licht und der unheiligen Finsternis, langsam ist in mir ein stilles Ziehen, und das schreit: Ankommen! Schuhe ab. Füße ausstrecken. Gürtel auf, Hose auf, ein Knopf mindestens. Augen zu. Paar Sekunden.

So liegt man da und sucht sich neues Leben in den Absteigen dieser Welt. Darum geht's.

Und dann läufst du um die eine Ecke, und dann läufst du um die andere Ecke, und wo war das, das mit dem Hotel? Und längst hast du dir den Schritt des Einwohners angeeignet, pur eingebildete Selbsterhaltung natürlich, dir, das sieht man im ersten Augenblick, dir ist nichts zu nehmen, Totòs Geld hat auf dein Gesicht noch nicht durchgeschlagen. Du bist einer, der hier, wenn er nicht in einem der *bassi*, dann wenigstens im ersten Stock wohnt, einer der *lupi solitari*, der einsamen Wölfe, wie sie um so häufiger vorkommen, je bevölkerter die Städte sind, und wo war das mit dem Hotel? Hinter den thailändischen Schriften *(Internetcafé im Keller)* oder ums Eck vom chinesischen Lokal *(Klimatisierte Tische im ersten Stock. Gute Speisen)*?

Ein Videoauge. Nicht zu glauben, aber: Bevor du in dieses Hotel, das an einem Ort steht, an dem man es Gott sei Dank nicht vermutet, und das nach so gar nichts aussieht und deswegen ganz nach deiner Art ist, bevor du also in dieses Hotel eingehen kannst, schaut dich dieses kalte Glas an. Und glotzt.

Und es dauert.

Dann knarrt es elektrisch im Schloß, und rein, und *carta d'identità*, und Vorkasse, Schlüssel, Aufzug (und trotzdem Treppen: unsereins nimmt keinen Aufzug, was alles, bitte, könnte dabei passieren?), im zweiten Stock Minihausbar, gradvorbeidran, türdurch, linksab, aufschließ: endlich.

Habe es gut getroffen.

Tut wohl, feststellen zu können, daß man sich auf seine Nase manchmal blind verlassen kann. Hemdschmales Zimmer, die vertreterübliche und nur mit Schimpf zu belegende plastene Naßzelle, aber bitte, wozu braucht unsereins ein Marmorbad?, dafür Fenster zur Gasse hin und diese alten, in ihrem unteren Teil um fünfundvierzig Grad ausstellbaren Holzjalousien, braungebrannt, Nachbar gegenüber sieht Fußballnachrichten, Kinder schreien, müde, aber noch lang nicht schlafbereit, weit und breit keine Klimaanlage. So muß es sein. Kleines Zuhause auf Zeit. Verschwiegener Verschlag.

Geschlafen, sekundenlang langgestreckt. Traumtrümmer.

Neue Welten. Draußen. Also raus. Noch ist die Nacht und man selber jung. Routinierter Kontrollblick des Nachtportiers. Was der wieder denkt.

Anders als in Saloniki vergißt man hier Mole und Hafen, kaum daß man durch die Gassen läuft, kein Salz in der Luft und nichts vom Frachterdiesel, und vor allem: plötzlich, nach drei Biegungen schon, keine Ahnung mehr davon, daß da vorne das Meer liegt. Ich hüte mich davor, ihm heute nacht zu nahe zu kommen. Ewige Versuchung.

Du wirst, Tschenett, du wirst diese Nacht wie all die anderen bisher überleben. Wirst du. Glaube es mir. Schrammen, wie immer. Sonst nichts.

Inzwischen ist die Via Toledo ruhiger geworden. Nichts toter als Einkaufsstraßen, denen die Einkäufer fehlen. Nichts vernünftiger, als sich um diese Uhrzeit nicht um die Warenwelt zu scheren. Alles zu. Alles dicht. Alles aus. Alles tot. Die teuersten Mieten: für Stunden gammeln sie vor sich hin. Eine Freude, an stumpfen Schaufenstern schadlos schlaflos vorbeizulaufen. Wer verkauft, verkauft vom Bauchladen weg oder aus der hohlen Hand, im Flüsterton; ganz ohne Geschäfte geht es dann doch nicht. Und plötzlich ist die Welt größer. Anschaulicher auch.

19

Musik, irgendwo, aus einer dieser Gassen. Soul.

Hinterhergepirscht. Kopf rechts, Kopf links, Ohren angestellt: kommt näher.

Via Cisterna dell'olio. Ölzisterne. Ein Name, der genug verspricht. Sound in Discolautstärke aus einer schmalen Bar, in der Gasse jede Menge junge Menschen, halb so alt wie die Musik; sie verwenden die staubigen Autodächer als Bartische. Wildwüchsige Szene. Bier, Wodka, Shit. Wein im Hinterstübchen, für die verhältnismäßig Betuchten.* Alles andere im Dunkel.

Gut, sage ich, hier wirst du deine Hütte bauen.

Und weiß gleichzeitig: Paläste stellt dir hier keiner hin, dazu, Angesicht zu Angesicht, bist ein zu alter Mensch und von daher nur mehr Lachfigur.

Also Wodka. Heilt vieles. Heilt alles. Und tut, fürs erste, nicht weh.

»Non ci credo.«

Ich drehe mich. Und freue mich still.

»Non ci credo. Ich kann es nicht glauben. Hat dich Ciro als Spion ins Gelände geschickt, weil ihm die Knochen weh tun? Der alte Scheißer.«

»No«, sage ich.

»Purer Zufall?«

»Ja.«

»Und das soll ich glauben?«

Kann sie nicht. Wie auch.

Und wäre blöd von mir, darauf bestehen zu wollen, obwohl es wahr ist. Und wer ist schon gerne blöd, freiwillig, angesichts einer jungen Frau? Die noch dazu Sera heißt.

Also hebe ich sprachlos die Handflächen zum Himmel: Zufall? Wer weiß das schon.

Totòs Geld beschert uns zwei proletarische Biere, eiskalt expreß gezapft, auch wenn mir eher nach einem Glas Wein wäre, nach einem aus der näheren Umgebung, einem *Quarto di luna* etwa, und einen

Quarto di sole hinterdrein, allein schon der Namen wegen*, man ist an manchen Tagen, und in manchen Nächten noch mehr, so was von altbacken romantisch und will kaum darauf verzichten, sich mit einem Viertel Mond und einem Viertel Sonne zu vergnügen, und bei…, aber nicht hier und heute, Tschenett.

Ein kurzes Bierglasheben haben wir dann doch füreinander übrig, und was den Rest betrifft, küßt Sera da einen Neuankömmling und schreibt dort der anderen etwas auf ein Stück Papier; seltsam geschäftiges Gegenstück zu den Geschäftemachern des Tages. Ich lehne mich solange zurück, die paar Zentimeter zur Hauswand, schaue dabei, noch, nüchtern in die Runde: frischfrohes Volk hier, hat genug zu debattieren und weiß die dunklen Stunden zu schätzen.

»Sono incazzata nera«, sagt Sera, »ich bin stinkwütend. Willst du wissen, wieso?«

Nur zu. »Dimmelo. Sag's mir.«

»Erstens, weil es immer gut ist, stinkwütend zu sein. Es lebt sich dann besser.«

»Bemerkenswerte Philosophie«, sage ich. »Aber noch nicht erprobt; wie gut es sich damit leben läßt, weiß ich deshalb nicht.«

»Und zweitens«, sie hat mir einen entzückend

strafenden Blick gegönnt, »zweitens wird es von Tag zu Tag notwendiger, unumgänglicher, überfälliger.«

Ich schweige.

»Und logischer, wenn du so willst.«

Schweige weiter.

»Schreie lieber, als zu kotzen: das ist doch eine Devise, oder? Ich meine: solange mir die Wahl bleibt. Am Schreien verschluckt man sich weniger. Und am besten ist es, man nimmt seine beiden Hände ...«

... und sie nimmt sie wirklich, hebt sie, ballt sie zu kleinen Fäusten, knöchelbleich ...

»... und haut drein, daß es kracht.« Linksausleger, rechter Schwinger. »Begriffen?«

»Faustkampf«, sage ich, »in klassischer Haltung.«

»Falsch. Vollkommen falsch. Totalmente. Revolte«, sagt Sera, »Widerstand, Aufruhr. Wie immer du es nennen willst. Wir haben genug, wir haben die Schnauze voll, es reicht uns. Lange schon. Aber sie, die anderen, tun, als ob sie immer noch nicht begriffen hätten, reden von Jugendkultur und Wohlstandschaoten und Wasweißich. Hast du dich umgesehen, ist hier Kohle oder was man dafür zu halten hätte? Miseria, nichts als ganz normales Elend. Dabei ahnen sie längst schon: Es geht ihnen an den Kragen, unweigerlich, Naturgesetz. Wenn sich keiner wehren will in diesem Lande, das längst schon nichts als ein stinkender Schafstall in geschminkter Liveübertragung ist, in Ordnung. Soll ich dir sagen, was zur Fahne dieses Landes geworden ist, längst? Der Damenstrumpf, den die Kameras sich zum Weichzeichnen überzustülpen hatten vor dem ersten TV-Auftritt ihres Herrn und Meisters, unseres ...«

»Signor B.«, sage ich, »ich weiß: Er scheint an allem schuld zu sein ...«

Und stecke mir den Finger ins Ohr. Da war was.

»... was mir, wenn ich so unvorsichtig sein darf, langsam verdächtig vorkommt. Als ob unser Italien an nichts anderem kranken würde als an diesem cleveren Deppen. Erscheint mir eher unwahrscheinlich. Da gehören immer zwei dazu, wenn einer den andern übers Ohr haut.«

»Wie auch immer: Wir werden uns wehren«, sagt Sera, diesen bleichen Ernst im Gesicht, dem man so schwer widerstehen kann, »wir werden darauf nicht verzichten. Es ist unser Leben.«

»Stimmt«, sage ich.

Sie schaut mich kurz von der Seite an, lauernd, als ob sie auf einen Nachschlag warten würde. Dabei höre ich nur interessiert zu.

»Verrückt genug, mit dir darüber zu reden«, sagt

sie dann. »Aber immerhin, Ciro hat noch nie hierhergefunden.«

»Ich habe mich doch auch bloß verirrt«, sage ich, und es ist mehr als die Wahrheit, »außerdem kenne ich diese Musik seit ein paar Jahrzehnten. Und sie ist nicht schlechter geworden.«

Sie starrt in ihr Bierglas. Hat zu denken. Ich störe sie nicht dabei.

»Kann sein«, sagt Sera. »Aber ich kann es nicht wissen. Ich muß es glauben.«

»Ja. So ganz ohne Glauben geht's dann doch nicht, manchmal. In extremis. Und in ausgewählten Fällen.«

»Dann erklär mir doch den Unterschied zwischen Glaube und Aberglaube.«

»Wieso das?« Als ob man über so was täglich nachdenken würde. Als ob man dazu jederzeit eine Antwort parat hätte.

»So«, sagt Sera. »Wegen Nachdenken. Und wegen Enzuccio.«

Hoppla, Tschenett, denke ich, wie geht das jetzt? Sollst du oder darfst du nicht, ist es erwünscht, oder wird man dir den Kopf abreißen dafür, ich meine: Fragst du jetzt nach, nach diesem Enzuccio, den du nicht kennst und von dem du noch nie etwas gehört hast?

Und dann siegt Neugierde über Bedenken, und

vielleicht auch siegen Seras schmale Augen im Halbrotlicht der Neonreklame.

»Enzuccio?«

Zweiundzwanzig. Dreiundzwanzig. Und ...

»Er ist noch klein, eigentlich«, sagt Sera. »Sechzehn. Und seit gestern tot.«

»Das ist, wie auch immer, zu früh«, sage ich.

Sera schaut einen Augenblick lang, kühl, undurchsichtig, ganz so, als ob sie kontrollieren wollte, ob da einer seine Späße treibt mit ihr.

Natürlich nicht.

»Enzuccio ist tot und hätte nicht sterben müssen«, sagt Sera. »Und vor allem: nicht dürfen. Enzuccio. Es gab da welche, die dachten, er ist zum Jahrhundertfußballer geboren. Glaube. Es gab da welche, die dachten, es ist nicht gut, daß er sich in seinem Alter tagein, tagaus in den Katakomben herumtreibt. Aberglaube. Oder umgekehrt? Und gestern, als er vom Dach gefallen war, wegen dieser Ceppi di Sant'Antonio, auch wieder diese verdammte Frage von Glaube und Aberglaube, als er, bewußtlos längst, endlich ins Krankenhaus gebracht worden war und seine Freunde mit ihm und ihm hinterher, und weil sie glaubten, was er dachte, weil sie dachten, was er glaubte, daß er was mit mir hatte, wo nichts als brüderliche Freundschaft zu diesem Jungen gewesen war, den alle immer auf dem Fußballplatz, der sich selbst aber immer im untergründigen Dunkel gesehen hatte, weil sie glaubten, was er glaubte, holte mich einer mit seiner Vespa ab, und wir ins Krankenhaus, und wie wir da ankommen, stehen Vater und Verwandtschaft und Freunde schreiend im *Pronto soccorso* und wollen nicht glauben, was die Ärzte ihnen sagen, daß Enzuccio längst tot ist, tot angekommen schon, nicht einmal den Rettungswagen überlebt. Das will keiner glauben, aber sie glauben, daß man ihn absichtlich hat sterben lassen, Doktoren und Retter und Werweißich, weil Enzuccio, sagen sie, von den Lottozahlen wußte, und was er wußte, wußte er aus den Katakomben, und deswegen, und weil das irgend jemandem, der Macht genug hat, nicht paßte, mußte Enzuccio sterben.«

Und plötzlich schaut einen das Bier, das man in der Hand hält, blöd an.

»Es ist doch so«, sagt Sera, »ich kann das glauben, aber ich kann das auch nicht glauben. Und damit beginnt das Dilemma. Glaube und Aberglaube sind doch, eigentlich, dasselbe, denke ich mir. Etwas, von dem man nicht weiß, in das man hofft und vor dem man sich ängstlich beugt. Oder?«

»Rein persönlich«, sage ich, »und auf Grund meiner beschränkten Lebenserfahrung behaupte ich: Aberglaube ist meist unterhaltsamer als Glaube.«

Sera rührt sich nicht.

»Aber das hilft dem armen Enzuccio jetzt auch nicht mehr ins Leben zurück«, sage ich. »Vermutlich.«

»Nein«, sagt sie, »für den ist es, wie es ist. Tot ist tot ist tot.«

Und setzt das Bierglas an und trinkt aus.

»Neue Runde?« sagt sie.

Und bevor ich noch denken kann, sage ich: »Und 'n Wodka.« Und drücke ihr einen Euroschein in die Hand.

»Sei un amico di Sera?«

Trägt Gel im Haar und Sonnenbrille, der Kerl. Und will wissen, ob ich zu Seras Freunden zähle. Was sagen zu einem, dem man, nach dem ersten Blick, nichts sagen möchte außer: 'piß dich?

»No«, sage ich, »im Augenblick bin ich ganz scharf auf dich.«

Worauf er vier Schritte zurück macht und regungslos verharrt. Dabei war's gar nicht bös gemeint.

Seras Ausflug im Dienste des Nachschubs dauert länger, als er müßte. Mister Gel sieht sich suchend um, bleibt stur auf Rührmichbloßnicht-an-Distanz, was, napoletanisch gemessen, intergalaktische Entfernungen sind. Kann dem armen

Mann nicht helfen. Seinem Friseur auch nicht. Da ist sich jeder sein eigener Richter. Und Sera bleibt verschwunden, irgendwo in den Innereien des Lokals.

Ruhig Blut. Es reicht, wenn Mister Gel von einem Fuß auf den anderen tippelt.

Man hat ja Zeit, seine völlig uninteressierten Betrachtungen anzustellen, ist nur durstig und sonst nichts und stellt fest: Er sieht mir gar nicht nach dem Typ von Mann aus, von dem eine Frau wie Sera hofft, daß er auf sie wartet. Andererseits: Wer weiß so was schon so genau. Meine Wenigkeit jedenfalls hat in solchen Dingen oft genug danebengelegen. Ganz einfach, von Geburt und Bestimmung her, unfähig zu tieferer Erkenntnis, schon gar, wenn Frauen im Spiel sind. Irgendwann begreift man das, ergibt sich in seine Handicaps und lebt fortan fröhlicher. Nicht richtig fröhlicher, vielleicht: angemessener.

»È un tuo amico, Sera?«

Sera ist retour: zwei Wodka, zwei Bier, ein Seitenblick.

»No«, sagt sie.

Nein. Kam prompt, als Antwort.

Und dann darf ich zusehen, wie der Typ ein paar Schritte nach hinten tritt, Sera hinterher, wieder drei Schritte, wieder hinterher, sie haben zu reden, und dann hält Sera ihm die zwei Gläser hin, und er trinkt das eine übern Kopf aus und schüttet das andere hinterher, und als er absetzt, ist es halb geleert, und ich frage mich, warum ich das Gefühl habe, daß hier etwas falsch läuft.

Dann läßt Sera ihn stehen und kommt auf mich zu.

»Wodka?« sagt sie, Arme beidseits gespreizt, »oder Bier?«

»Egal«, sage ich.

»Ho bisogno di qualcosa di forte«, sagt Sera, »ich glaube, ich brauch was Hartes.« Und hält mir das Bier hin.

»C'è un po' di confusione qua in giro«, sage ich, nehme das Glas und deute in die Runde, »ein bißchen aufgeregt, die Leute hier, oder?«

»Das kannst du glauben«, sagt Sera, »dafür gibt's allen Grund. Fünf, zehn Straßen weiter wird gekämpft. Zwillen, Steine, Molotows. Bullen, Zivis, Feuerwehr. Deswegen muß ich gleich los.«

»Worum geht es?«

»Die Leute sind stinksauer. Erstens wegen Enzuccio und zweitens wegen der Bullen. Daß die sich trauen, zuerst die Leute zu verprügeln, auf dem G8-Gipfel, um dann zu protestieren, wenn sie dafür geradestehen sollen. Man sagt, sie verhaften heute abend so viele Leute wie möglich, um etwas in der Hand zu haben. Für mich ist das Geiselnahme. Das hat es so noch nicht gegeben, und es gibt Leute, die sprechen von Putsch.«

»Naja«, sage ich, »das kann noch etwas dauern mit dem Putsch, und wenn dann plötzlich doch einer kommt, wird es nicht danach aussehen.«

»Ecco perché«, sagt Sera, »eben drum. Hast du gehört, was die Faschisten in Rom zu der Sache gesagt haben?«

»Nein. Was sollen Faschisten in Rom schon anderes sagen als immer dasselbe.«

»Du solltest aber hinhören«, sagt Sera. »Sie sagen: Gut so. Weiter so. Und dann solltest du dich umhören, was die Leute hier sagen. Es kommt zur Schlacht. Es muß entschieden werden.«

»Das«, sage ich, und während ich es noch sage, komme ich mir alt vor, »das hat Zeit. Solche Sachen dauern. Und Schlachten schon gar. Jahrhunderte.«

»Soviel Zeit ist nicht mehr«, sagt Sera, »nicht einmal, wenn wirklich wahr wäre, was du sagst.«

Dann kommen Sirenen näher, einige lassen ihre Biergläser auf den Autodächern stehen und laufen los, der Wirt nickt, »o.k., zahl morgen«, es gibt Wichtigeres.

Und während ich noch am Überlegen bin, was

ich meinen Knochen zutrauen kann, taucht Mister Gel auf, hält Sera ein Telefon ans Ohr, und kaum hat sie zu Ende gehört, hebt sie die Hand.

»Vado«, sagt sie, »devo andare. Ich gehe, ich muß.«

Und ist im Laufschritt erst in der Menge und dann in der Gasse verschwunden, und Mister Gel hinterher.

Und ich stehe da und habe zugeschaut.

20

Wie kann man nur so viel Glück haben bei so wenig Verstand?

Meinem mangelnden Verstand habe ich eine viel zu kurze Nacht zu verdanken; war noch weitergezogen, in einem unbestimmten Hochgefühl, das sich heute als schmerzhafter Muskelkater an den Schienbeinen äußert und im übrigen durch nichts zu erklären ist als durch die geheimnisvollen bunten Geräusche, die in den menschenleeren Gassen der Oberstadt widerhallten und mich von Ecke zu Ecke, Platz zu Platz, Gasse zu Gasse trieben, als ob es etwas zu entdecken gäbe, das einem alles erklärte.

Natürlich sieht das jetzt, bei Sonnenlicht, nach

der kümmerlichen Handvoll Schlaf, tief, verwinkelt und verschüttet wie die geheimen Gänge unter dieser Stadt, vollkommen anders aus. Und natürlich kommt mir jetzt, endlich, in den Sinn, was ich in diesen Stunden in den napoletanischen Gassen nur vage verspürt und als Verfolgungswahn abgeschrieben hatte: daß mir jemand gefolgt war, daß hinter jeden zweiten Ecke ein Schatten stand, daß ich nicht allein war. Dann, ins Hotel zurückgekehrt und die Zimmertür aufgeschlossen, war das Bild klarer geworden. Hier hatte jemand alles durchwühlt, obwohl da nichts war, was mein gewesen wäre. Hatte mir zwei sorgsam präparierte Hühnerfüße aufs Bett gelegt. Hau ab und lauf. Ich war in dieser Nacht zu müde gewesen, mir darüber Gedanken zu machen.

Jetzt ist Tag, und ich greife mir an den Kopf und schüttle ihn, leise. Wieso du, denke ich. Was hast du wem getan? Und, eine technische Frage am Rande, wie sind die am Videoauge vorbeigekommen?

Vergiß es, denke ich und gebe mich meinem Glück, dem unverdienten, hin, dem ich diesen Tisch auf der Dachterrasse des Hotels zu verdanken habe, der perfekte Ort, um mit zitternden Beinen wach zu werden und ins Leben zu staksen, Hand an der Kaffeetasse, Blick zu den Dächern der

Quartieri spagnoli ringsum mit ihren still schaukelnden Wäschefahnen, Festbeflaggung zu Ehren des ganz normalen tagtäglichen Lebens, das einem wie mir so schnell verlorengehen kann, ganz einfach weil man zu wenig geübt hat.

So sitze ich auf einem Plastikstuhl an einem Plastiktisch, auf dem kaum mehr als handtuchgroßen Balkon des Nachbarhauses läuft ein Kleinkind zwei Schritte vor, drei zurück, schreit jedesmal, am Geländer angekommen, lauthals »Gol! Gol!«, dreht sich, läuft weiter: ein geheimnisvolles Spektakel, auf dem Geländer eine Decke, frühmorgendliches Lüften oder Sichtschutz, wer weiß, mehr als einen Sehschlitz am Boden läßt die Decke nicht, gerade mal knöchelhoch. Sicher ist, es wird ohne Ball gespielt.

Dann kommt der Frühstückskellner, der eben noch der Aushilfsnachtportier war, was weißt du, denke ich, er schaut mich, scheint mir, etwas mitleidig an, so, als ob ich gerade irgendeinen Wettkampf verloren hätte, was gut sein kann, er jedenfalls ist von beneidenswerter Frische, und damit steht es bereits 0:1, stellt meinen *caffè* ab und hält mir ein Telefon hin. »È per Lei.«

Und bevor ich noch sagen kann, daß ich eigentlich gar nicht möchte, daß wer auch immer mit mir redet, am Telefon schon gar nicht, von der Uhrzeit ganz zu schweigen, ist er schon wieder verschwunden.

Ich habe mir Zeit gelassen. Erst Zucker in den *caffè*, dann umgerührt nach altem System (zwei gehäufte Löffel, dafür nur eineinhalb Umdrehungen, so bindet der unaufgelöste Zucker die dunklen Schwebstoffe, was vielleicht keine Wirkung hat, am Ende aber schön anzusehen ist), einen Schluck genommen, schon sieht die Welt anders aus, und schon kann man sich in die schlimmsten Abenteuer stürzen.

»Sì«, sage ich dann, »ich höre.«

»Wo bleibst du?« sagt Totò.

»Da wo ich bin, zur Zeit«, sage ich. »Mir ist zuwenig Schlaf zugeteilt worden, hier läßt es sich sein, und auf Kongresse kann ich heute verzichten. Auf solche der Europäischen Polizeien allemal. Das wirst du verstehen. Also zieht ohne mich los, grüß mir Ciro und Angela und Sera, den Polizeichef von Napoli und Signor B. und die Welt.«

»Wir kommen vorbei«, sagt Totò, den schmalen, präzisen Ton in der Stimme, wie ich ihn nur aus früheren, bewegteren Tagen kenne, »non muoverti, beweg dich nicht, bleib, wo du bist, in zehn Minuten sind wir da.«

»Laßt euch Zeit«, sage ich.

Und habe längst schon beschlossen, daß ich mir erst einmal keine Gedanken machen werde. Nicht einmal darüber, wie Totò mich in so kurzer Zeit gefunden hat.

21

»No«, sagt Ciro, und es ist eine Entschiedenheit in diesem *no*, die mich aufhorchen läßt.

Natürlich weiß ich es längst schon selbst: So richtig, wie er sein sollte, ist der *caffè* des Hauses nicht. Hotelkaffee eben. Aber Ciro scheint heute morgen keine Toleranz zu kennen und trägt dem Aushilfsnachtportierkellner auf, in dem Café auf der Piazza Carità vier *caffè* für uns zu bestellen, und, mi raccomando, heiß sollen sie ankommen, richtig heiß, e normali. Und normal.

Ich kenne inzwischen die Wegstrecke, ich kann mir das Menschengetümmel auf der Via Toledo lebhaft vorstellen: Keine leichte Aufgabe, da wird der Laufbursche des Cafés wirklich laufen müssen mit seinem Tablett.

Mein Aushilfsnachtportierkellner läßt es mit sich machen: entweder kennt er *'o prufessore*, oder er weiß von ihm. Oder es genügt dessen düstere

Ausstrahlung, die graue Gesichtsfarbe, die so neu ist heute morgen.

Also warte ich. Irgendwer wird mir den ungewöhnlichen morgendlichen Auftrieb und den Gemütszustand der beiden Herren schon erklären. Statt dessen hebt Ciro an.

»Perché«, sagt er, »weil man inzwischen leider Gottes vorsichtig sein muß mit den napoletanischen Kaffeekochern. Es ist eine Schande. *Se venne Napule pe nu soldo e nun ce sta 'o soldo*. Man verkauft Napoli für drei Lire. Und es ist nicht sicher, ob einer drei Lire dafür hergeben will.« Und macht kein Anzeichen, mir aus meinem Unwissen zu helfen.

Gut, denke ich mir, dann geht es dich auch nichts an, vielleicht hatten die beiden heute abend einen simultanen Prostatavorfall. Soll es geben.

»... und ich bin seit langem schon auf der Suche nach einem stärkeren Wort als *Schande*. Manchmal wälze ich Wörter, von morgens bis mittags, von mittags bis abends. Aber ich komme immer wieder auf dasselbe: *vergogna*, Schande.«

Totò lehnt hintenüber in seinem Plastikstuhl, und es ist schwer zu entscheiden: nickt er oder schaukelt er.

Und weil er nichts sagt, sage ich auch nichts.

»Die Schande«, sagt Ciro, »die Schande ist, daß man, um einen alteingesessenen napoletanischen *caffè* zu bekommen, längst schon, laut deutlich flehentlich, einen *caffè normale* bestellen muß; wo gibt es das? Als ob man sich schämen müßte, weil man diese versüßte, mit Nutella oder anderem Dreck versetzte Zumutung, die nichts als eine amerikanische ist, partout nicht trinken will.«

Ciro, denke ich, was ist dein Problem? Bin der erste, der für einen artgerechten und kunstfertigen *caffè* sein Leben läßt, aber: heute, jetzt, hier? Und mit dieser Vehemenz?

Sag mir, daß da noch etwas anderes dahintersteckt.

Aber Ciro tut mir den Gefallen nicht, schimpft weiter über Erfindungsreichtum und Herzlosigkeit zeitgenössischer Kaffeesieder*, flucht sich die Seele aus dem Leib; alles ein bißchen laut.

Also warte ich ab. Und Totò dreht Daumen. Längst schon habe ich begriffen, daß er eingeweiht ist. Und daß die beiden Herren, wieso auch immer, auf ihren *caffè* warten wollen, bevor sie mich ins Bild setzen. Matrosenquälen. LKWlerblitzen. Unausgeschlafeneleutetreten. Irgendsowas.

Manchmal gibt es Spielregeln, die vollkommen

blödsinnig sind, denen man sich aber gerne unterwirft. Weil sie, welches Spiel auch immer, regeln. Damit tröste ich mich. Und damit vergeht die Zeit. Und der Rest.

»Und…«, sagt Ciro, »und nie hat man auf einen *caffè* so lange gewartet wie heute. Diese Laufburschen wissen einfach nicht mehr, was laufen bedeutet.«

Spätestens jetzt habe ich begriffen: Ciro ist bitterbösester Laune. Eile war, seit ich ihn getroffen habe, noch nie sein Problem.

Ciro kratzt sich am Kopf, Totò schaukelt.

Dann beginne ich zu rechnen. Drei sind wir, vier *caffè* hat Ciro bestellt: Wer fehlt? Und läuft nicht längst schon der Kongreß? Wieso scheint heute die Sonne so, als ob wir morgen *ferragosto*, den fünfzehnten August, hätten? Mitten im Januar? Was ist heute nacht geschehen, um die Welt so auf den Kopf zu stellen?

»Eccoci qua.«

Hier sind wir. Mein Aushilfsnachtportierkellner hat es sich nicht nehmen lassen, den Laufburschen höchstpersönlich auf die Terrasse zu eskortieren: serviert ihm vom Tablett herunter, als ob der *caffè* aus seiner höchsteigenen Maschine geronnen wäre.

Und folgerichtig zahlt Ciro an ihn, großzügig, da waren ein paar Euro Trinkgeld dabei, die Frage ist, wollte Ciro die beiden verscheuchen, oder ist ihm sein Herz aufgegangen, plötzlich, morgendlich, und der Laufbursche und mein Aushilfsnachtportierkellner verschwinden eiligst, Geld wird irgendwo in einer dunklen Ecke verteilt zwischen den beiden, dieses Schauspiel wollen sie uns nicht gönnen, ich drehe ihnen mein Ohr hinterher: Nichts zu hören, ausgebuffte Profis alle beide.

»E insomma«, sagt Ciro, »può andare, geht so.«

Er ist wirklich ungnädig heute. Der *caffè* hat, auf seinem Weg durch die Via Toledo, kaum gelitten, der Laufbursche muß gerannt sein. Und das ist mehr, als man von ihm erwarten konnte.

Ciro schaut in seine Tasse, Totò schaut in seine Tasse: Kaffeesatzleserei. Ich halte mich zurück. Möchte nichts wissen. Werde es hören.

»Wir haben ein Problem.« Ciro hat beschlossen zu reden.

»Nämlich?« sage ich, froh, daß es endlich losgeht.

»Sera ist verschwunden. Zumindest behauptet das Angela. Ich kann das nicht beurteilen.«

»Wenn es Angela behauptet, ist es so«, sagt Totò, »und das weißt du auch.«

»Può darsi«, sagt Ciro, »kann sein.«

»Was heißt das: Sera ist verschwunden?« sage ich. Aus dem Alter, in dem man nicht mehr weiß, was die letzte Nacht passiert ist, bin ich raus.

»Scomparsa. Weg. Verschwunden.«

Ich sehe Ciro zweifelnd an.

»Nicht nach Hause gekommen«, sagt er.

»Und das ist nicht normal«, sagt Angela. »Das war noch nie, egal, was man von Sera denken mag.«

Wir drehen uns überrascht um. Angela steht in der Tür, die auf die Dachterrasse führt, steht da, im Halbdunkel, und plötzlich weiß ich: Es ist ernst. Irgend etwas an ihr sagt mir, daß die kleinen Spiele vorbei sind, die Scharmützel gelaufen.

»Prendi il *caffè*«, sagt Ciro, »hier, dein *caffè*.«

»Du und dein...«, sagt Angela, »sehr wahrscheinlich hat er, genau jetzt, weil es um sonst nichts geht, weil sonst nichts los ist in der Welt, weil ihm seine Stieftochter nicht abhanden gekommen ist, weil er nicht bis überm Kopf in Problemen steckt, dieser *prufesso'*, gescheiterter Polizist und gescheiterter Philosoph..., weil er Ciro ist, ich weiß es, hat er euch vom Niedergang der napoletanischen Kaffeekultur erzählt.«

»Ja«, sage ich. Konnte ich mir nicht verkneifen. Zu lange im dunkeln gelassen.

»Sera ist nicht nach Hause gekommen, Sera ist

verschwunden, keiner weiß, wo sie ist, ich habe herumtelefoniert«, sagt Angela, »ich bin die Gassen abgelaufen und habe nach ihr gefragt, ich habe die Krankenhäuser angerufen, die Leichenschauhäuser, sogar die Polizei. Verschwunden. Spurlos.« Sie steht vor uns, eine einzige Anklage.

»Sera. Ich kann es nicht glauben, ich will es nicht glauben.«

Totò hat längst mit seinem Schaukeln aufgehört.

»Und ihr, signori miei, meine Herren, ihr werdet mir sagen, was es damit auf sich hat. Begriffen, Ciro?«

Ciro nickt.

»Ich höre«, sagt Angela. Sie greift sich einen Stuhl, setzt sich, schiebt den *caffè* in die Tischmitte. »Ich höre.«

Ciro rückt seinen Stuhl näher an den Tisch.

»Und laß nichts aus. Du hast mir zuviel verschwiegen, in letzter Zeit. Damit ist es jetzt vorbei. Das weißt du.«

»Es war nur zu deinem Besten«, sagt Ciro.

»Zu meinem Besten?«

Angela ist schreiend aufgesprungen.

»Zu meinem Besten, du Idiot? Daß Sera verschwunden ist? Das soll mein Bestes sein? Worauf habe ich mich dann einzustellen, wenn du mir einmal Böses wollen solltest?«

Sie läßt sich, tief ausatmend, in den Stuhl fallen.

»Du bist verrückter, als ich gedacht habe. Du bist nicht von dieser Welt. Die Jahre in der Polizei haben dir das Hirn zerfressen, und das Herz, und die Seele. Du bist kein Mann mehr, du bist ein Gespenst. Du solltest dich in eine der Tuffgrotten verziehen, irgendwohin in den napoletanischen Untergrund, und grau und feucht und mottenzerfressen warten, daß dich die Gläubigen und Abergläubigen um eine Weissagung anbetteln mit ihren zittrigen Beterfingern.«

Ciro sieht sie entgeistert an.

»Aber vorher, mein lieber Ciro, vorher wirst du mir alles erzählen, und dann wirst du dich, zusammen mit deinen feinen Freunden, auf die Socken machen und einmal, ein einziges Mal etwas Richtiges tun: mir meine Sera wieder besorgen. Und zwar schnell. Ganz schnell. Capito?«

Sekundenlanges Schweigen am Tisch. Und »Gol! Gol!« vom Balkon gegenüber. Gespenstischer als je.

»Evvabbene«, sagt Ciro, »also gut.« Er hat Angela nichts mehr entgegenzusetzen.

»Und wenn das alles vorbei ist, *prufesso'*, werde ich überlegen, ob ich dich überhaupt noch kenne. Dich und deine Freunde oder sonst jemanden.«

Nachschlag. Tiefschlag. Gnadenschuß.

»In der Nacht auf gestern hat man in meinem Büro einen Hahn geschlachtet. Kopf ab. Er ist noch eine Weile herumgelaufen. Entsprechende Sauerei. Gleichzeitig wurde mein Dienstwagen geklaut. Das Büro habe ich von ein paar Freunden putzen lassen, der Dienstwagen ist auf der Piazza Carità wieder aufgetaucht, als wir drei da einen *caffè* tranken: faule Äpfel auf dem Fahrersitz, Mist im Kofferraum, die *scientifica* ist noch dabei zu bestimmen, ob Pferd oder Rind. Ansonsten: keine Hinweise. Nicht die geringsten. Ich habe alles in Bewegung gesetzt. Die paar Kollegen, denen ich trauen kann, meine Kontakte bei der Staatsanwaltschaft, meine Informanten, Journalisten, Freunde: nichts.«

Angela sitzt unbewegt da, wie steinern, marmorn. Sagt nichts. Wartet ab.

»Wenn Sera vor drei Tagen verschwunden wäre«, sagt Ciro und hebt stumm die Schultern, »ich hätte nichts zu sagen und nichts zu vermuten gehabt.«

»Sie ist aber in dieser Nacht verschwunden.«

»Eben. Also müssen wir annehmen, daß die Dinge miteinander zu tun haben. Auch wenn ich es nicht glauben kann.«

»An welchen Fällen arbeitest du zur Zeit, Ciro?«

»An nichts, das weißt du doch. Nichts Wichtiges, ich bin doch längst aus dem Spiel.«

»Es reicht aus, daß dir deine Stieftochter abhanden gekommen ist, schon vergessen?«

»Vielleicht ist sie doch nur ...«

»Denk nicht einmal daran, Ciro. Sie ist nicht. Sie ist weg. Und du bringst sie mir wieder.«

»Also«, sagt Ciro, »da ist die alte Geschichte mit dem Kardinal, Wucher oder nicht Wucher, Seelenheil oder Schwarzgeldwäsche. Das hängt mir noch nach, sicher, aber nur politisch. Er ist längst rehabilitiert, ich bin kaltgestellt: Was soll da noch sein, was soll aus der Geschichte noch Ärger kommen?«

»Militante Katholiken?« sagt Angela, »man hört, so was soll es auch geben. Die *Brigade vom wundertätigen Blut des San Gennaro*, die *Freunde des heilkräftigen Urins des San Gennaro* oder was weiß ich.«

»Unwahrscheinlich«, sagt Totò. »Bei aller Liebe, aber da gebe ich Ciro recht. Wieso sollte man noch einmal an der alten Geschichte rühren, als religiöser Eiferer oder als verwandter Spekulant, bei den Ergebnissen, zu denen man es vor Gericht und vor allem in der Öffentlichkeit gebracht hat? Es wäre contraproducente, widersinnig.«

»Na ja«, sage ich, »der Papst hat ein paar Jahrhunderte gebraucht, um sich bei Galileo Galilei für das bißchen Folter zu entschuldigen. Die Sancta

Romana Ecclesia hat da so ihre eigene Zeitrechnung.«

»Trotzdem«, sagt Angela, »leuchtet mir ein, was die beiden sagen. Die Katholen stellen wir vorerst mal ans Ende unserer Liste. Also weiter.«

»Da ist sonst nicht mehr viel«, sagt Ciro. »Kleinigkeiten, Betrügereien, Hühnerdiebe. Das, wofür sich die anderen eben zu gut sind, das, was sie mir gerade noch zutrauen, das, was mir als Ausrede für meine Stunden im Büro reicht.«

»Und mir sagst du, du hast zuviel zu tun«, sagt Angela. »Aber darüber reden wir ein andermal.«

»Nachdenken«, sagt Ciro, »nachdenken muß ich in meinem Büro. Das ist auch Arbeit. Im übrigen: *Chi troppo fatecaie int' 'o sacco s'atterraie.* Wer zuviel gearbeitet hat, geht im Sack zu Grabe.«

»Ja«, sagt Angela, »sehr gut. Und deswegen denkst du über Gott und die Welt, vergangene und kommende Zeiten, Hinz und Kunz nach. Aber damit ist es erst einmal vorbei. Denk du über Sera nach. Sonst gar nichts.«

»Tu ich«, sagt Ciro, »glaub es mir. Seit du mich um sechs aus dem Bett geklingelt hast, denke ich über nichts anderes nach. Aber da ist sonst nicht mehr viel. Nur diese ziemlich unspektakuläre Untersuchung, die ich für zwei Kollegen aus Milano mache.«

Man kann ihm ansehen, wie er im Sprechen nachdenkt.

»Die napoletanischen Ausläufer einer größeren Betrugsgeschichte, die zur Abwechslung einmal hauptsächlich im Norden des Landes spielt, Bologna, Milano, Varese, Firenze; ich sollte mich hier nach ein paar Geschädigten umsehen, nicht mehr.«

»Was für eine Geschichte?« sagt Totò.

»Lächerlich, eigentlich. Sie hat mich, ehrlich gesagt, eher philosophisch als kriminalistisch interessiert. Ein schönes Bild für den aktuellen Zustand unseres Landes, die andere Seite der Medaille des Signor B. Das ist alles. Könnte ich stundenlang drüber reden.« Kurzer Seitenblick auf Angela, die immer noch hochkonzentriert unbeweglich dasitzt. »Ist aber heute nicht angebracht.«

»O doch«, sagt Angela, »alles ist angebracht. Besonders heute.«

»Sie hat recht, Ciro«, sagt Totò, »egal was, erzähl es uns. Du kennst das mit dem blinden Fleck.«

»Ja«, sagt Ciro, »war mein zweiter Satz in der zweiten Stunde.«

»Und dann, jede Schulstunde wieder, dein Einleitungssatz. Ceterum censeo. Bis zum Erbrechen.«

»War auch nichts anderes als professoraler Psychoterror. Was heißt, daß er seinen Dienst getan hat, der Satz.«

»Vergeßt eines nie: Jedes Auge hat seinen blinden Fleck. Jedes.«

»Eben. Ich habe, ich gebe es zu, selbst nie daran geglaubt. Ich glaube andererseits heute noch, daß man, wenn man will, den blinden Fleck austricksen, sozusagen hinter seine eigene Linse steigen kann. Aber das wäre, ja oder nein?, eben kein Satz, den man sich merken würde, als Polizeischüler. Längst schon zu kompliziert.«

Totò sieht Ciro einen Augenblick länger als gewöhnlich an.

»Das wäre«, sagt er dann, »das wäre dann ja ein ziemlicher Beschiß eines Lehrers an seinen Schülern.«

»Höchstwahrscheinlich«, sagt Ciro. Kurzer Blick zurück.

»Laßt das jetzt«, sagt Angela, »ihr seid fürchterlich. Gibt es denn außer euren kranken Hirnen für euch nichts auf dieser Welt? Kann so ein Wahnsinn wirklich sein? Was ist mit dieser Betrugsgeschichte und deinen Untersuchungen dazu, Ciro? Raus damit, schnell, ich habe, anders als du, keine Zeit. Und Sera schon gar nicht.«

»Ach«, sagt Ciro, »es war das Übliche. Eigentlich ein alter Hut. Ihr kennt doch diese ewigen Verkaufssendungen im Privatfernsehen. Gut. Vor einer wackeligen Wand sitzt eine leicht in die Jahre gekommene Frau (wenn's ein Mann ist, wette ich auf eine ansehnliche Bauchwölbung, dazu normalerweise Schnäuzer) und preist lauthals ihre Fähigkeiten als *maga* an, blindes Magierinnengewäsch, hysterisch durch und durch, so hysterisch wie die rollend eingeblendeten Untertitel und die blinkenden Telefonnummern, sie versprechen dir alles, ein Anruf genügt, das meiste wird verschenkt, Glück, Frieden, Gesundheit, aus purer Menschenfreundlichkeit, zweieinhalb unendliche Stunden lang, nichts anderes als eine ungebremste Aneinanderreihung von Tricksereien, auf die am Jahrmarkt seit hundert Jahren niemand mehr reinfallen würde; aber das Fernsehen! Und deswegen regnet es Lottozahlen, Glücksamulette, Liebeskleber, Unglücksabwender, Arbeitsplatzbeschafferkieselsteine, Böserblickneutralisierersalze, Fremdgehverhindererkerzen: Die menschliche Dummheit ist grenzenlos. Das hast du, nach zweieinhalb Stunden einer dieser Sendungen, die sich tagtäglich in zig Varianten auf ungezählten Kanälen wiederholen, längst begriffen.«

»Wo kommst du ins Spiel?« sagt Angela.

Sie bleibt am Ball. Manndeckung.

»Die Mailänder Kollegen haben eine dieser *maghe* verhaftet, ein paar Helfershelfer sind noch auf der Flucht; dreihunderttausend Geschädigte, es geht um Millionen und Milliarden Lire, die diese gutmütigen Idioten so brav, wie sie anderen ihre Stimme geben, nur weil sie ihr geliftetes Gesicht in die Kamera halten, irgendwelchen Geldboten übergeben haben.* Tausende von Familien ruiniert, Betriebe bankrott: alles, was du willst. Quer durch Italien, hauptsächlich im Norden. Hier in der Stadt soll es auch ein paar Fälle gegeben haben, verhältnismäßig wenige, wir schröpfen uns schon selbst, darin sind wir nicht schlecht. Die Mailänder Kollegen haben mich gebeten, einer Handvoll Namen von Geschädigten nachzugehen, die in Napoli wohnen sollen. Das war's aber auch schon.«

»Wenn du es sagst…« Angela ist skeptisch.

»Sechs oder sieben verarschte arme Hunde in Napoli von dreihunderttausend in ganz Italien, ich bitte dich. Daraus wird, wie auch immer man es dreht, keine Bedrohung für Sera. Ich kann jedenfalls keine sehen.«

»Wie weit bist du mit deiner Untersuchung?« sagt Totò.

»Eigentlich«, sagt Ciro, »habe ich damit noch gar nicht richtig angefangen. Ich habe ein paar Geschädigte aufgesucht, ältere Damen meist, und die üblichen Protokolle aufgenommen. Man hat ihre Namen in den Datenbanken der *maga* gefunden. Von sich aus würden die nie zur Polizei gehen. Dazu schämen sie sich zu sehr. Mir fehlen noch vier, fünf Namen auf der Liste, anscheinend nichts Bekanntes oder Spektakuläres darunter. Wollte ich die nächsten Tage angehen, in Ruhe, sobald unsere Kongreßfreunde wieder aus der Stadt sind.«

»Wir müssen die Protokolle noch einmal durchgehen«, sagt Totò, »und den Rest auf deiner Liste besuchen. Mal sehen.«

»E signorsì, zu Befehl, comandante«, sagt Ciro. Und es ist nichts als eine leise Verzweiflung, mit etwas Selbstironie vielleicht, in seiner Stimme.

»Sag mir was zu Sera«, sagt Totò.

»Da ist nichts«, sagt Angela. »Sie kommt mit ihrem Studium nicht recht weiter, hat hunderttausend andere Dinge im Kopf, zur Zeit keinen fixen Freund und kann sich über Ungerechtigkeiten höllisch aufregen. Vollkommen durchschnittliche Jugendliche. Bis darauf, vielleicht, daß sie absolut zuverlässig war.«

Angela holt erschreckt Luft.

»Ist. Jetzt rede ich auch schon Blödsinn. Spätestens um sechs Uhr früh ist sie immer nach Hause gekommen. Oder hat angerufen. War unser stilles Abkommen. Hat die ganzen Jahre über gehalten. Gestern wird sie wieder mit ihren Freunden unterwegs gewesen sein. Wie immer.«

»In der Bar in der Via Cisterna dell'olio«, sage ich.

Das waren jetzt stille Ewigkeiten. Angela schaut mich entgeistert an, Ciro kontrolliert, Totò überrascht.

»Wir haben uns da getroffen«, sage ich. »Zufällig. Ich bin ins Hotel eingecheckt, war eine Zeitlang auf dem Zimmer, wollte dann noch eine Runde drehen. Und dabei sind wir in dieser Bar aufeinandergestoßen. Haben ein paar Worte geredet, etwas getrunken. Irgendwann ist sie los, ich habe dann noch eine weitere Runde gedreht und bin schließlich wieder ins Hotel.«

Die Hühnerfüße behalte ich erst einmal lieber für mich.

»Das möchte ich jetzt genauer wissen«, sagt Ciro, längst schon wieder mehr Polizist als Philosoph, »immerhin wärst du dann der letzte von uns, der sie gesehen hat.«

»Und nimm's genau«, sagt Totò. »Uhrzeit, Namen, Gesichter. Alles.«

»Mein Gott«, sage ich, »da muß ich nachdenken.«

»Tu das«, sagt Angela.

»Es muß«, sage ich, »eins, halb zwei gewesen sein, ich weiß es nicht so genau, trage seit Jahrzehnten keine Uhr, hatte nichts Bestimmtes vor, bin einfach so durch die Gassen. Sagen wir halb zwei. Dann höre ich die Musik, laufe ihr hinterher, finde die Bar in der Via Cisterna dell'olio, jede Menge junger Menschen, Soul, Wodka, Bier; und plötzlich taucht Sera auf. Wir haben etwas getrunken, von deinem Geld...«

Totò nickt wissend.

»...und geredet. Mehr nicht.«

»Di che cosa avete parlato?« sagt Angela, »worüber habt ihr geredet?«

Langsam begreife ich, in welcher Zwickmühle Ciro sitzt; es reicht, Angelas Blick am Leibe zu haben.

Ich versuche, mich zu erinnern. »War eine lange Nacht, war kurzer Schlaf«, sage ich, »aber ich werde mich bemühen.«

Und erzähle, daß sie stinkwütend war; lasse unsere philosophischen Exkurse dazu aus, sie würden unter den jetzigen Umständen kaum auf Liebhaber stoßen. Verzichte auf ihre Anmerkung dazu, daß Ciro nie in die Cisterna gefunden hat. Überspringe Signor B. Erzähle von Enzuccio.

»Enzuccio und wie noch?« sagt Totò.

»Keine Ahnung«, sage ich.

Habe auch sonst keine Ahnung, wie ich in dieses Kreuzverhör kommen konnte.

»Laß ich mir raussuchen von einem Kollegen«, sagt Ciro. »Enzuccio ist jedenfalls notiert.«

»Es schien mir aber«, sage ich, »eine ziemlich

verworrene Geschichte zu sein. Heute jedenfalls. Mehr blinder Zorn als kalte Überlegung. Schon gar in Kombination mit dem Gerücht, daß die Bullen in dieser Nacht Leute verhaften wollen, sozusagen als Geiseln für die ihren, die in Untersuchungshaft mußten. Sera hat das ziemlich mitgenommen, die Aufregung war groß unter den jungen Leuten. Irgendwo ein paar Straßen weiter muß es zu Straßenschlachten gekommen sein.«

»I ceppi di Sant'Antonio«, sagt Ciro, »ist jedes Jahr so.«

»Dann hat sich diesmal eben alles vermischt, zu einem Durcheinander aus Weihnachtsbäumen und Feuern, Gerüchten, Brandsätzen und Zorn. Ich kann es beinahe verstehen. War ein unschönes Bild, diese hysterischen Bullen, die sich da aneinandergekettet haben. Und ich bin freundlich.«

»Das gefällt mir nicht, das gefällt mir nicht«, sagt Angela leise.

»Bring mich bitte nicht in die Situation, diese Kollegen verteidigen zu müssen, Angela«, sagt Ciro. »Du weißt, daß ich das eigentlich nicht kann. Und von wollen ist schon gar keine Rede.«

Angela sieht ihn stumm an.

»Und in irgendeinem Knast ist Sera auch nicht, ich habe ja nachgefragt.«

»Und wie war das dann«, sagt Angela, »bei dem

G8-Gipfel hier in der Stadt? Haben sie die Leute stundenlang weggesperrt, ohne daß jemand davon erfahren hat, ohne rechtliche Grundlage, ohne Anwälte, ja oder nein? Und was ist das mit dieser Geiselnahme? Kannst du das ausschließen? Bei dem, was du weißt, von heute und von gestern?«

Ciro schüttelt den Kopf. »Nein«, sagt er, »kann ich nicht.«

»Ich gehe zur Zeitung«, sagt Angela.

»Es wird dir nichts bringen«, sagt Ciro, »wenn wirklich was dahinter ist, schreiben sie nichts darüber. Und wenn wir falsch liegen, könnte es Sera schaden.«

»Da war«, sage ich, »da war noch so ein Typ. Gel im Haar. Nicht sonderlich sympathisch.«

»Dir«, sagt Totò.

»Richtig. Mir.«

Er läßt mir keinen Spielraum. Es ist ihm zu ernst.

»Name?« sagt Ciro.

»Keine Ahnung. Sera hat uns nicht vorgestellt. Aber er war ziemlich insistent. Sera hat sich mit ihm zur Seite gestellt, er hat meinen Wodka getrunken, er muß ihr von der Straßenschlacht erzählt haben, sie hat von Putsch geredet, trinkt ihren Wodka aus, Sirenen kommen näher, dann sind sie los.«

»Sera und der Typ mit dem Gel?«

»Alle. Die meisten. Ich bin in die andere Richtung.«

»Perché?« sagt Angela. »Wieso?« Und wiederholt es noch einmal. »Perché?«

Ich habe keine Antwort darauf, heute. So sehr ich es auch möchte. Gestern war alles klar. Jetzt nichts.

»Du gehst mit meiner Tochter aus und läßt sie dann alleine stehen?«

Totò hebt kurz die Schulter: da kann ich dir jetzt nicht helfen. Ciro starrt vor sich hin.

»So war das nicht gedacht...«, sage ich, will zur Verteidigung ausholen, aber Angela unterbricht mich.

»So ist es aber gelaufen!«

»Ist in Ordnung, Angela«, sagt Ciro. »Heute sind wir alle klüger. Nach der Sache mit den Polizisten gestern hätte ich besser mit ihr geredet. Und mit ein paar Kollegen. Es hat mich nur angekotzt. Und ich dachte, das reicht.«

»Hat es eben nicht«, sagt Angela.

Und dann klingelt ihr *telefonino*. Sie springt auf. »Sì?«

Läßt sofort wieder die Schultern fallen. Es ist nicht Sera. Geht ein paar Schritte auf und ab, hört zu, »sì, no.« Legt dann auf.

»Es war die *Zia*«, sagt sie, als sie wieder am Tisch

ist. »Meine Tante. Sie möchte dich und mich sehen. Ich habe ihr gesagt, wir bringen noch zwei Freunde mit.«

»La zia?« sagt Ciro, »muß das jetzt sein?«

»Ciro«, sagt Angela, »du weißt das: Wenn sie ruft, dann ruft sie. Und wir gehen hin.«

»Ci mancava«, sagt Ciro, »das hat mir gerade noch gefehlt.«

»Du wirst es dir nicht anmerken lassen, Ciro.«

»Du weißt es: ich liebe sie. Aus ganzem Herzen, deine Tante. Aber heute ...«

»Und mit dir, Tschenett«, sagt Angela mit spitzem Finger, »mit dir rede ich, wenn irgendwann einmal alles vorbei ist, ein separates Wörtchen. Los jetzt.«

22

Te si fatta fa'
de' putente e de' fifì

Der Vico Lungo Sant'Antonio degli Scalzi ist eine schmale Gasse zwischen alten, längst heruntergekommenen Palazzi, und wer vor Zeiten in diesem Vico lebte, war kein reicher Mann, außer, es gehörten die Palazzi ihm. Dann wohnte er aber meist schon nicht mehr im Vico Lungo Sant'Antonio degli Scalzi. Und wer dort lebte, dem gehörte höchstens, weil er sich daran gewöhnt hatte, ihn bei irgendeinem Namen zu rufen, einer der herumstreichenden herrenlosen Hunde. Knäuelige, hinkende Wesen, die im Müll wühlten und Verwünschungen auf sich zogen.

Don Rosario war mit seinen vierzig Jahren schon alt geworden und hatte, vor Unzeiten schon, sich geschworen, nie einen dieser räudigen Köter beim Namen zu rufen, dazu war er zu sehr Don Rosario, zu sehr im Geschäft mit seinen *pizze* und zu sehr verheiratet. Einer also, der vom Leben etwas bekommen hatte, wenn auch nicht viel, und sich vom Leben noch viel mehr erhoffte, wenn auch nicht mit Gewißheit.

Don Rosario (und, Kinder, es ist lange her), Don Rosario verdiente sich sein Brot und manchmal auch mehr, wie man seinem stolzen Hemd ansehen konnte, mit den *pizze*, die er mittwochs und samstags im Vico Lungo Sant'Antonio degli Scalzi herstellte und verkaufte.

Nächtens noch hatte Sofia, seine um zehn Jahre jüngere, eifrige Frau, mit ihren weißen Fäusten und den rundlichen Armen den Teig geknetet und geschlagen, und es ging ihr von der Hand, sie war in ihren besten Jahren, und alles an ihrem Körper knetete und schlug mit, und Don Rosario blickte stolz auf seine Frau, die in dem kleinen Raum ihres *basso* den Teig für den frühen Morgen knetete, sie war, dachte er, ebenso stattlich wie er, und ihr Teig der beste und seine *pizze* die besten, und deswegen würden sie von diesem Geschäft glücklich und zufrieden leben können, und wer seine *pizze* liebte, und alle liebten sie, konnte seiner Frau und ihm nichts Böses wollen.

Außerdem war Don Rosarios Verkaufssystem unschlagbar. Er hatte, es war allgemeiner Brauch damals, aber wenn es nach ihm ging, hatte er die *pizze a oggi a otto* erfunden, der endgültige Sieg über Hunger und Mittellosigkeit. Allzuoft konnte sich einer, bei allem Hunger im Bauch, die paar Lire für seine Pizza nicht leisten, weil das Geld einfach nicht da war, so wie der Hunger einfach da war, und *pizze a oggi a otto* brachte beides glücklich zusammen und war Don Rosarios Geschäftsgrundlage (zusammen mit dem Teig und den weißen Armen seiner Frau, natürlich): Du bekommst meine Pizza heute und zahlst sie in acht Tagen. Damit war der Hunger besiegt und Don Rosarios Geschäftsgang besiegelt. Es stand alles in dem kleinen Heft, in dem er, nachdem er die Bleistiftspitze angefeuchtet hatte, in kleiner runder Schrift, das *p* der *pizze* vorgewölbt wie sein Bauch,

Schuldner und Schulden notierte. Und alle waren's zufrieden. Nachbarn, Handwerker, Straßenfeger und Nachtwächter: wer eben hungrig war. Und wer, zu Tagesbeginn und Tagesende, ist nicht hungrig? So trafen sich die, die ihre nächtliche Arbeit beendet hatten, mit denen, die ihre tägliche gerade begannen, vor Don Rosarios *basso* und warteten darauf, daß er einen Tisch vor die Tür seiner Parterrewohnung stellte und die große Schüssel mit der *ricotta* und die winzige mit dem gehackten Schinken und das Öl, Salz und Pfeffer, der Ofen Don Rosarios, eine etwas improvisierte Angelegenheit, brannte schon, und das Öl in der Pfanne kräuselte sich über der Hitze, und auf dem Tisch daneben haut und drückt Frau Sofia, seine Frau, die kleinen Teigkugeln flach und zieht und knetet, und die Hungrigen haben alle Zeit der Welt, auf ihre Arme zu sehen, die weiß sind wie Marmor. Und Don Rosario, stolz auf sein Geschäft und sein Heft und seine *pizze* und seine *ricotta* und seine Frau*, löffelt heißes Öl über die *pizze* und dreht sie und wendet sie und schreibt Namen und Zahl in sein Heft, fein säuberlich, und ruft bei Sofia, seiner Frau, nach Nachschub, und immer noch kommen neue Kunden dazu, wie die alten gehen, mit ihren in ein Stück Papier eingeschlagenen *pizze*, und er muß nicht rufen, und er muß nicht schreien, sie kommen trotzdem alle zu ihm und seinem weißen Hemd und seinem Heft und seiner Frau. Und stehen in Gruppen und in Reihen an und sehen ihm und sehen seiner Frau zu, und wenn Don Rosario nicht dieses Heft in seiner Hosentasche spüren würde, nie würde er jemandem erlauben, seiner Frau beim Teigkneten zuzusehen, aber hier und jetzt ist das etwas anderes. Und sein Heft, glaubt er, zieht immer noch einen Strich zwischen ihm und seiner Frau einerseits und der Welt andererseits, der breit genug ist für ein Leben, wie man es anders eh nicht leben kann und wie man es, vernünftigerweise, und weil es nun einmal so gekommen ist und weil es gut so ist inzwischen, gar nicht anders haben möchte.

Und so gehen die *pizze* an den Mann, und so geht der Morgen vorbei, und Don Rosario ist stolzer Besitzer eines *pizze*-Ladens und stolzer Besitzer eines Heftes und einer Frau, und Don Rosario steht im Schweiße seines Angesichtes, und Don Rosarios Hemd steht im Öldunst, als er, plötzlich, den Verlust bemerkt.

Er hatte Sofia, seiner Frau, zur Hochzeit den Smaragdring seiner Mutter selig geschenkt, vor vier Jahren. Und er war glücklich gewesen: Sie war so jung und so marmornen, und er doch etwas breit auf der Brust, und im Laufe der Zeit hatte er mit seiner stummen Eifersucht leben gelernt. Und Sofia mit ihm.

Aber als er, bei seinem gewohnten Seitenblick auf die Teigvorräte, plötzlich an Sofias Hand das Fehlen des Ringes entdeckte, winkte er mit beiden Armen ab, stumm, kümmerte sich nicht um die ratlosen Gesichter seiner Kunden und um die Protestrufe, zog die Pfanne vom Feuer, löschte den Ofen, trug Stück für Stück in seinen *basso*, Schinken und *ricotta* und Teig und Tisch, drehte sich im Eingang um und sagte, nach langen Minuten, nur das eine: Per oggi basta, für heute ist genug.

Und zog die Tür hinter sich zu und sah Sofia an.

»Der Ring«, sagte er, »wo ist der Ring?«

Und Sofia sah auf ihre Hand und sah erschrocken auf ihre Hand und schüttelte den belockten Kopf.

»Er muß«, sagte sie, »er muß in den Teig geraten sein, in eine der *pizze*.«

Don Rosario hatte sich inzwischen auf einen Stuhl niedergelassen, leise stöhnend den Kopf in den Händen, und zum ersten Mal seit vielen Jahren roch er das Öl, wie er es nie gerochen hatte.

»In einer der *pizze*«, sagte er. »Gut.«

Und holte sein Heft aus der Hosentasche und wedelte damit. »Hier«, sagte er, »*pizze a oggi a otto*, hier stehen sie alle. Laß uns gehen.«

Und als sie beide, er sein weißes Hemd glattgestrichen, die Frau die teigigen Hände gewaschen, aus dem *basso* traten, der eine nach dem anderen, standen ein paar Nachbarn herum und besprachen die Sache. Don Rosario hielt seiner Frau den Arm hin, sie hakte sich unter, Don Rosario grüßte die Umstehenden mit einem würdevollen Nicken, so gingen sie los, wie auf sonntäglichen Ehespaziergang. Und hinter dem nächsten Eck holte Don Rosario sein Heft heraus, blätterte darin, sagte laut den Namen und die Anzahl der *pizze*, befeuchtete die Bleistiftspitze und versetzte dem Namen einen Haken. Dann klopfte er an die Tür des Nachtwächters.

Ob ihm denn die *pizza* geschmeckt habe? Besser als sonst? Wieviel denn, ob ihrer stadtbekannten Güte, so eine *pizza* wert wäre. Warum er heute, anders als sonst, in dem Heft stehe alles, auch die nicht nur bereits gegessenen, sondern auch die bereits bezahlten *pizze*, warum er denn heute, anders als sonst, zwei *pizze* bestellt habe? Wegen besonderer Belastung durch die Arbeit, wo doch jeder weiß, daß er als Nachtwächer vor allem ein Nachtschläfer ist, oder um die Chance auf einen Treffer zu erhöhen, ganz wie bei Tombola oder Lotto? Und wieso man ihm, Don Rosario, nichts von diesem Glücksspiel gesagt hätte? Er hätte gerne daran teilgenommen. Bei diesen Preisen. Und bei *a oggi a otto*.

Der Nachtwächter sah ihn entgeistert an. Frau Sofia stand stumm neben ihrem Mann, der ihre Hand in seine Armbeuge geklemmt hatte.

Sie sah den kleinen Nachttisch wieder, vor ihrem Auge, und das kleine Zimmer, und den Ring auf dem Nachttisch. Und er sah die anonymen Briefe wieder, die ihn mit Namen und Zunamen und Anschrift des Übeltäters darauf hingewiesen hatten, immer und immer wieder über die Jahre, daß er nicht der einzige Mann seiner Frau wäre und was sonst noch, in ekelhaften Details, und er hatte es wirklich nicht wissen wollen.

Und so ziehen sie durch die Gassen, Kunde um Kunde, Zeile um Zeile wird abgehakt. Was zu mäkeln an meiner *pizza*, alles in Ordnung mit der *pizza*, kein Bauchgrimmen, keine Verstimmung, keine unerwarteten Überraschungen, nichts Unverdauliches dabei? Sehr gut, freut mich, immer zu Euren Diensten. Und weiter.

Gasse für Gasse, *basso* für *basso*. Bis sie an die Adresse kommen, die er aus den Briefen nur allzugut kennt. Ein junger Mann steht in der Tür. Und diesmal fragt Frau Sofia nach den *pizze*, fragt, ob die von heute auch gut waren und in Ordnung, und Don Rosario zieht sein Heft heraus und kann den Namen des jungen Mannes nicht finden.

»Bitte«, sagt Donna Sofia, »habt Ihr in den *pizze* nicht zufällig meinen Ring gefunden?«

Da dreht sich der junge Mann um und verschwindet im *basso* und kommt wieder und lächelt freundlich und trägt den Smaragdring in der Hand und hält ihn Don Rosario hin.

»Ich hätte mir beinahe einen Zahn ausgebissen daran«, sagt der junge Mann, »aber das macht nichts.«

Und Don Rosario sieht zwischen dem Ring und seinem Heft hin und her.

»Und ich würde«, sagt der junge Mann, »gerne meine zwei *pizze* heute schon bezahlen, nicht erst in acht Tagen, wenn es recht ist.« Und hält ihm das Geld hin.

Und Don Rosario murmelt noch leise: »Aber das Heft, im Heft steht Euer Name nicht, das Heft hat sich in all der Zeit nie geirrt«, nimmt dann das Geld und den Ring, und dann gehen sie los, Don Rosario und Donna Sofia, ihre Hand an seinem Arm, und kehren durch Gassen und Gassen zurück, vorbei an den Nachbarn, die sich das seltsame Verhalten des Don Rosario kaum, auf jeden Fall jetzt noch nicht, erklären können, und dann schließt er die Tür ihres *basso* hinter ihnen, legt

Ring und Geld und Heft auf den Tisch und legt sich, so wie er ist, in seinem stolzen Hemd, aufs Bett und schließt die Augen.

23

Bei Zia Teresa gibt es Wasser zu trinken.

»Bei Zia Teresa gibt es immer Wasser zu trinken«, sagt Ciro mit einem Blick auf unsere Couchtischrunde.

»Ist das der Grund, warum man dich so selten zu sehen bekommt, Ciro, und ist das der Grund, wieso du meine Nichte immer noch nicht geheiratet hast?«

»Tante«, sagt Angela, »laß das, spar es dir für ein andermal, wenn wir alleine sind. Du mußt nicht auch noch unsere Freunde damit quälen. Und Ciro würde vielleicht heiraten, wenn du Wein einschenken würdest. Aber ich nicht. Das weißt du. Einmal ist genug.«

»Nimm du bloß Ciro wieder in Schutz, Angela.«

»Normalerweise tust du das, Zia.«

Totò und ich sitzen stocksteif auf unserem Sofa, Zia Teresa in ihrem breiten Sessel an der Stirnseite des Couchtisches, Ciro und Angela zu ihrer Linken und Rechten in kleineren Sesseln, etwas nach vorn gebeugt, um die Zia sehen zu können. Unbequeme Sitzanordnung, aber die Zia hatte es so befohlen. Und wenn sie befiehlt, befiehlt sie, schien das Augenzwinkern Ciros zu bedeuten.

Die Tante hatte Angela in die Küche geschickt, nach Wasserkrug und Gläsern und Aschenbecher, Ciro hatte die beiden Sessel an den ihren herangeschoben, und währenddessen hatte die Zia Totò und mich herzlich in der Familie willkommen geheißen, sich eine dünne weiße Zigarette angezündet und dann die Spielregeln erklärt.

»Le regole del gioco, giovani amici, sono semplici. Junge Freunde, die Spielregeln sind ganz einfach. Die beiden kommen mich besuchen, und, ahimè*, das leider allzu selten, in meinem Alter ist Zeit etwas anderes als in eurem, Ciro stellt die Sessel zurecht, Angela bringt Wasser, sie setzen sich, und ich, gleichgültig was wir noch zu besprechen und was wir noch vorhaben, ich erzähle ihnen eine alte napoletanische Geschichte. Geschichten sind wie Wasser: Man schätzt sie erst, wenn man keine mehr hat. Sie sind den meisten Leuten gleichgültig, solange sie da sind. Erst wenn sie vergessen und wenn es zu spät ist, wenn überall bittere Trockenheit herrscht, hebt das große Gelärm an und das Geheul. So ist das mit den Geschichten, und so ist das mit dem Wasser. Deswegen bekommen alle Freunde, die mich besuchen, zuallererst ein Glas Wasser und eine Geschichte. Dann kann das Leben weitergehen.«

Ich nicke brav.

»Sie brauchen das jetzt nicht zu begreifen«, sagt die Zia, »aber Sie werden es noch begreifen, genauso selbstverständlich, wie Sie das Glas Wasser getrunken haben, junger Mann. Erst wenn einem die Kehle wie Feuer brennt, erst wenn die Zunge ein Stück Pergament, erst dann weiß man, was ein Glas Wasser wirklich ist. Sie werden es auch noch erleben.«

Mir ist, ich gebe es gerne zu (allerdings aus Gründen der Umsicht und Vorsicht nur insgeheim und mir selbst), mir ist in diesem völlig abgedunkelten Wohnzimmer und bei den Rauchschwaden, die die Zia, deren wahrhaft biblisches Alter nicht genauer einschätzbar ist, in regelmäßigen Abständen in die Luft bläst seit unserer Ankunft vor einer halben Stunde, mir ist längst schon nach Härterem als nach Wasser. Dann könnte die Zia gerne noch eine Geschichte erzählen. Wobei ich mich wundere, wie ruhig Ciro und Angela sind. Immerhin geht ihnen Sera ab. Le regole del gioco di Zia Teresa. Die Spielregeln der Tante.

»Ditemi«, sagt Zia Teresa, »sagt mir, was los ist.«

Ciro und Angela tauschen, aus den Augenwinkeln, einen Blick aus. Eingespieltes Team, egal, wie sie das selbst sehen.

»Du hast uns gerufen, Zia«, sagt Angela, und niemand könnte ihr zur Zeit ihre Sorgen anmerken. »Erinnerst du dich?«

»Dazu kommen wir noch«, sagt die Zia, »keine Sorge, keine Eile. Vorher möchte ich wissen, was bei euch los ist.«

Ciro setzt sich zurecht.

»Und, vor allem: wo ist Sera, mein Augenstern, la luce dei miei occhi?«

Ciro nickt Angela zu: Mach du. Angela atmet einmal durch und nimmt die Hand der Zia.

»Sera«, sagt sie dann, »Sera ist seit heute nacht verschwunden.«

»Ich wußte es, daß irgendwas nicht stimmt. Und sagt jetzt bloß nicht: mach dir keine Sorgen«, sagt Zia Teresa. »Sagt mir lieber: kann ich euch helfen?«

»Ich wüßte nicht wie, Zia«, sagt Ciro.

»Da müßtest du mich eigentlich besser kennen, Ciro. Ich habe von euch vieren am längsten in dieser Stadt gelebt, ich habe am meisten gesehen, und …«

Sie bläst, einen Augenblick lang nicht ganz in dieser Welt, scheint es, einen Rauchkringel in die Luft.

»… und ich kenne die meisten Geschichten.«

»Ja, Zia«, sagt Angela.

»Und du unterschätzt das, mein Engel, wie immer.«

»Ja, Zia.«

Langsam aber sicher fällt Angelas Fassade in sich zusammen.

Die Zia streichelt kurz Angelas Hand und scheint nachzudenken.

»Ihr habt überall nachgefragt?«

»Ja, Zia.«

»Und ihr wißt, daß diese jungen Menschen manchmal einfach nur …«

»Sera nicht, Zia.«

»Da hast du auch wieder recht. Das hat sie von mir.«

Wenn Sera irgend etwas von ihrer Großtante mit ins Gen bekommen hat, dann lebt sie noch, denke ich, und macht anderen Leuten mächtig Ärger.

»Dann will ich euch nicht länger aufhalten«, sagt Zia Teresa und drückt den Filter in den Aschenbecher, mit einer Resolutheit, die mich um ihre Feinde bangen läßt. »Ihr habt jetzt genug zu tun. Ich melde mich, falls ich euch helfen kann. Und ich zünde eine Kerze an, für Sera.«

»Ja, Zia.«

»Nur weil du an Kerzen nicht glaubst und an

sonst auch nichts, Angela, Kind, heißt das noch lange nicht, daß da nichts ist. Wozu erzähle ich dir sonst Geschichten?«

»Ja, Zia.«

Angela hat es eilig. Ciro ist gerade dabei, sich von seinem Sessel aufzustemmen. Wenn man ihn jetzt so sieht, wirkt er so alt, wie er ist. Drei, vier Jahre älter.

»Einen Augenblick noch…« Die Zia hat gebieterisch den Arm gehoben, wir vier lassen uns synchron wieder in die Polster zurücksinken.

»Nur einen kleinen Gefallen, Ciro, zwei Minuten müßt ihr mir noch gönnen. Ich bin eine alte Frau…«

Und holt sich eine neue Zigarette aus einer Silberbüchse und zündet sie an.

»…und der kann man nichts abschlagen, schon gar nicht, wenn es die Zia ist.«

»Wohl wahr«, sagt Ciro.

»Es geht schnell.«

»Wir haben so viel Zeit, wie du brauchst, Zia«, sagt Angela.

»Ich weiß«, sagt die Zia und faßt Angelas Hand. »Aber heute nicht. Also…«

»Dimmi«, sagt Ciro, »sag mir: Hast du ein Unsittlichkeitsverfahren am Hals? Oder Schlimmeres?«

Und die Zia lacht.

»Du solltest dir das mit der Hochzeit noch einmal überlegen, Angela, mein Engel. Man kann vieles gegen ihn sagen. Aber er hat Humor.«

»Danke, Zia«, sagt Ciro und küßt ihr die Hand.

»Abwarten«, sagt Zia Teresa. »Ich höre, du bist hinter den *maghe* her, bist auf Magierjagd.«

»Woher hast du das?«

»Ich frage. Du antwortest. Le regole del gioco di Zia Teresa.«

»Erstens: ich bin hinter keinem her. Zweitens: ich habe zwei, drei Einvernehmungen gemacht. An Geschädigten. Nicht an diesen Hokuspokusweibern.«

»Und was passiert dann?«

»Gehen die Protokolle an die Staatsanwaltschaft in Milano. Und ich habe Feierabend und komme dich besuchen.«

»Ciro, amore, Liebster: um diesen Finger solltest du eine Frau, die soviel Falten hat wie ich, nicht mehr zu wickeln versuchen. Er wird dir abfallen. Außer …«

»Außer …«

»… ich habe ein Gegenmittel dafür.«

»Das ist es. Du glaubst an dieses abergläubische Gezaubere genauso, wie du an unseren Signor B. glaubst, richtig? Und das in deinem Alter. Du solltest dich schämen. Es ist schlimmer, als ohne Unterhosen auf den Balkon zu gehen.«

»Ciro!«

Das war Angela.

»In meinem Alter kann man schon lange ohne Unterhosen auf den Balkon gehen. Vorausgesetzt, man möchte es«, sagt die Zia. »Außerdem, mein Lieber, habe ich ein neues Sprichwort für dich: *Quann' 'o culo se fa pesante, 'a gente va p' 'e sante.* Wenn der Arsch schwer wird, kriecht man zu den Heiligen.«

»Schön«, sagt Ciro. »Ich weiß schon, wie das läuft: Du glaubst, es bringt dir Glück, wenn du diesen Staubsaugervertreter zum Ministerpräsidenten wählst. Immerhin hat er es ja zu etwas gebracht. Vielleicht springt der Funke, vielleicht springt das Glück ja über. Was du dabei vergißt, egal, wie oft man es dir sagt, weil diese Hoffnung, das Berühren der Kleider des Prinzen würde aus jeder Bettlerin eine Prinzessin machen, offenbar nicht ausrottbar ist, was du vergißt: Er ist nicht vom Glück geküßt dahin gekommen, wo er jetzt sitzt. Und es ist nicht ein ihm angeborenes Glück, das ihn dort hält. Auf den Weg nach oben haben ihn Mafiosi und korrupte Politiker geschoben, und er bezahlt jetzt die Rechnungen.* Ihnen, nicht dir. Und er sitzt noch da, wo er sitzt, weil er sich hat sämtliche einschlägigen Gesetze zurechtbiegen lassen.* Sich, nicht dir. Du kannst, Zia Teresa, du kannst eine Woche lang in seinem Pyjama schlafen, du kannst dir seine gebrauchten Socken unters Kopfkissen legen, was immer du willst: Du mußt begreifen, daß von seiner Glückssträhne nichts für dich abfällt. Weil es keine Glückssträhne ist und er nichts als ein Hampelmann fremder Herren. So gesehen, Zia, sind mir deine *maghe* sogar lieber. Sie arbeiten nur in die eigene Tasche. Und ihre Wundermittel sind etwas phantasievoller. Knöchelchen, Steine, Salze, Stofffetzen.«

Und ich schaue mich in dem dunklen Zimmer um und denke: Was bekommst du hier zu sehen, wenn die schweren Vorhänge beiseite geschoben sind? Welche Welt tut sich dann auf?

»Allora, Ciro«, sagt Zia Teresa ungerührt. »Zum Wesentlichen: Du bist nicht hinter der Magierin und dem Magier her, sondern hinter ihren Kunden?«

»Von einem Magier weiß ich nichts, und von der *maga* hätte ich nicht einmal den Namen im Kopf. Ich habe nichts als eine Liste mit den Namen von ein paar Leuten, meist Frauen im nicht mehr ganz jugendlichen Alter, die übel draufgezahlt haben sollen.«

»Wohl wahr«, sagt Zia Teresa.

»Aber das möchten die Kollegen in Milano eben genauer wissen: Namen, Daten, Zahlen, Fakten.«

»An was ihr alles glaubt...«

Die beiden scheinen Übung im Kleinkrieg zu haben.

»Da hast du wieder recht. Jeder hält sich an das, was er hat.«

»Dann möchte ich dich, Ciro, bei allem Respekt für deine verantwortungsvolle Aufgabe und die Organe des Staates, und dabei nur als einfache Bürgerin, möchte ich dich bitten...«

»... und nicht als meine Tante...«

»... und nicht als deine Tante, natürlich nicht, möchte ich dich bitten: Wenn du bei deinen Nachforschungen auf den Namen einer gewissen Signora triffst, könntest du dann dafür sorgen, daß ihr guter Name, und ich schwöre es dir, es ist ein guter Name, nicht der Presse anheimfällt, diesen nichtsnutzigen, seelenlosen Schakalen?«

»Welche Signora wäre das?«

»Das wirst du, wenn es soweit ist, entweder von selbst verstehen, oder ich werde es dir rechtzeitig erklären. Aber ich habe Vertrauen in dich, Ciro.«

Und zündet sich eine neue Zigarette an.

»Wenn du mich fragst, Zia«, sagt Ciro, und er knetet sein Ohr, »wenn du mich fragst, sehe ich es so: Eigentlich glaubst du an das ganze Zeug gar nicht, an die *maghe* nicht und an die Zaubermittel, an den Signor B. nicht und nicht an seine Werbespots. Du machst dir bloß einen Spaß daraus. Wieso, das habe ich noch nicht ganz verstanden.«

»So wie ich es sehe«, sagt Zia Teresa, »bist du Angelas letzter Mann, und deswegen mein ein und alles. Den Rest erkläre ich dir ein andermal.«

Angela zieht ein Gesicht, die Zia wedelt mit den Händen, »su, ragazzi, los, Kinder«, und wir erheben uns. Ciro ist schon aus dem Zimmer, als die Zia mit ihrer Zigarette auf mich zeigt.

»Und das nächste Mal, junger Mann«, sagt sie zu mir und schmunzelt genüßlich, »das nächste Mal bekommen Sie nach dem Glas Wasser auch etwas Vernünftiges. Mögen Sie Gin? Und Ihr Freund?«

24

»*Angelas letzter Mann, und deswegen mein ein und alles.* Sag mal, Ciro, warst du mit Zia Teresa letzthin etwa Fisch essen, ohne mir etwas davon erzählt zu haben?«

Wir sitzen in Ciros Büro. Eine heillos verschworene Gemeinschaft inzwischen, und wir ahnen nur blaß, was vor uns liegt. Mehr als kleine Tändeleien.

Ciro brummt und blättert in einem Stapel Schnellhefter. Hatte, kaum waren wir aus Zia Teresas Dunkelkammer entkommen, eine Handvoll für seine Verhältnisse ziemlich hektische Telefonate geführt: Rundrufe nach Unterlagen, Archivmaterial, Dossiers, alles beim Pförtner abzuliefern, und zwar umgehend.

Totò hatte skeptisch dreingeschaut. Jetzt tut er nichts, um seine verwunderte Bewunderung zu verstecken.

»Na ja«, sagt Ciro, »ein bißchen was hat der alte *prufessore* dann doch noch zu sagen; außerdem haben ein paar Leute begriffen, daß es mir dieses Mal wirklich ernst ist. Nur bei zweien mußte ich etwas leiser werden und an die Leichen in ihrem wohlgeordneten Aktenschrank erinnern. Munition, die ich mir genau für einen solchen Fall zur Seite gelegt habe über die Jahre, Berufshaftpflichtrückversicherung, wenn du willst. So was funktioniert immer. Schon gar, wenn man alles dafür getan hat, daß man unterschätzt wird.«

Ciro hat sich hinter seinen Schreibtisch verschanzt, Totò und ich haben uns auf die Stühle im Raum verteilt, Angela, wandelnde Nemesis kurz vor dem Ausbruch, ihre wiederholten Telefonate haben zu nichts geführt, tigert muttertierig auf und ab.

»Wenn es etwas gebracht hat«, sagt Angela, »von mir aus. Aber beeil dich. Und laß die Vorlesungen.«

»Signorsì«, sagt Ciro, »zu Befehl.« Und blättert wieder in seinen Heftern.

»Wir haben«, sagt Ciro etwas später, »wir haben nur drei Möglichkeiten: Sera taucht von alleine wieder auf …«

Angela läßt wutpfeifend Luft ab.

»Sera wird von Polizei, Carabinieri, Finanzern, Stadtpolizisten, Küstenwache oder was weiß ich gefunden …«

»Mir reicht es, Ciro. Zum ersten Mal in meinem Leben nehme ich das Wort *Privatdetektiv* in den Mund. Ist mir zutiefst suspekt, die Gattung. Erinnert mich an Unmengen schlechter Amifilme, die paar guten helfen da auch nicht weiter, und Ehekrieg und Scheidungskrampf. Aber wenn ich nicht sofort das Gefühl bekomme, es tut sich was bei euch drei Polizeispezialisten, dann überlege ich's mir noch anders und gehe wirklich zu einem Privatdetektiv. Den unten am Eck, zum Beispiel, ich kenne nur die Leuchtreklame, *Partenopol Investigazioni*. Ist mir scheißegal.«

»Ich bin«, sage ich, bei allem Respekt vor der Tragik des Augenblicks möchte ich mir doch einen gewissen Selbstrespekt bewahren, »ich bin weder Polizist noch Privatdetektiv, Angela. Ich bin nur zufällig hier.«

»Du bist der, der meine Sera zuletzt gesehen hat. Das bist du, Tschenett. Und ich kenne dich nicht. Was ergibt das, deiner Rechnung nach?«

»Jetzt übertreibst du aber, Angela«, sagt Ciro.

»Wirklich, *prufessore*? Was wissen wir von diesem Mann mit dem Gel im Haar, von dem Tschenett behauptet, er sei mit Sera weg? Wie heißt er? Wie sieht er aus? Gibt es ihn überhaupt? Tschenett gibt es, das weiß ich. Aber mehr auch nicht.«

Ich habe es schon vergangene Nacht geahnt, daß Mister Gel mir Ärger machen wird. Wenn auch nicht so. »Er war da, Angela, der Typ mit dem Gel. Ich würde ihn sofort wiedererkennen.«

Angela sieht mich einen Augenblick lang an, er dauert ewig.

»Va bene«, sagt sie dann, »ist gut, Tschenett. Ich glaube dir, vorerst. Warum, weiß ich nicht.«

»Wir sind es heute früh schon durchgegangen«, sagt Ciro in einem Ton, der bedeutet: lassen wir uns nicht verrückt machen. »Alles, was in Frage kommt.«

»Von dem wir denken, daß es in Frage kommt...«, sagt Totò.

»Richtig. Und dazu habe ich mir Unterlagen

kommen lassen. Alles, was in der Schnelle und bei meinem guten Ruf zu bekommen war. Wir gehen das jetzt Punkt für Punkt durch, sind in einer Viertelstunde damit fertig und ziehen dann los, durch die Stadt. Wer weiß, was sich ergibt. Mehr fällt mir an Strategie nicht ein. Leider. *'A carcioffola se monna a na fronna a vota*. Die Artischocke schält man Blatt für Blatt.«

Ciro hebt entschuldigend die Achseln.

»Und eigentlich«, sagt er dann, nach einer kurzen Pause, »aber das nur nebenbei, eigentlich kann man bei unserer intrigant italienischen Geschichte und bei den verschlungenen napoletanischen Geschichten ebensowenig herkömmlicher Kriminalkommissar sein, wie man, um es mit etwas Fernabliegendem zu vergleichen, herkömmliche Kriminalromane schreiben könnte. So sehe ich das.«

»Diese versammelte Hilflosigkeit ist schier zum Verzweifeln«, sagt Angela. »Aber mir fällt auch nichts Besseres ein.«

Und nickt.

Woraufhin Ciro seine Schnellhefter erst umstapelt und dann vor sich ausbreitet.

»Erstens: Enzuccio. Sera kannte ihn, der arme Kerl ist tragisch verunglückt, *i ceppi di Sant'Antonio* undsoweiter, Verwandtschaft und Bekanntschaft glauben, daß die Ärzte mehr tun hätten können, heute nacht gab es, am Rande der üblichen Ceppi-Kämpfe, eine Straßenschlacht mit der Polizei, offensichtlich zu Ehren des armen Enzuccio. Fünf Verhaftete laut Polizeiangaben, acht Verletzte, Seras Name ist nicht dabei. Sera soll, sagt Tschenett, da hingegangen sein, zusammen mit dem Unbekannten mit dem Gel im Haar. Dazu später mehr. Nur die Anmerkung: Diese Unsitte mit dem Gel ist in der Stadt leider ziemlich verbreitet und insofern kein besonders guter Anhaltspunkt. Wenn sich also im Fall Enzuccio nichts Neues ergibt, halte ich das für eine Sackgasse.«

Pause. Neuer Hefter.

»Tschenett…«

Und schlägt den Hefter auf.

Zeit genug, um mich zu fassen. Und Totòs Blick zu suchen. Eine große Hilfe ist er mir nicht. Angela und Ciro bleiben kühl bis ins Mark.

»…war der letzte«, sagt Ciro, »von dem wir wissen, daß er Sera gesehen hat. Es gibt da ein paar Dossiers über ihn, politische Polizei, älteren Datums. Nichts Aufregendes, aber auch kein wirkliches Ruhmesblatt. Von der Papierform her ein eher ekeliger Zeitgenosse: rechthaberisch, arrogant, verschroben, kleinkriminell. Aber, wie gesagt, Polizeiprosa.«

Ciro blättert sich durch. Da scheint einiges gegen mich vorzuliegen.

»Hier zum Beispiel: … *ist augenfällig, daß er ein krankhaft gestörtes Verhältnis zu den Geschlechtern hat; sowohl zum männlichen wie zum weiblichen* … Das stammt, Augenblick, un'attimo …«, und er blättert zurück, »aus einem psychiatrischen Gutachten* für das Landesgericht Regen …«

Totò grinst unverhohlen.

»Regensburg«, sage ich. »Vergiß es.«

Ciro blättert vor und zurück, wortlos.

»Und hier …«, sagt er dann.

Was kommt jetzt noch? denke ich, welcher Scheiß?

»… *Miete ordnungsgemäß bezahlt* …«, liest Ciro, »immerhin, das stammt aus einem Bericht der politischen Polizei, *Zimmer in nicht ordnungsgemäßem Zustand übergeben* …«

»Das waren noch Zeiten«, sage ich, »Miete ordnungsgemäß bezahlt, das muß lange her sein, daß jemand an diesem Spitzelpapier gesessen hat.«

»Neunzehnsiebzig«, sagt Ciro.

»Laß das jetzt«, sagt Angela. »Für mich ist die Sache erledigt.«

»Nicht ganz«, sage ich. »Ich habe heute nacht ein paar Hühnerfüße gefunden, friedlich auf meinem Hotelbett liegend.«

Jetzt sind sie doch erstaunt.

»Verstehe ich nicht«, sagt Ciro, »das verstehe ich nicht. Du bist gerade einmal einen Tag in der Stadt. Wen sollst du dir da zum Feind gemacht haben?«

»Der gute Tschenett«, sagt Totò, »hat eine gewisse Begabung für so etwas. Andererseits hatte ich ihn ständig unter Bewachung. Bis auf die Nacht, natürlich. Was sich eventuell als Fehler herausstellen könnte.«

»Aber sicher ...«, sage ich.

»Wen hast du sonst noch auf der Liste, *prufessore*?« sagt Angela.

Mein Schicksal scheint ihr eher gleichgültig zu sein.

»Jetzt wird es anonym und dünn. Sera hat mit Tschenett darüber gesprochen, daß in der Szene die Angst umgeht, es würden Leute wahllos eingefangen und weggesperrt, sozusagen als Geiseln für die verhafteten Polizisten. Wenn da wirklich etwas dahinter ist, wird es schwer werden, denen auf die Schliche zu kommen. Wenn es Paranoia ist, wird es schwer, sie zu widerlegen. Das haben Verschwörungstheorien so an sich. Ich weiß, wovon ich rede.«

»Aber du hältst es für möglich?«

»Möglich, Angela, ist vieles. Auch so was. Ich

habe schon Dinge erlebt in diesem Verein, die um nichts weniger unglaublich waren.«

»Und du spielst immer noch mit?«

»Ein paar Vernünftige, ein paar Normale braucht jeder Verein«, sagt Totò, »und die Polizei besonders, oder nicht?«

»Das wäret ihr zwei, oder wie? Dann ist uns nicht mehr zu helfen, und diesem Land schon gar nicht.« Angela lacht.

»Also wäre Sera als eine von mehreren quasi zufällig ins Getriebe geraten«, sagt Totò.

»Weiß man etwas von anderen abgängigen Jugendlichen?« sage ich.

»Tschenett denkt mit«, sagt Totò.

»Nichts gehört«, sagt Ciro. »Aber da muß man eher außerhalb des Polizeiapparates nachfragen. Du kennst doch ein paar von Seras Freunden, Angela, machst du das? Mit zwei Journalisten von der Lokalredaktion habe ich schon gesprochen. Bei denen ist bis jetzt nichts eingegangen.«

»Mit den meisten von Seras Freunden oder deren Eltern habe ich bereits telefoniert«, sagt Angela, »aber ich kann nachhaken.«

»Gut«, sagt Ciro.

»Wobei«, sagt Totò, »laut dieser Version Hahn und Äpfel und Mist rein zufällig gleichzeitig ins Haus geschneit wären.«

»Und sich die Frage stellt«, sagt Ciro, »wozu so eine Geiselnahme gut sein sollte? Zu einem Geiselaustausch würde es nie kommen, da müßten wir mitten im Putsch leben…«

»Sera hat tatsächlich erwähnt, daß die Leute von einem Putsch reden…«, sage ich.

»Quatsch«, sagt Ciro, »die Zeiten haben wir mitgemacht, *Golpe Borghese* eccetera, das ist alles lange her und lang vorbei und war damals bereits kaum mehr als Operette und Hirnverkalkung, kalt gesteuert. Und im übrigen ist Putsch heute nicht mehr notwendig, es gibt intelligentere Methoden. Ich bleibe dabei: Es würde nie zu einem Geiselaustausch kommen. Eher schon werden die Polizisten auf Druck und Weisung von oben, von so weit oben, daß man es Roma nennen müßte, eher werden sie wieder in den Dienst gestellt und irgendwann einmal hoch dekoriert, das schon eher.«

»Non ce la faccio proprio più«, sagt Angela und tritt einen Stuhl quer durchs Büro, »ich halte das nicht mehr aus.«

»Wir sind's gleich«, sagt Ciro beschwichtigend, »und Sera ist auch schneller wieder da, als du jetzt glaubst. Laß uns bitte weiter systematisch vorgehen.«

»Systematisch nennst du das? Ihr stochert blind herum, so sieht es aus. Und was du glaubst, hilft mir nicht weiter. Sag mir lieber bald, daß du etwas weißt.«

Ciro bemüht sich, professionell ungerührt zu bleiben.

»Wir behalten die Sache im Auge und die Dinge im Hinterkopf, aber um die Wahrheit zu sagen: Die Variante polizeiliche Geiselnahme überzeugt mich auch nicht.«

»Womit wir nicht sehr viel weiter sind«, sagt Totò.

»Und Sera noch immer nicht greifbarer«, sagt Angela.

Ciro wühlt jetzt in seinen Unterlagen, so als würde, mischte er sie nur einmal richtig durcheinander, mehr herauskommen als drinnen steht.

»Bleiben noch«, sagt er dann, die Stimme jetzt doch etwas flach, »bleiben noch diese verdammten, lächerlichen *maghe*.«

Und blättert wieder. Und stockt. Und blättert.

»Das heißt, eigentlich eine. Und das Drumherum eben. Wanna Marchi, seit fünfzehn Jahren im Geschäft und bei den verschiedensten Privatstationen auf Sendung, erst mit irgendwelchen Abmagerungsmittelchen und Algen und Cellulitis, dann eben dieser ganze Magierhokuspokus inclusive Lottozahlen und wasweißich. Einige einschlägige Vorstrafen, haben sie aber von nichts abgehalten, sie nicht und das Staatsfernsehen auch nicht, das Frau Marchi eine Zeitlang als Lottofee engagiert hat. Aparter Einfall, schöner Reinfall. Die Signora Marchi hatte ein paar Komplizen: Lebensgefährte, Tochter, Helfershelfer. Sitzen allesamt in Untersuchungshaft, fürs erste. Der einzige, der die Flucht geschafft hat, ist ein Brasilianer, vierzig Jahre, sieht aus wie ein Fitneßtrainer, Liebling aller Frauen, wurde als *mago* verkauft, er soll längst schon wieder in Brasilien sein. Mehr ist da nicht. Bis auf die Datenbank mit dreihunderttausend Kunden und an die dreißig Millionen Euro auf Banken in der Schweiz, San Marino und sonstwo, die üblichen Verdächtigen eben. Bis auf die Tatsache, daß sie sich, mit der einen Ausnahme, schnappen haben lassen, würde ich sagen: handwerklich begabte Betrüger und insofern stolze Töchter und Söhne unseres Landes und fast schon wieder brave Bürger.«

»Deine philosophischen Exkurse können mir heute gestohlen bleiben, Ciro.«

»Angela, cara«, sagt Ciro, »Liebes, man zwingt sie mir auf. Oder ist es nicht wahr, daß diese Fernsehdauersendungsmagier mehr von den Italienern wissen als die Creme de la creme der Politkommentatoren, Universitätsdenker und Sonntagsartikelschreiber? Von der Handvoll Schriftsteller, die es in Italien überhaupt noch gibt, ganz zu schweigen; mit drei Ausnahmen natürlich, die kennst du, und deswegen muß ich dir die Namen nicht vorbeten. Auch wenn es, angesichts der Umstände, Heilige sind.«

»Was?« sagt Angela. »Angenommen, du hast recht, dato e non concesso, nur einmal angenommen, was wissen sie mehr, diese kartentricksenden Gaukler, von denen du redest? Nur, um die Sache zu Ende zu bringen.«

»Sie wissen, daß die Leute darauf warten, betrogen zu werden. Und nicht einfach nur betrogen: auf die übelste, billigste, lächerlichste Art und Weise über den Tisch gezogen. Hauptsache per TV. Und wenn's im Großen, sagen wir einmal in der Politik zum Beispiel, so hervorragend klappt, wieso dann nicht auch im Kleinen? Wieso sollten Leute, die einem dieser Parteiführer glauben, nur weil er aus dem Fernseher spricht, nicht auch unseren Billighexen glauben, solange sie via TV mit ihm reden? Egal, welcher Blödsinn versprochen wird.«

»Alles gut und recht«, sage ich. »Aber ...«

Mir ist, als würden sich die beiden kurzfristig ins Ehedickicht verrennen, vollzogen oder unvollzogen, und in die Niederungen der italienischen Politik; oder in eine Mischung aus beidem. Und damit endgültig.

»Damit ich meines auch noch los werde«, sagt

Totò, »ganz so blöd sind die Leute nicht, Ciro, und das weißt du. Ich denke, es ist eher so, daß sie betrogen werden wollen. Es sehenden Auges in Kauf nehmen, als Preis dafür, eine Zeitlang an etwas glauben zu können.«

»Darüber können wir noch lange reden, bei Gelegenheit«, sagt Ciro, »aber die Sache liegt relativ einfach. Ich habe mit der Geschichte eigentlich nichts zu tun, die paar Protokolle mit der Handvoll geschädigter napoletanischer Damen und Herren können niemandem gefährlich geworden sein. Die Mailänder Kollegen haben Hunderte von solchen Fällen bereits dokumentiert in den letzten Wochen. Das System war italienweit einheitlich: Man sieht die Sendung, bestellt für ein paar Euro telefonisch seine Lottozahlen, eigentlich ein gutes Geschäft, wundert sich, daß man nichts gewinnt (und wundert sich gar nicht darüber, daß die Lottozahlenverkäufer so etwas überhaupt notwendig haben), beschwert sich, und dann wird es interessant: Die *maga* findet heraus, daß das Mißgeschick etwa nicht an ihrer Unfähigkeit liegt, sondern daran, daß ein *jettatore*, ein Übelwollender, die arme Person mit einem *malocchio* belegt hat, dem bösen Blick, und daß der nicht nur den Lottogewinn verhindert, sondern drauf und dran ist, den Ehemann der Ärmsten mit Krebs zu bedenken, die Tochter mit Drogensucht, den Sohn mit Arbeitslosigkeit, daß Tod und Elend drohen, außer... Außer man kauft für teures Geld irgendwelche Amulette, glücksbringende Steine, unglückabwehrende Salze. Und das geht ins Geld und in die ewige Angstschleife. Storie di ordinaria follia, der ganz normale Wahnsinn, das ja. Aber nichts, was mit uns zu tun hat.«

»Was für eine Verbindung zu den *maghe* sprechen würde, ist der Voodoozauber, der mit dir gespielt worden ist, die Hahnschweinerei«, sagt Totò. »Vielleicht hast du jemanden nervös gemacht.«

»Gleichzeitig sind das aber auch ganz normale italienische Drohrituale, oder?« sage ich, »zumindest in gewissen Kreisen...«

»Und schon sind wir wieder am Anfang«, sagt Angela, »und damit am Ende.«

»Nicht ganz«, sagt Totò, »wenn wir diesen Burschen finden, den Tschenett mit Sera weggehen gesehen hat. Oder?«

Und weil es eine kleine Hoffnung ist, nickt Angela und nickt Ciro.

Und um die Hoffnung nicht noch kleiner zu machen, als sie eh schon ist, denkt keiner von uns laut darüber nach, wie das gehen soll: in dieser Stadt der jungen Menschen, in dieser Zeit der Gelmanie, einen jungen Menschen mit Gel im Haar in dieser Stadt zu finden. Den einen.

La speranza è ultima a morire. Die Hoffnung stirbt zuletzt. Aber ist nicht auch das pure Glaubensfrage?

25

Man muß den Fahrer, einen blutjungen Polizisten, der sich des Ernstes der Lage und seiner Rolle deutlich bewußt ist (darüber blaß geworden um die Nase, Schweißperlen an Schläfe und Stirn, die Sonnenbrille rutscht andauernd millimeterweise übern Nasenhügel, jetzt, wo er eigentlich dringend beide Hände für was ganz anderes braucht, faccio presto, *prufesso'*, ich beeile mich, keine Sorge, stia tranquillo), man muß den Fahrer bewundern. Natürlich macht, trotz Blaulicht und Sirene und zusammengebissenen Zähnen, keiner Platz. Und trotzdem findet er ihn, man begreift immer noch nicht, wie und wo, er stößt durch Lücken, wo gar keine waren, macht sich Weg, wo keiner ist, gibt Gas, wenn alle stehen, bremst, wenn alles fährt, und überholt sie doch, Ciro sitzt am Beifahrersitz, als ob es auf Landpartie ginge, und wir drei hinten versuchen, uns in den Kurven nicht gegenseitig alle Rippen zu brechen, atemlos.

Mitten in unsere Ratlosigkeit war ein Telefonanruf aus irgendeinem Kommissariat gekommen. Angeschwemmte jugendliche Leiche am Castel dell'Ovo, noch nicht geborgen, noch nicht identifiziert, wir schicken einen Einsatzwagen, zwei Minuten.

Plötzlich waren alle Hypothesen wie weggeschwemmt. Ciro aufgesprungen, Angela schlagartig die Ruhe selbst, gespenstisch. Hatte nur gesagt: »No.«

Nein.

Auf der Piazza del Plebiscito eine Schulklasse auf Bildungsausflug, springt in alle Richtungen weg. Die zwei Carabinieri hoch zu Roß, die sich eben noch mit Schulmädchen fotografieren lassen wollten, haben Schwierigkeiten, im Sattel zu bleiben.

Abfahrt Richtung Meer. Wir schrammen an einem Müllcontainer entlang, erschreckte Hausfrau. Schleuderfahrt über den Steg auf das Castel dell'Ovo zu. Polizisten. Bremsen, Reifen, Quietschen.

Ciro läuft als erster los, Totò und der junge Polizist hinterher. Angela läßt sich beim Aussteigen viel Zeit, ich warte. Dann gehen wir, langsam, dorthin, wo die Menschenmenge steht. Angela hat sich bei mir eingehängt, wortlos, auf den letzten Metern werden wir dann noch etwas langsamer.

Polizeiabsperrung. Entweder man kennt Angela, oder Ciro hat vorgesorgt: Sie winken uns durch.

Wir gehen vor bis an die Mauerbrüstung, Ciro steht auf der Mauer und kommandiert, ein paar Männer ziehen einen triefenden Sack an Seilen die Mauer hoch, im Wasser ein Schlauchboot und zwei Männer.

»Ve l'ho detto, prima o poi…«

Ein alter Mann, schmal, vornübergebeugt, um die Knochen flattert eine fleckige Phantasieuniform, alte Jacke, alte Hose, alte Mütze, irgendwo zusammengeklaubt, nichts paßt zu nichts, Farbe, Stoff, Knöpfe, soweit sie überhaupt da sind, Füße in Plastiksandalen, und mir fällt plötzlich wieder ein, wann ich ihn schon einmal, aus den Augenwinkeln, gesehen habe: Als Totò und ich auf der Mauer vor dem Castel dell'Ovo saßen. Nur einen Tag her. Und schon wieder eine Ewigkeit.

»Ve l'ho detto, prima o poi… Ich habe es euch gesagt: Früher oder später holt sich dieses verdammte Schloß wieder einen jungen Menschen. Alle zweiundzwanzig, alle dreiunddreißig Jahre, alle vierundvierzig, egal, es holt sie sich. Dieses

Schloß frißt Seelen. Deswegen bin ich der Wärter hier. Und ich behüte das goldene Ei.«

»Er ist selbst eine arme Seele«, sagt Angela, ohne den Blick von dem Sack zu nehmen, der an der Mauer entlang hochschrammt. »Rosariello nennen sie ihn, er selbst glaubt, daß er zum Wächter auserkoren ist, läuft hier Tag und Nacht herum, schläft in irgendeinem Loch auf dem Schloßgelände, man läßt ihn und hofft wohl insgeheim auf eine kalte Nacht, manchen gilt er als einer, der Glück oder Unglück bringen kann, da hat die Stadtverwaltung ein Auge zugedrückt, er ernährt sich von den Resten der Touristenlokale unten an den Yachtanlegestellen, noch ist er schneller als die streunenden Hunde; im früheren Leben, schon eine ganze Zeit her, soll ihn seine Frau enttäuscht haben, sie war ein paar Jahre jünger, sagt man, aber das sagt man, schon gar als Mann, in solchen Fällen immer, und seither treibt sich Don Rosario im Castel dell'Ovo herum, nichts als sein eigener Schloßgeist, und eine arme Seele.«

Dann wird der Sack über die Brüstung gehievt, bei der improvisierten Bergungsaktion ein schwieriges Unterfangen.

»Piano. Attenzione«, sagt Ciro. »Langsam. Vorsicht.«

Als ob es noch etwas zu retten gäbe.

Beugt sich, bei jeder Pendelbewegung des Sackes, bei jedem Anschlagen, mit seinem Oberkörper vor und zurück und vor, krümmt sich, als ob er Prügel einstecken würde.

Dann liegt der Sack endlich auf dem Pflaster. Bis auf Rosariello, den Alten, und Ciro treten alle ein paar Schritte zurück.

Ciro geht langsam in die Knie, bleibt einen Augenblick so und öffnet dann den Reißverschluß.

Schaut sich zu Angela um. Die nickt.

Ciro schlägt den Sack auf, langsam, Zentimeter für Zentimeter.

Dreht sich wieder zu Angela um. Und schüttelt den Kopf.

Woraufhin ich bei Angela ein stilles Stöhnen höre. Und ein Zittern bemerke. Dann geht sie los, wie auf Stelzen, staksend, kommt bei Ciro an und legt ihm, der immer noch kniet, eine Hand auf die Schulter.

»Mi sa che l'ho già visto«, sagt Ciro, »ich glaube, ich habe ihn schon irgendwo gesehen. Damals hatte er noch keinen Strick um den Hals.«

»Und ich kenne ihn«, sagt Angela.

Ciro sieht auf, wischt sich über die Stirn.

»Eugeny Lapscen«, sagt sie. »Matrose auf der *Odessa*. Inzwischen siebenundzwanzig, seit zehn

Jahren in der Ukraine verlobt. War in Sera verliebt. Sie war mit ihm befreundet, wie man es mit einem dieser unglücklichen Matrosen der *Odessa* eben sein kann.«

26

»*Prufessore*, dove La porto?« hatte der junge Polizist gesagt, ehrlich erleichtert, und die Beifahrertür aufgeschlagen.

»Da nessuna parte, andiamo a piedi, grazie«, hatte Ciro geantwortet und ihm auf die Schulter geklopft, noch war seine Stimme noch nicht ganz die alte. »Danke nein, wir gehen zu Fuß.«

Ciro *'o prufessore*, darauf verwette ich meinen Kopf, ist keiner, der normalerweise freiwillig einen halben Schritt zu Fuß geht. So gesehen habe ich ihn ganz auf meiner Seite. So gesehen sind wir vorbildliche Italiener. (Irgendwann einmal muß es ja klappen, warum nicht damit. Man bemüht sich und bemüht sich. Liegt, dann doch, ganz gern am Busen der Nation; für Sekunden, wenigstens.) So gesehen haben wir uns nichts vorzuwerfen.

Und während wir, an uns rauscht der Verkehr vorbei, wortlos stadtwärts gehen, denselben Weg wie vor Tagesfrist mit Sera, jeder seinen Gedanken hinterher, eine traurige Prozession, die gleichzeitig gar nicht weiß, wohin mit ihrem momentanen Glück; verlorener Haufen, verlassene Herzen, während wir so gehen und ich es nicht lassen kann, immer wieder einen Blick golfwärts zu werfen, Richtung *Odessa*, die still und unscheinbar an der Staatsmole vor sich hin rostet, verschwiegenes Niemandsland, während wir so gehen, sagt Ciro, halbwegs außer Atem ob des Anstiegs: »Hat er sich…, oder ist er umgebracht worden?«

»Wie kommst du darauf?« sagt Angela, reichlich tonlos.

»Der Strick«, sagt Ciro. »Der Strick um seinen Hals. Kaum mehr als einen Meter lang. Etwas kurz, um sich aufzuhängen, oder? Und außerdem: Er hat so lange auf dieser verdammten *Odessa* ausgehalten, wieso sollte er sich gerade an dem Tag, an dem Sera verschwindet, wenige Stunden, nachdem du die Besatzung wieder einmal mit deinen napoletanischen Feinschmeckereien versorgt hast, insomma, unterm Strich: wieso sollte er gerade an so einem Tag sich einen Strick um den Hals legen, und noch dazu einen solch lächerlich kurzen?«

Ich komme nicht dazu, Angelas Antwort zu hören. Ich komme zu gar nichts.

Ich sehe nur dieses blaue Motorrad links von uns und kurz einen Teil des Gesichtes seines Fahrers, und ich sehe vor allem seine Haare, und schon renne ich los, quer durch die Autoreihen und dem Motorrad hinterher und renne und laufe und verkneife es mir zu schreien, sehe den gelben Fiat, der dem blauen Renault in die Quere kommt, und sehe, wie das Motorrad im letzten Augenblick noch bremsen muß, um nicht zwischen den beiden eingeklemmt zu werden. Das ist mein Augenblick, ich mache einen Satz nach vorne, springe den Motorradfahrer von hinten an und reiße ihn vom Sattel, einen Augenblick lang balgen wir uns am Boden, links ein Rad, rechts eine Stoßstange, dann komme ich auf die Beine und der Motorradfahrer an meinem Arm mit mir, der Griff am Hemd sitzt und hält noch, ich greife seinen Hals, drücke zu und schiebe ihn, während er mir entgeistert ins Auge schaut, rückwärts durch die hupend an uns vorbeifahrenden Autos an den Straßenrand und bleibe erst stehen und höre erst auf, als die Mauer in seinem Rücken uns stoppt und sein Gesicht blau angelaufen ist.

Einen Augenblick später stehen Totò und Ciro neben uns.

»Was ist?« sagt Totò.

Ich kann noch nicht antworten. Ich suche nach

Atem. Aber so lange drücke ich noch zu an diesem Hals.

Luft. Die beiden haben so lange an meinen Armen gezogen, bis ich den Typ losgelassen habe.

Er ist zu Boden gegangen, ich lehne, immer noch nach Luft japsend, an der Mauer.

»Sei troppo vecchio per certe cose«, sagt Totò, einen Fuß auf dem Oberschenkel des Motorradfahrers, »für gewisse Dinge wirst du langsam zu alt.«

Ich kann nur nicken.

Dann, meine Stimme ist mir plötzlich ziemlich fremd, sage ich, krächzend: »È lui. Er ist es.«

Und sehe, wie Angela ihm auf die Beine hilft.

27

Ciro hat sich für eine mir vollkommen neue, aber nichtsdestotrotz effiziente Verhörmethode entschieden.

»Andiamo da *'Nnanella*, che si mangia bene«, hat er gesagt, »gehen wir zu *'Nnanella*, man ißt dort gut.«

Was nicht als Hauptteil seines Folterprogramms geplant ist.

'Nnanella ist ein kleines Lokal, grad ums Eck von meinem Hotel, an dem man leicht vorbeilaufen kann. Die Gäste sitzen hinter Milchglasscheiben, die Tür ist geschlossen. Man muß sehr genau wissen, daß man hier essen will, um zum Gast zu werden. Eher schon hat man, des Weges kommend, einen Blick in die Küche und auf die Köchin frei. Die Tür steht offen, jedes einzelne Küchenkommando ist in der Gasse zu hören. Und das gibt Zuversicht.

Unserem Gefangenen natürlich nicht.

Und ich würde meinen Kopf darauf verwetten, daß er gerade keinen Hunger hat. Das macht das Geniale an Ciros Idee aus.

»*Guagliò*«, sagt er, »also Bursche, wie wär's mit einem Teller mit irgendwas? Offro io, gebe ich aus. Und ein Glas Wein oder ein Glas Cola, ganz wonach dir ist, zwei auch, wenn's sein soll, es wird dir an nichts fehlen. Du wirst nie sagen können, Ciro *'o prufessore* hätte dich schlecht behandelt. Wirst du nicht, oder?«

Seras Bekannter von letzter Nacht, dessen Namen ich immer noch nicht kenne, schaut verdutzt in die Runde. Es ist ihm anzusehen, daß er kein Mittagessen in Planung hatte. Nicht mit Ciro, Totò, Angela und mir, und schon gar nicht an diesem wackeligen Tisch in diesem überfüllten Raum, in dem Bauarbeiter, Handwerker und Leute aus dem Viertel für wenig Geld gut essen.

Er schüttelt stumm den Kopf. Offensichtlich fragt er sich, was ihm passiert, und bleibt, bis er das begriffen hat, vorsichtig.

»Sind wir dir nicht gut genug, *guagliò*? Oder zu fein? Oder zu alt oder zu jung? Oder hast du Besseres vor?«

Totò legt Ciro eine beruhigende Hand auf die Schulter.

Würde ich nicht machen. Mister Gel hat sich letzte Nacht bei mir kein Guthaben erarbeitet. Und Mister Gel sieht nicht so aus, als hätte er irgendein Schuldbewußtsein.

»Che volete«, sagt er, »was wollt ihr? Ich habe nichts getan, sono un bravo ragazzo.«

Ein braver Junge. Aber ja. Seine Schlitzohrigkeit reicht ihm bis an den Arsch. Und er tut, als ob er mich noch nie gesehen hätte.

Ciro muß jetzt zulegen. Bin gespannt, was kommt.

Erst einmal eine Runde Spaghetti. Wir fangen an zu gabeln.

»Buon appetito.«

Dabei liegt mir ein Stein im Magen. Aber Ciro hat, mit einem kaum wahrnehmbaren Kopfnicken, diese Runde bestellt. Also wird gegessen.

Wenn der hier anfängt, Geschichten zu erzählen, dieser Bursche, denke ich, während ich die Gabel drehe, selten einmal war mir ein Teller Nudeln so fremd, wenn der hier Geschichten erzählt, irgendwelche, was dann? Der kann alles behaupten. Er ist keinem hier sympathisch, aber trotzdem steht dann sein Wort gegen deines. Und dann?

»Ich kenne dich«, sagt Angela.

Und schon bin ich ganz aus dem Konzept.

»Du bist Tommasino, den man Nennillo nennt. Richtig?«

Angela sitzt vor ihrem unberührten Teller, schaut Nennillo ins Auge und kümmert sich nicht darum, daß Ciro, Totò und ich ziemlich verwundert aus der Wäsche gucken.

»Sarà«, sagt Nennillo, »kann sein. Chi lo sa, wer weiß. Euch geht das aber auf jeden Fall nichts an.«

»Ah sì?« sagt Ciro, und ich sehe, wie ihm das Blut hochgeht. »So also: Das geht uns nichts an? Sicher? Ne sei sicuro? Vediamo. Das werden wir jetzt sehen.« Und haut dem verdutzten Nennillo eine Ohrfeige runter, eine kleine. Eigentlich eher ein flüchtiges Wischen übers Gesicht, ein Huscher. Nichts Auffälliges.

»Entweder«, sagt Ciro, und so habe ich ihn noch nie gesehen, »entweder du gibst mir und meinen

Freunden ab jetzt auf jede Frage eine Antwort, von der ich der Meinung bin, daß sie ehrlich ist und nach bestem Wissen und Gewissen getan, oder ich ohrfeige dich hier vor aller Augen durchs Lokal, daß du dich nicht einmal mehr im Norden sehen lassen kannst, geschweige denn im Süden, von Napule nicht zu reden. Hai afferrato il concetto, begriffen?«

Nennillo scheint begriffen zu haben. »Che volete?« sagt er.

»Sag uns, wo Sera ist.«

»Non lo so«, sagt er, »ich weiß es nicht.«

Und kaum sieht er die Farbänderung in Ciros Gesicht, legt er nach. »Ich weiß es wirklich nicht. Das war ein großes Durcheinander, gestern nacht. Ein Gerücht nach dem anderen, der eine sagt dies, der andere sagt das.«

»Und was sagst du?« sage ich.

Immerhin hat Ciro mir freie Schußbahn gelassen.

»Nachdem sie sich von dir verabschiedet hat«, sagt Nennillo und würdigt mich kaum eines Blickes, was mir wiederum völlig gleichgültig ist, solange er redet, »nachdem sie sich von dir mit einem Kuß verabschiedet hat, sind wir los.«

Kann es sein, daß ich mich an den Kuß nicht mehr erinnere? Dementia praecox. Oder pure Vernunft?

»Wohin?« sagt Angela, »wozu?« Sie ist, recht bedacht, die einzige von uns, die im Kopf noch Verstand mit sich herumträgt.

»Naja«, sagt Nennillo, »irgendwas Politisches. Und weil ich mich da nicht so auskenne, kann ich nicht viel sagen.«

»Kann es sein, daß du künstlich auf dumm machst?« sagt Ciro.

Man muß kein geschärftes Auge haben, um zu sehen, daß er gleich richtig böse werden wird.

»Wir hörten, daß es eine Straßenschlacht gibt, irgendwo Richtung Piazza Museo Nazionale. Und daß die Polizei Geiseln nimmt. Also wollten wir hin. Ich schwör's euch, es ist die Wahrheit.«

»Und? Sonst nichts mehr?«

Jetzt spielt Totò den bösen Bullen. Nicht zu glauben, aber manchmal nimmt man ihm die Rolle wirklich ab. Erstaunliches schauspielerisches Talent, das er selten genug einsetzt.

»Wir sind los. Es wurden immer mehr Leute, es wurde immer mehr Chaos. Gasse für Gasse. Irgendwann hat keiner mehr gewußt, wo der andere steckt. Und Sera war verschwunden.«

»Das ist nicht wahr.«

Ciro.

»Ich ohrfeige dich durchs Lokal, schon vergessen, kleines Arschloch? Ich seh's dir an: du möchtest ein *duro* sein, mit jedem Muskel deines Körpers, einer, der alles aushält, einer, der einstecken kann, einer, der überlebt; ich verspreche dir, das geht schief. Du bist an dein Ende gekommen, in dem Augenblick, als wir uns getroffen haben. Noch bevor du wußtest, wie dein Anfang aussieht. So was wie dich mach ich vor dem ersten *caffè* fertig. Jeden Tag. Als kleine buddhistische Übung. Begriffen?«

Nennillo sitzt vorm Teller und überlegt.

»Ein paar haben gedacht, daß es zu gezielten Verhaftungen kommt. Sera nannte es Geiselnahme; und trotzdem sind alle dahin gegangen, wo gekämpft wurde. Um zu sehen, wie es läuft, um zu sehen, was zu tun ist. Dann hat irgend jemand vorgeschlagen, auf die *Odessa* abzuhauen, da sucht uns keiner, das ist extraterritorial. Und ich ...«

»Und du ...« Ciro hat Nennillo am Ohr genommen, als ob er ein Schuljunge wäre, und zieht und zieht.

»Ich bin nicht mit«, sagt Nennillo, »aber ich habe heute morgen Bericht gemacht.«

»Bericht? An wen?«

»An euch. Alles. Namen, Uhrzeit, Ort. Wie immer.«

»Dann haben wir hier also«, sagt Ciro, und er sagt es lauter, als es notwendig wäre, mitten in diesem Lokal, »dann haben wir hier also nichts als einen mickrigen Polizeispitzel?«

»E Paolo?« sagt Angela. »Ich habe dich mit Paolo gesehen, nicht nur einmal.«

»Kenne keinen Paolo.«

Ciro zieht ihn wieder am Ohr hoch. »Antworte. *Chi nasce p' 'a forca nun more pe mare.* Wer für den Galgen geboren ist, ertrinkt nicht. So gesehen hast du Glück, falls ich dich nur ins Meer schmeiße.«

»Paolo?« sagt Nennillo, und es ist ihm anzusehen, daß es ihm längst ungemütlich geworden ist in dieser Welt.

»Du weißt, welchen Paolo ich meine...«, sagt Ciro.

»Paolo hat damit nichts zu tun. Paolo ist am Hafen. Paolo ist überall. Macht seine Geschäfte. Macht sein Ding. Paolo hat damit nichts zu tun.«

»Ist gut«, sagt Angela, »längst begriffen.« Und nickt Ciro zu.

»Pech«, sagt Ciro, »ich habe eben ein Signal bekommen, daß ich dir wieder eine Ohrfeige geben soll.«

»Nicht«, sagt Nennillo, »bitte nicht...«

»Scheiße«, sagt Ciro, als wir das Lokal verlassen, »es ist das erste Mal in meinem beschissenen Bullenleben, daß ich grob geworden bin. Ich kann das nicht, eigentlich.«

Und Angela küßt ihn.

»Und was sagen die in dem Lokal, wenn du ihnen beim Weggehen einen Gast ans Wasserrohr kettest mit deiner Handschelle?« Totòs berufliche Neugier.

»Nichts. Einmal im Jahr kann das schon vorkommen. Und damit liege ich deutlich unter dem Durchschnitt.«

28

Es war Zia Teresas Anruf gewesen, der uns auf den Weg gebracht hatte.

Sie wollte ihre Nichte sehen und den Mann an der Seite ihrer Nichte, kurz: ihre Familie samt Beipack. Und Zia Teresa duldete keinen Aufschub.

»Zia Teresa duldet nie nichts«, hatte Angela gesagt.

»Es ist mir peinlich«, sagt Zia Teresa.

Angela ist ehrlich überrascht. Ciro genauso.

»Non preoccuparti«, sagt Angela, »mach dir nichts draus.«

»Mit dir rede ich nicht, Angela, mein Engelskind, ich rede mit der Amtsperson, und das ist nun einmal Ciro, nicht wahr? Sogar wenn ihr verheiratet wäret.«

»Sage ich doch, daß das nur Ärger bringt.« Angela hält sich nicht länger zurück.

Die beiden sitzen längst schon wieder da, wo Zia Teresa es vor ewigen Zeiten für sie vorherbestimmt hat, Totò und ich teilen uns die Besuchertribüne auf dem Sofa.

Alles wie gehabt.

»Glaubt mir, es ist mir peinlich.«

»Was denn, Zia?«

Daß Angela inzwischen längst keine Nerven mehr hat für Salongespräche, kann sogar ich verstehen.

»Ich muß dich um einen Gefallen bitten, Ciro. Und darum, daß du deiner Verlobten für ein paar Minuten den Mund verbietest.«

»Angela?«

»Ja.«

»Du kennst sie besser und länger als ich. Du weißt, daß das nicht geht. Und du solltest längst wissen, daß ich sie dafür liebe.«

Zia Teresa nickt.

»Wird sein, figlio mio, mein Sohn, kann sein.«

So majestätisch rauchblasend habe ich noch niemanden erlebt; zumindest nicht in diesem Alter.

»Aber entweder du kommst mit mir ins Geschäft, so sagt man doch?« sagt Zia Teresa, »oder mit gar keinem. Ich kann euch Sera zurückbringen.«

Und sie lehnt sich nach hinten, und sie läßt ihre Worte durch ihr Dunkelkabinett wandern.

»Zia!« sagt Angela.

»Siehst du, Ciro«, sagt Zia Teresa, »genau deswegen muß ich mit dir reden und nicht mit ihr. Ich kann diese lauten Töne nicht aushalten, sie tun mir im Hirn weh.«

»Was heißt das, Zia?« sagt Ciro.

»Das heißt, mein Lieber, daß die drei einen kleinen Spaziergang machen werden. Du gibst ihnen Geld für ein Eis. Angela kann mit diesen beiden Männern, Ehrenmännern, ich weiß, deine Freunde, ich weiß, hoch zufrieden sein, was die Begleitung betrifft, in ihrem Alter...«

»Zia!«

»Unter gewissen Umständen nimmt man, was man bekommt, mein Kind. Ich weiß das. Auch wenn es lange her ist.«

29

Angela sitzt stumm vor ihrem *caffè*. Zu lange schon.

»Nimm es Zia Teresa nicht übel«, sage ich. »Scheint mir eine widerspenstige alte Dame zu sein, die weiß, was sie will. Hat aber durchaus auch ihre liebenswürdigen Seiten.«

»Die machen mir weniger Sorgen...«, sagt Angela.

»Ciro wird gleich wieder da sein«, sagt Totò, genauso hilflos wie ich.

»Das werden wir dann sehen«, sagt Angela. »Zia Teresa war immer schon gut darin, andere für sich arbeiten zu lassen. Altes aristokratisches Blut, das Gott sei Dank mit ihr aussterben wird.«

Da habe ich so meine Zweifel. Sage aber nichts.

»Als Zia Teresa noch jung war, kurz nach dem Krieg, wurde ihr Mann eingesperrt, Schwarzmarktgeschäfte. Die gute Zia hat sich eine Nutte gekauft, sie in ihre Kleider gesteckt und zum zuständigen Amerikaner geschickt. Es kam, was kommen mußte, der Offizier war ganz gerührt von solcher Opferbereitschaft, Zias Mann am nächsten Morgen wieder frei. Das hätte sie lieber bleibenlassen; er verspielte in den darauffolgenden zehn Jahren ihr gesamtes Vermögen auf dem Pferderennplatz, mehr als ihre Erinnerungen sind Zia Teresa nicht geblieben.«

»Die Geschichte kenne ich«, sage ich.

»Ciro?« sagt Angela. »Das sieht ihm gleich. Als

erstes die Familiengeheimnisse ausplaudern. Weil er weiß, daß Zia Teresa auch noch stolz darauf ist.«

»Von ihr hat er nichts gesagt.«

»Dann weißt du es jetzt. Aber laß es dir Zia Teresa gegenüber nicht anmerken, falls du sie noch einmal siehst. Sie erzählt dir die Geschichte sonst noch einmal, und zwar in allen pikanten Details. Am Tag darauf hat sie nämlich die Nutte wieder besucht und gesagt: Für mein Geld möchte ich jetzt aber auch genau wissen, wie es gelaufen ist.«

Totò findet das lustig. Er grinst breit in die Gegend.

»Deswegen mache ich mir«, sagt Angela, »ehrlich gesagt, auch ein wenig Sorgen, was die beiden da oben besprechen.«

Die Sorge kann ich ihr nicht nehmen.

»Sie verstehen sich zu gut, die beiden«, sagt Angela. »Mein einziger Trost ist, daß sie Sera lieben.«

Und sinkt aufs Stichwort wieder in ihr Schweigen zurück und starrt in ihren *caffè*.

»Adesso basta«, sagt Totò plötzlich, »das reicht jetzt. Ich warte nicht mehr auf Ciro. Per l'amor del cielo, um Himmels willen, Tschenett, laß uns losziehen, irgend etwas werden wir für Sera ja tun können. Langsam geht mir ihr Geschimpfe auf unseren Berufsstand richtig ab.«

30

Natürlich ist eine Portion Hilflosigkeit dabei. Aber es geht mir wie Totò: Ich kann nicht mehr auf meinem Arsch sitzen bleiben. Und Bewegung ist allemal besser als Stillstand.

»Wohin jetzt?« sagt Totò.

Um uns tobt das Leben. Autos, Motorräder, Passanten. Das Übliche eben.

»Keine Idee«, sage ich. Die Stadt ist groß. Zu groß für uns. Ciros drei Stockwerke noch gar nicht eingerechnet.

»Wir haben nichts in der Hand«, sagt Totò. »Aber wir haben zwei Freunde. Und die werden wir jetzt einmal besuchen.«

Dreht sich. Und geht los. Ich hinterher.

»Du kannst«, sagt Totò, »hier ewig hängen bleiben, als Ausstellungsstück. Kein Problem.«

»Die Leute werden sich ihre Hände abwischen an dir«, sage ich. »Vor allem nach den frittierten Meeresfrüchten.«

Nennillo leidet, soviel ist ihm auf zwei Meter anzusehen. Er möchte nichts als weg und sich in Luft auflösen. Ist aber nicht ganz einfach, wenn man an einem Wasserrohr und einer amtlichen Handschelle hängt.

»Oder«, sage ich und lege alles, was ich an Verführung aufbringen kann, auf die Stimmbänder, »oder du besorgst uns Paolo.«

»Paolo?«

Es gibt Leute, denen fällt es leicht, sich dumm zu stellen.

»E sì«, sage ich, »genau der. Paolo, der am Hafen das Sagen hat. Alter Freund, eigentlich. Habe nur seine Telefonnummer verloren. Und möchte ihn unbedingt wiedersehen. Jetzt, sofort.«

Nennillo schüttelt den Kopf. »Ich habe euch alles gesagt.«

»Aber sicher«, sagt Totò, »und wir werden es auch überall weitererzählen, daß du geredet hast wie ein Wasserfall. Wir brauchen nur noch eine Adresse.«

Nennillo schüttelt wieder den Kopf.

»Wirklich nicht?«

»Nein«, sagt er, »ich kann nichts sagen.«

»Auch gut«, sagt Totò und holt den Schlüssel raus.

Als wir uns aufmachen, strampeln Nennillos Beine immer noch im Müllcontainer.

»Du bist ziemlich brutal geworden, Totò«, sage ich. »Das kommt davon, daß ich für ein paar Jahre verschwunden war. Dir fehlt mein Beistand.«

»Was mir fehlte«, sagt Totò, »ist die Möglichkeit, in diese Geschichte eingreifen zu können. Da kann ich auch Ciro und seine Geduld nicht verstehen. Aber jetzt sind wir ja immerhin einen Schritt weiter.«

Taxi zum Hafen. Stau.

»Was machen wir mit diesem Paolo, falls wir ihn wirklich finden?« sage ich.

»Gute Frage«, sagt Totò. »Ich weiß es nicht. Er wird sich nicht so einfach einschüchtern lassen wie Nennillo.«

»Sicher nicht. Du wirst den bösen Bullen besonders überzeugend spielen müssen.«

»Es fällt mir von Tag zu Tag schwerer. Aber stillhalten kann ich auch nicht.«

Wir stehen an einer Kreuzung. Da öffnet sich die Beifahrertür.

»Con permesso, ist es gestattet?«

Und bevor wir noch etwas sagen können, gibt der neue Passagier dem Taxifahrer ein Zeichen.

»Es ist sinnlos, nach mir zu suchen«, sagt er. »Ich bin entweder da, oder ich bin nicht da. Jetzt bin ich da.«

»Das ist gut«, sagt Totò, »wir waren nämlich auf der Suche nach einem gewissen Paolo, der am Hafen das Sagen hat.«

»Böses Gerede«, sagt Paolo, »haltlose Gerüchte, gestreut von Leuten, die mir übelwollen. Ich bin nur ein ganz einfacher Mensch, ich habe nichts zu bestimmen. Ich bin ein Nichts.«

»Es ist immer dasselbe traurige Lied«, sagt Totò. »Keiner von uns hat etwas zu sagen, niemand nichts zu entscheiden. Wir sind alles arme Hunde. Mein Beileid.«

Paolo dreht sich kurz nach hinten, sieht Totò stumm ins Auge und sagt dann: »Mach dich nicht lustig über mich, Hilfspolizist. Das ist nicht dein Spielplatz hier, es ist nicht deine Stadt.«

»Richtig«, sagt Totò. »Wohin fahren wir?«

War sogar mir aufgefallen, daß wir so nicht an den Hafen kommen würden wie besprochen.

»Wir fahren dahin«, sagt Paolo, »wo es gut ist für euch beide. Haltet euch zurück, vergeßt eure Neugier, laßt die Spielereien, begreift, daß das Spiel größer ist, als ihr ahnt. Steigt aus, wenn ich es euch sage, und haltet den Mund und seid vernünftig.«

Dann biegt das Taxi um die Ecke, Totò und ich sehen uns an, sehen vorne am Platz Ciro und Angela am Tisch sitzen, ich ziehe Geld aus der Tasche, »willst du mich beleidigen?« sagt Paolo, wir steigen aus, und schon ist das Taxi ums Eck verschwunden.

»Was ist bloß los mit uns?« sage ich, während wir über den Platz laufen.

»Abbiamo fatto 'na figura di merda«, sagt Totò, »da haben wir eine Scheißfigur abgegeben.«

»Dann laß uns nicht weiter davon reden«, sage ich, »und zu Ciro schon gar nicht.«

31

»Habt ihr es endlich begriffen, ihr Superbullen aus dem Norden?« sagt Ciro. »Nichts kann man mehr tun.«

Wir stehen da und tun so, als ob wir nie weggewesen wären.

»Nichts«, sagt Ciro, »nichts mehr.«

»Come? Wie bitte?« Angela ist laut geworden.

Ciro starrt grau vor sich hin.

»Es ist alles schon getan«, sagt Ciro, »wir können nichts mehr tun. Und setzt euch endlich, ihr beiden. In einer Stunde«, er schaut auf seine Uhr, »in einer knappen Stunde sollen wir am Molo Angioino sein, da, wo die *traghetti* ablegen. Bis dahin haben wir hier zu sitzen, mit keinem zu reden, kein Telefonat zu führen, gar nichts, sonst kommt die Sache nicht zustande; sie beobachten uns.«

Ich kann gerade noch den Reflex unterdrücken, mich umzudrehen.

»Was hast du mit Zia Teresa besprochen?« sagt Angela.

»Gar nichts«, sagt Ciro, »du kennst sie so gut wie ich: Manchmal kann man gar nichts mit ihr bereden. Dann kommandiert sie nur. So ein Tag ist heute. Wenn wir Sera wiederhaben wollen, dann auf ihre Art und Weise. Es war kein Auskommen.«

»Ist das so schlimm?« sagt Totò. »Hauptsache, Sera ist wieder da.«

»Erstens traue ich der Sache nicht, zweitens macht es mich wütend, wenn ich hier sitzen und warten muß, drittens macht es mich noch wütender, daß ausgerechnet Zia Teresa einem so was befiehlt, und viertens ...«

»Lascia stare«, sagt Angela, »laß gut sein.«

Aber Ciro ist nicht zu bremsen. »... und viertens kann ich es nicht ertragen, daß ich nichts für Sera tun konnte. So einfach ist das, molto semplice, non vi sembra? Das ist doch zu verstehen, oder?«

Angela nickt. »Und vor allem: Du hast jetzt keine Sprichwörter mehr, die dir die Welt erklären.«

»Ciro«, sage ich, »was genau läuft hier?«

»Schuld an allem bin nur ich, wenn man so will«, sagt Ciro. »Hätte ich mich mit etwas Ernsthaftem befaßt, und bei Gott, es gibt genug Dinge, die aufzuklären sich lohnte, die vor Gericht gehörten, aber nein; Ciro *'o prufessore* muß sich in die Ecke zurückziehen und irgendwelche nichtswürdigen Befragungen alter Herrschaften protokollieren in einem Fall, der längst schon geklärt ist, ein klein wenig Zusatzfutter für den Staatsanwalt, der solche Protokolle längst schon stapelweise auf dem Schreibtisch hat, aber ein paar Geschädigte noch aus Napoli, das wär halt schön, also zieht Ciro los. So idiotisch muß man sein. Und deswegen ist es meine Schuld. Und du, Angela, du und dein Matrosenfimmel, du und die *Odessa*, du und diese romantischen Anflüge, die du dir von Zeit zu Zeit leistest, Mutter Teresa, Veronika mit dem Schweißtuch und Heilige Johanna der Schlachthöfe in einem, du warst auch nicht unbeteiligt. Schleppst uns vier zu dem Schiff hin, am hellichten Tag, unter aller Augen. Und sofort denkt irgendwer, die beiden, Tschenett und Totò, diese beiden etwas sonderbaren Figuren, die man in der Stadt nicht kennt, das können nichts anderes als hochkarätige Bullen sein, und was machen die an der *Odessa*?«

»Ich und hochkarätiger Bulle«, sage ich, »danke. Schönes Mißverständnis. Dachte immer, man sieht es mir auf hundert Meter an, daß ich kein Bulle bin.«

»Da siehst du mal«, sagt Totò.

»Was hat das alles mit Sera zu tun?« sagt Angela.

»Ganz einfach«, sagt Ciro, »jetzt ist es ganz einfach. Nachdem Zia Teresa ihren Hexenzirkel befragt hat, nachdem sie ihre Beziehungen hat spielen lassen. Du weißt ja: Ein paar von ihren Freundinnen sind den Magiern auf den Leim gegangen. Aber sie halten immer noch zu ihnen. Und haben in Napoli einen Unterschlupf organisiert für Do Nascimiento, der alle Frauenherzen höher schlagen läßt. Er versteckt sich hier in der Stadt, nachdem man gezielt das Gerücht gestreut hat, er wäre längst schon in Brasilien. Hat sich, übergangsweise und auf Vermittlung gewisser Herren, die am Hafen das Sagen haben, auf die *Odessa* zurückgezogen. So lange, bis es etwas ruhiger wird in der Sache. Dann war der Umzug in einen der besseren Palazzi Napolis geplant. Und wer kommt dazwischen? Wir beide. Ganz schön dumm. Ich schnüffle herum, du lieferst Feinschmeckereien in Begleitung dreier Herren... Das hat gereicht. Alles hat gedacht, ich bin hinter ihm, dem großen Magier, her. Dabei kann er mir gestohlen bleiben. Und die, die sich von ihm bescheißen lassen, auch.«

»Und Sera?« sagt Angela, »Sera geht es gut?«

»Ja«, sagt Zia Teresa. »Wir haben Glück gehabt. Die Herren spaßen nicht. Do Nascimiento genießt Schutz, in dieser Stadt. Vielleicht hält er seine segensreichen Hände über die Potenz irgendeines schwächelnden Stadtpotentaten oder das Rennpferd eines Camorristen, was weiß ich. Als der Voodoozauber nichts geholfen hat, als wir hinterher trotzdem zur *Odessa* sind, als man uns drei weiterhin gemeinsam gesehen hat, wurde es ernst. Sie haben den Trubel letzte Nacht und die Gerüchte um die bevorstehenden Verhaftungen, wer weiß, vielleicht haben sie sie selbst in die Welt gesetzt, auf jeden Fall haben sie sie benützt, um Sera aufs Schiff zu bekommen. Sollen ihr vorgegaukelt haben, daß ein paar Genossen sich bereits auf der *Odessa* versteckt haben. Sera ist darauf hereingefallen. Einmal an Bord, merkt sie, daß etwas nicht stimmt, bittet den Matrosen, der in sie verknallt ist, um Hilfe: und schon, wer weiß genau, wieso und warum, legen sie ihn um, hängen ihm ein Seil um den Hals und schmeißen ihn ins Wasser. An Heimwch zerbrochen. Armer Hund: war der Welt im Leben wenig wert und nichts im Tode. Aber Sera geht es, man hat es Zia Teresa ausdrücklich versichert, Sera geht es den Umständen entsprechend gut.«

»Und was jetzt?«

»Wir sollen an die Schiffsanlegestelle gehen. Alles weitere wird sich ergeben, sagt Zia Teresa. Sie hat einen Vermittler eingeschaltet. Und jetzt, Angela, rate mal, wen?«

Angela hebt fragend die Schultern, läßt sie dann langsam, zentimeterweise wieder sinken, sieht Ciro zweifelnd an, der nickt.

»Das ist nicht wahr«, sagt Angela.

»Doch.«

»Ich bring ihn um.«

»Kannst du hinterher tun. Bitte.«

»Dieser Scheißkerl.«

»Du weißt, was ich von ihm gehalten habe…«

»Um wen geht es?« sagt Totò.

»Sag's du es ihm.«

Ich habe Angela noch nie so wütend gesehen.

»Du kennst ihn vom Hafen her. Paolo.«

»Den sie gerne ihren kurzfristigen Ex nennt«, sagt Ciro.

»Daß das ein Mißgriff war, weiß ich schon länger«, sagt Angela. »Aber daß es so kommt, hätte ich nie geahnt.«

»Er wird sagen, er hätte es für dich getan.«

»Er wird das lieber nicht sagen. Ich erwürge ihn sonst mit meinen eigenen Händen.«

»*Quann' jèsce 'a strazziona, ogne fesso è prufessore*«, sagt Ciro, »wenn die Zahlen gezogen sind, wird jeder Idiot plötzlich zum Professor. Und damit meine ich nicht dich. Also los. Wird langsam Zeit.«

32

Am Molo Angioino stehen zwei Lieferwagen und warten auf die Fähre: Capri bekommt neue Fenster. Verlorene Januartouristen. Die rotgebrannten Engländer sitzen auf einer Bank, halten die Augen geschlossen und ihre Gesichter in die Sonne. Einem Kriegsschiff wird der letzte Glanz verpaßt. Über dem Golf silbriges Licht; Stille, als ob es bald gewitterte. Draußen am Molo San Vincenzo liegt die *Odessa* regungslos im Wasser.

Von irgendwo in diesem Hafen tauchen plötzlich zwei Schlauchboote auf, potente Außenbordmotoren (ich habe das Geräusch noch im Ohr. In so einem Boot hatten wir damals nächtens nach Albanien übergesetzt; wendig und schnell, sind sie die Rückversicherung jedes Schmugglers), eins neben dem anderen springen sie von Wellenkamm zu Wellenkamm.

Wir vier stehen schon eine ganze Zeit lang vorne an der Hafenmauer und schauen wortlos aufs Wasser. Totò hat die beiden Schlauchboote auch schon entdeckt, er zupft Angela am Arm. Wir verfolgen stumm, wie die zwei Boote in weitem Bogen auf die *Odessa* zusteuern. Dann verschwinden sie hinter dem Schiff aus unserem Blickfeld. Das Motorengeräusch bricht ab. An Bord ist keine Bewegung auszumachen.

Ciro tritt von einem Fuß auf den anderen. Er ist der von uns, der seine Anspannung am wenigsten verbergen kann. Dann, mit einem stillen Fluch, dreht er sich um, dreht dem Golf und der *Odessa* den Rücken. Angela legt ihre Hand auf seine Schulter, für ein paar Augenblicke, reibt sich die Augen, läßt das Schiff da draußen keine Sekunde lang aus dem Blick.

Dann sind wieder die Motoren zu hören. Sekunden später tauchen die beiden Schlauchboote mit Vollgas hinter der *Odessa* auf. Wer jetzt an Bord ist, ist nicht auszumachen. Die beiden Boote steuern den östlichen Teil des Golfes an, eines wird plötzlich langsamer, das andere schießt weiter, das langsame beginnt, da draußen einen weiten Kreis zu drehen. Dann ist das erste Schlauchboot irgendwo im Hafen verschwunden. Das zweite zieht noch minutenlang seinen Kreis, dann, endlich, nimmt es gemächlich Kurs auf uns.

Als Angela Sera in den Arm nimmt, steht Ciro regungslos daneben und starrt zu Boden. Dann geht

Totò auf ihn zu, klopft ihm kurz auf die Schulter, Ciro erwacht aus seiner Starre und umarmt ihn.

33

»Geht schon, ihr drei, geht nach Hause. Ihr habt es euch verdient«, sagt Totò. »Wir sehen uns dann morgen.«

Sera ist noch ziemlich blaß im Gesicht, wortlos mit großen Augen, hält Angelas Hand. Ciro nickt. Nimmt Angelas andere Hand, die drei ziehen los.

Wir sehen ihnen hinterher, bis sie in einer Gasse verschwunden sind.

»Glück gehabt«, sagt Totò, »abbiamo avuto fortuna. Wir haben Glück gehabt.«

»Und jetzt?« sage ich.

Wir sind ziel- und absichtslos am Meer entlanggegangen, wortlos.

Irgendwann werfe ich einen Blick hinaus in den Golf, auf die *Odessa.** Friedlich liegt sie und ruhig. Als ob nichts wäre. Als ob sie dazugehörte, längst ein Stück Napule.

»Hast du einen vernünftigen Vorschlag, Tschenett?«

Einige Sekunden lang muß ich dann doch nachdenken. Bis ich, endlich, wieder ins eigene Leben zurückfinde. Lange her, es gelebt zu haben. Lange her, daß ich in diese Stadt gekommen bin. Eineinhalb Tage. Lange her, daß ich an Bord der *Hefaistos* gegangen bin. Und ich erinnere mich, in der Meerenge von Messina, mitten im Schneesturm gedacht zu haben: Wenn das bloß kein Fehler war.*

»Also, Tschenett?«

»Ein Glas, eine Zigarette, eine Zeitung. Bin neugierig, was in der Welt so los ist.«

»Das sollte sich machen lassen.«

Nichts ist los in der Welt. Bomben, Beutegeier, Bibeljünger. Bigamie, Bißverletzung, Bilanzfälschung. Besucherboom, Belagerung, Bestechung. Bezirksmeisterschaft, Beischlafdelikt. Totò hat sich den Sportteil gegriffen.

Mir reicht es für heute. Ich lege die Zeitung zur Seite und fülle einen Lottoschein aus.

»Was soll das?« sagt Totò.

»Vielleicht«, sage ich, »vielleicht ist das ja heute dein Tag. Und vielleicht haben wir noch einmal Glück. Hier, schenke ich dir.«

Totò schüttelt ungläubig den Kopf. »Du wirst nie schlauer.«

»Sehr wahrscheinlich ist das nicht, nein.«

Glossar

S. 7 *Die Weltmeere sind der* Hefaistos *längst zu weit geworden.*

Nur zu, Tschenett, in Saloniki gestrandeter Seemann, sagt Jorgos, der wie alle Wirte hier in der Straße ein Leben als Matrose hinter sich hat, nur zu. Wird Zeit, daß du dich nach all den Jahren wieder aufs Wasser und in die Welt traust. Und die *Hefaistos* ist nicht die schlechteste aller Möglichkeiten. Ich kenne den Kapitän, aber kennst du die Geschichte des Hefaistos? Traurig düstere Gestalt, wenn du mich fragst, nicht ohne Charme. Sollte dir gefallen. Kommt der kleine Hefaistos also leider eines Tages mit verkrüppelten Füßen zur Welt, und dann, aber da streiten sich die gerichtlichen Instanzen noch, wirft ihn entweder sein Vater Zeus erbost oder seine Mutter Hera enttäuscht aus dem Olymp, und ich meine wörtlich: direkt aus dem Olymp ins Meer. Es findet sich eine gute Seele, die das kleine Unglück aufzieht, er wird Schmied und schmiedet

Waffen und Schmuck und erarbeitet sich Ruhm und Ruf (und Anrufungen als Gott des Feuers, der Handwerker und der Künste), ein Ruf, der irgendwann, obwohl der Kerl immer noch verkrüppelt ist und wegen seiner Schmiedearbeiten in den Feuern des Vesuvio andauernd verdreckt, nicht unbedingt der ideale Schwiegersohn also, und trotzdem und weil eben Schmuck und Waffen, unschlagbares Duo, findet sich eine begehrenswerte Gemahlin für ihn: die gute Afrodite, die schönste aller Frauen. Die ihn prompt mit Ares betrügt; der ist hübscher, ist ja auch General und Kriegsgott (und, genaugenommen, sogar sein Bruder. Was aber, wegen der verkrüppelten Füße und dem Sturz ins Meer, nicht zählt). Das, sagt Jorgos, ist Hefaistos, mein lieber Tschenett. Und das da draußen, hinter dem Tanker, das rostige Stück Frachter, das du da siehst, ist die *Hefaistos*. Und gute Reise, kalo taxidi.

S. 7 *Also zieht sie östlich der Säulen des Herkules ihre immergleichen, ventilaufreibenden Runden.* Die Welt wird ja immer kleiner, glaub es mir. Als ob sie, machte sie sich weniger, auch weniger eklig würde. Vor kurzem erst haben sich die Säulen des Herkules verschoben: von Gibraltar an die Engstelle des Mittelmeeres zwischen Sizilien und Afrika. (Mutwillig verschoben, könnte man auch sagen; Wissenschaftler machen sich über das, was sie anstellen, selten Gedanken.) Was nicht nur zur Folge hat, daß die eigenartig verquere Geographie des Herodot plötzlich prüfungstauglich geworden ist, sondern eben auch: daß die Welt kleiner. Zumindest die der *Hefaistos*, die ihre Runden dreht, brav und weiterhin innerhalb der Grenzen der bekannten Welt. Wieso sollten alte Frachter tapfer sein?

S. 8 *Für gewöhnlich garantiert ein Seesack die wenigen Dinge, die ein einigermaßen vernünftiger Mensch zum Leben braucht.*

Hast ja recht, Totò, sagt Tschenett eines Abends: Natürlich garantiert ein Seesack erst einmal gar nichts. Ein Seesack ist ein Stück heruntergekommener, ehemals reißfester Stoff, der an einigen Stellen bereits seinen schwachen Charakter erkennen läßt. Das ist ein Seesack. Man sollte sich da nichts vormachen lassen: Alles, was zwar wie ein Seesack aussieht, aber neuwertig ist, alles, was unstrapaziert durch die Welt zieht, wie unentdeckt unbeleckt, gesichtslos, ist Betrug. Nichts als Beschiß. Deutlich zu teuer bezahlt, egal wieviel; jeder chromscheckige Hartschalenkoffer die bessere Wahl, jedes Aluminiumungetüm passender für den, der immer weiß, wo er losfährt, und jederzeit ahnt, wo er ankommt.

S. 11 *Und weil Jorgos, der Wirt des Kafenions* Majestic...

Vgl. dazu das Gedicht »Paralia / Nikis« in: »Offene Rechnungen / Anoichtoi Logariasmoi«, Haymon 2000

S. 12 *Wir trinken noch unseren* metrio, *und dann geht's los.*

Genaugenommen, sagt Jorgos, genaugenommen gibt es siebenundvierzig Arten, den Kaffee zu kochen, falls man ihn griechisch kochen will. Metrios ist nur die eine. Man kommt in diesem Land allerdings inzwischen mit drei, vier Arten aus, leider. (Es ist, als ob jeden Tag ein Ast abfallen würde vom Baum, nur die sturen, alten, verkrüppelten weigern sich. Und man schüttelt mitleidig den Kopf.) Manchmal, sagt Jorgos, mache ich mir ein Spiel daraus, manchmal verwirre ich mich und die Welt, manchmal nehme ich alle siebenundvierzig Namen für die siebenundvierzig Arten, den Kaffee zu kochen, siebenundvierzig Abwandlungen der Kombination von Wasser und Kaffeepulver und Zucker und Hitze, manchmal nehme ich die siebenundvierzig Arten aus purer Anbetung in den Mund, und es klingt mir wie eine Beschwörungsformel:

Me oliji. Mit wenig; drei Löffel Kaffee plus ein halber Teelöffel Zucker. Variglykos. Starksüß; drei Teelöffel Kaffee plus vier Teelöffel Zucker. Pollavariglykos. Sehr starksüß; vier Teelöffel Kaffee plus sechs Teelöffel Zucker. Elaphrys glykos. Leichtsüß; eineinhalb Teelöffel Kaffee plus fünf Teelöffel Zucker. Othomanikos. Ottomanisch; drei Teelöffel Kaffee plus sechs Teelöffel Zucker und viel Schaum. Glykivrastos. Süßgekocht; wie oben, nur weniger lang gekocht und mit weniger Schaum. Metrios. Mittel; drei Teelöffel Kaffee plus zwei Teelöffel Zucker. Metrios varis. Mittelschwer; drei Teelöffel Kaffee plus drei Teelöffel Zucker, öfters vom Feuer hochgenommen. Varis me miso. Schwer in halb; drei Teelöffel Kaffee plus sechs Teelöffel Zucker mit einer halben Tasse Wasser. Sketos. Ohne; drei Teelöffel Kaffee, ohne Zucker. Sketos varis. Ohne, stark. Sketos vrastos. Ohne, gekocht. Sketos elaphros. Ohne, leicht. Sketos mallon elaphros. Ohne, ziemlich leicht. Sketos misos vrastos. Ohne, halb gekocht. Sketos varis misos. Ohne, stark gekocht. Sketos elaphros misos. Ohne, leicht halb. Sketos mallon elaphros misos. Ohne, ziemlich leicht halb. Me oliji varis. Mit wenig, schwer. Me oliji vrastos. Mit wenig, gekocht. Me oliji elaphros. Mit wenig, leicht. Me oliji mallon elaphros. Mit wenig, ziemlich leicht. Me oliji misos vrastos.

Mit wenig, halb gekocht. Me oliji varis misos. Mit wenig, schwer halb. Me oliji elaphros misos. Mit wenig, leicht halb. Me oliji mallon elaphros misos. Mit wenig, ziemlich leicht halb. Metrios varis. Mittel, schwer. Metrios vrastos. Mittel, gekocht. Metrios elaphros. Mittel, leicht. Metrios mallos elaphros. Mittel, ziemlich leicht. Metrios misos vrastos. Mittel, halb gekocht. Metrios varis misos. Mittel, schwer halb. Metrios elaphros misos. Mittel, leicht halb. Metrios mallon elaphros misos. Mittel, ziemlich leicht halb. Ochi polla glykos. Nicht sehr süß. Ochi polla glykos vrastos. Nicht sehr süß, gekocht. Ochi polla glykos elaphros. Nicht sehr süß, leicht. Ochi polla glykos misos vrastos. Nicht sehr süß, halb gekocht. Ochi polla glykos varis misos. Nicht sehr süß, halb schwer. Ochi polla glykos elaphros misos. Nicht sehr süß, leicht halb. Ochi polla glykos mallon elaphros misos. Nicht sehr süß, ziemlich leicht halb. Ochi polla glykos mallon elaphros. Nicht sehr süß, ziemlich leicht. Me tesseris vrastos. Mit vier, gekocht. Me tesseris varis. Mit vier, schwer. Me tesseris elaphros. Mit vier, leicht. Me tesseris mallon elaphros. Mit vier, ziemlich leicht. Me tesseris misos vrastos. Mit vier, halb gekocht. Me tesseris varis misos. Mit vier, stark halb. Me tesseris elaphros misos.

Mit vier, leicht halb. Me tesseris mallon elaphros misos. Mit vier, ziemlich leicht halb. Glykos vrastos. Süß, gekocht. Glykos vrastos misos. Süß, gekocht halb. Variglykos. Schwer süß. Varis glykos misos. Schwer süß halb. Glykos elaphros. Süß, leicht. Glykos elaphros misos. Süß, leicht halb.

Jorgos, sage ich, wer hat so viel Zeit, um so viel Kaffee zu trinken?

Du, sagt Jorgos.

Ich schon, sage ich, sitze seit fünf Jahren hier am Hafen und habe nichts zu tun, als dir zuzuhören. Aber was heißt das schon?

S. 12 *Als wir in Saloniki ausliefen, schneite es noch immer. Über Athina lag ein dunkelgrauer Schneesturm, in der Meerenge von Messina brodelte es. Dieser Januar des Jahres 2002 meinte es gar nicht gut mit dem Mittelmeer.*

Und während solches Wetter am Hafen noch etwas von verquerer Beschaulichkeit haben konnte, leicht bedrohlich freilich, verbrannten im Hinterland die Olivenbäume unter Frost und Eis und werden erst in drei Jahren sich wieder erholt haben; glücklich, wem noch ein paar Liter Öl geblieben sind. »Und wie geht es deinen Bäumen?« Vorsichtige Telefonate in der Verwandtschaft: Interessennahme und Hoffnung in den windgeschützten Hang. Nahe der bulgarischen Grenze soll es Wärmeinseln gegeben haben, Wetterkapriolen in die Gegenrichtung. Oder hat man etwas falsch gemacht? Doch zuviel gedüngt, und die neue Tropfberegnung...? Was sich bei normalem Wetter (»aber, mein Gott, was ist heute noch normal, auf nichts mehr Verlaß, auf Winter und Frühling und Sommer schon gar nicht«), bei normalem Wetter in stolzem Behang niederschlug und bei sonntäglichen Spaziergängen stillen Neid weckte und einen leisen Satz zur Seite (»Ja, so kann ich auch, so ist das keine Kunst, aber ob es auch gutgeht, so?«) steht jetzt wie ein Schuldschein im Hain, und also macht man sich seinerseits auf zu sonntäglichen Spaziergängen an die Hügelhänge (ganz ohne Sonne diesmal, gar nicht gemütlich, Mantel fester um die Lungen gezogen, Knie wie eingefroren vom Wind, an den Schuhsohlen die Schneereste wollen sich nicht losklopfen lassen, als sei jedem seine Handvoll Weiß zugeteilt, wo immer er steht und geht); bis nach hier oben haben sich die schwarzen Schläuche der Tropfberegnung noch nicht vorgearbeitet, steht der Hain wie ehemals, und die Frage ist: Täuscht der Eindruck, trügt die Erinnerung, oder sehen die Bäume hier wirklich besser aus?

Das, sagt Totò, mußt du mir erklären: Was treibt dich unter Olivenbäume?

Das, sagt Tschenett, ist eine andere Geschichte. Bei Gelegenheit.

S. 15 *Die Fröste der letzten Wochen und die Trokkenheit der letzten Monate haben den italienischen Gemüsemarkt leergefegt.*

Und sofort regten sich schreiend die Gemüter: Beschiß! Und das Gerücht: Mafiöse Verschwörung! Und deswegen, mußt du wissen, sagt Totò: Es marschierten dieser Tage volluniformierte Carabinieri (es trifft bei solchen Gelegenheiten immer die Carabinieri; manchmal denke ich, sie selbst sind am wenigsten schuld an den Witzen, die man über sie macht: allein die schmucke Uniform schon rührt ans Zwerchfell), marschierten volluniformierte Carabinieri, immer im Doppelpack, über italienische Gemüsemärkte, von Stand zu Stand, nehmen einen *zucchino* in die Hand, drehen und wenden und fragen nach Preis, Zettel und Stift parat, hausfräuliche Einkaufsliste? Neues Paarverhalten? Oder? Und die Marktweiber reißen ihre Sprüche, willkommene Abwechslung: Kommt, Jüngelchen, der ist doch frisch und schön und groß und knackig, und nicht so schwammweich wie der vom Nachbarn, so'n *zucchino* kommt euch so schnell nicht mehr unter, oder? Der Preis? Zu hoch? Ah ja?! Wer, glauben Sie, Signor Maresciallo, macht denn die Preise? Wir? Das glauben Sie doch nicht wirklich, Signor Maresciallo, lassen Sie sich einmal die Welt erklären, so wie sie wirklich ist, und wenn Sie verheiratet wären, würde ich sagen, fragen Sie Ihre Frau, ich verstehe schon, Sie dienen Ihre Militärzeit als Carabiniere ab und stammen aus dem Friuli, was man hört, und wie man das hört, dieser Norden ist so weit weg, ein Wunder, daß das noch Italien sein soll, wer begreift das schon, aber unsereiner wird ja nicht gefragt, und jetzt sind Sie hier und so weit weg von zu Hause und von Mutter, wie geht's Ihrer Mutter, das freut mich zu hören, und immer in der Kaserne, ein Jammer, sind nicht einmal verlobt?, armer Kerl, wird schon wieder, sind doch ein strammer junger Mann, in meiner Jugend hätten Sie mir nicht über den Weg laufen dürfen, aber sagen Sie mir jetzt nicht, mein Preis sei zu hoch, zu hoch? Wie das? Wer, glauben Sie, bin ich? Ein Marktweib, hole meine Ware vom Großmarkt, schlage meine paar Lire drauf, Signor Maresciallo dei Carabinieri, damit eine inzwischen alte Frau, die immer noch vierzehn Stunden am Tag auf ihren dicken Beinen steht, ja, auch wenn Sie noch kein Maresciallo sind, sondern nur Appuntato, und auch wenn es nicht mehr Lire sind, sondern nur Euro, Signor Carabiniere, aber es sind immer noch alte Lire, die eine alte Frau wie ich nach Hause trägt auf ihren müden Beinen, und die Preise, die werden ganz woanders gemacht, gehen Sie in die Großmarkthalle, wo die Preise gemacht werden, und man wird Ihnen sagen, die Preise werden im Gemüsezentrallager gemacht, und gehen Sie ins Gemüsezentrallager, wo die Preise gemacht werden, und man wird Ihnen sagen, die Preise werden irgendwo in Sizilien gemacht, Sie wissen schon, alles Mafia, und gehen Sie nach Irgendwo in Sizilien, Sie wissen schon, alles Mafia, wo die Preise gemacht werden, und man wird Ihnen sagen, die Preise werden irgendwo anders gemacht und von irgendwem, und wieso nicht von Berlusconi?

Wie du siehst, sagt Totò, irgendwann läuft hierzulande alles Gespräch auf Signor B. hinaus, unweigerlich. Und der Appuntato dei Carabinieri drehte sich wortlos, sagt Totò, und zog seinen Kollegen am Uniformärmel hinter sich her. *Zucchini!* rief das Marktweib, zucchini a prezzi scontati!

S. 26 *Und irgendwo in den Kellergewölben dieser Festung, irgendwo in den Verliesen dieses Schlosses liegt ein goldenes Ei verborgen.*

Jetzt, weil der alte Mann davon redet, sagt Tschenett, fällt mir folgende Zeitungsmeldung wieder ein, mehr als ein paar Jahre ist sie nicht alt und geht ungefähr so: Ein buddhistischer Mönch aus Bangkok überzeugte Tausende von Menschen davon, daß seine Henne ein goldenes Ei gelegt habe. Eine wahre Prozession von Gläubigen suchte seinen Tempel auf, um dem Ei zu huldigen, Geschenke für den Mönch vorbeizubringen und das Ei um die Vorhersage der Lottozahlen zu bitten. (Wie genau das Ei sich darüber hätte mitteilen sollen, ist nicht überliefert.) Die mißtrauisch gewordene Polizei tunkte das magische Ei respektlos in Terpentin und stellte fest, daß es gefärbt war.

S. 27 *Als Aushilfskraft für einen jahrelang krankgeschriebenen* ispettore, *der an den* carciofi *in seinem Garten offensichtlich mehr Freude hatte als an uns.*

Tatsächlich läßt sich ein Leben vorstellen, das aus nichts als *carciofi* besteht: Aufzucht und Pflege, Speis und Trank. Der *carciofo* ist eine jener Pflanzen (und es gibt mehr von ihnen, als man im Zeitalter des grausam grassierenden Nestlèismus glauben mag), bei denen man sich jedesmal (vor jedem neuen Rezept und jedem neu folgenden Gericht) neu fragt, wie viele Menschenleben und wie viele Jahrhunderte es gedauert haben wird, um sich aus der Distel ein Gemüse zu erobern; unter welchen Leiden, Magenkrämpfen, Lautgelächter? (Heute weiß das Fremdwörterbuch: »Ar | ti | scho | cke *<nordit.> die*; distelartige Gemüsepflanze mit wohlschmeckenden Blütenknospen«. Und Duden notiert, etwas unentschieden: eine Zier- u. Gemüsepflanze.) Oder hast du darüber etwa noch nie nachgedacht? sagt Tschenett.

Deswegen nämlich haben wir, lieber Totò, wann immer wir können, die Märtyrer des Gaumens, stachelverletzten Helden unserer Küche, die kühnen Entdecker des *carciofo* zu ehren, der soviel Sturheit bis heute mit seinen drei Geschmäckern belohnt: der feinen Bitternis des Blätterfleisches, der nussigen Schmelze des Bodens und dem herben Zucker des Stiels. Drei Geschmäcker, eine Distel: was will man mehr?

Und nachzudenken wäre auch darüber (bei Gelegenheit; und die Frage ist dann immer, sofort: wann bieten sich solche Gelegenheiten, außerhalb des Staatsdienstes?), nachzudenken, wiederholt, wäre darüber, welchen Zusammenhang, welche geheimokkulten Verbindungsgänge es gibt zwischen Staatsdienern und Stechgemüse.

Alle, sagt Totò, alle mir namentlich oder angesichtlich bekannten *carciofi*-Züchter nichtindustriellen Zuschnitts sind oder waren: Postbeamte, Eisenbahner, Straßenwärter. Menschen, die einerseits über Zeit verfügen (die Zeit der anderen, die Zeit des Staatsvolkes, die Zeit der Schlangen in den Postämtern, der verlorengegangenen Züge, der Ewigbaustellen) und andererseits über zu wenig Hochmut und genug Liebe, um sich mit den unglücklich in Gläser gepreßten Artischockenböden anfreunden zu können.

Und deshalb frage ich dich, sagt Tschenett: Werden, sind sämtliche Privatisierungen einmal durchgeführt, die Agrartechnokraten als einzige sich um den carciofo kümmern? (Woraufhin er wohl unweigerlich verkümmern würde. So viel Würde ist ihm allemal.)

S. 29 *Wir sitzen auf einer Mauer, hinter uns das Castel dell'Ovo.*

Es ist eine dieser napoletanischen Geschichten, sagt Angela, die man zu erzählen hat, falls man erklären möchte, wie das Schloß zu seinem Namen gekommen ist. Nur zu, sage ich. Ich mache es kurz, sagt Angela. Wenn man die Geschichtsschreibung hernimmt, haben es die Normannen im 13. Jahrhundert gebaut, und der Name erklärte sich vom eiförmigen Grundriß her. Wenn man die Geschichten nimmt, war es der große Vergil, den man übrigens früh schon für einen Magier gehalten hat: er habe, sagt man, im Inneren des Kastells, das also schon sehr viel länger und eigentlich seit ewigen Zeiten bestanden haben müßte, ein Zauber-Ei gehütet, von dessen Unversehrtheit das Schicksal der ganzen Stadt abhing. Und wieder, sagt Angela, lebt man unter einem Damoklesschwert, und wieder ist ein anderer fürs eigene Seelenheil zuständig, ewige Abhängigkeiten, zeitlose Sklaverei, Unversehrtheit eben. Du übertreibst, sagt Tschenett. Natürlich, sagt Angela, und gerne. Übertreibung ist eine der vernünftigeren Möglichkeiten, durchs Leben zu gehen. Und beachte, però sta attento: ich spreche nicht von Hysterie, zeitgenössisch weitverbreitet, übel infektiöse Krankheit, Ende der Völker und Basis unserer Wirtschaft. Die Übertreibung aber, *l'esagerazione*, das Wort sagt es, es steckt in seiner Wurzel nichts als *azione*, die Übertreibung ist nichts als eine weitergehende Tat, nichts als der eine Schritt mehr, der Gang über die Grenze, nichts als Leben, so gesehen. Aber wie komme ich drauf? Damoklesschwert, Seelenheil, Sklaverei, Castel dell'Ovo, sagt Tschenett. Richtig, sagt

Angela. Vedi, siehst du, wie schnell man der *esagerazione* anheimfällt, ganz ohne böse Absicht? Und der alte Vergil sitzt auf seinem Ei und bedroht uns damit, tagtäglich (vorausgesetzt, wir lassen es zu), und alles hängt nur davon ab, ob der Alte einnickt oder besoffen vom Stuhl fällt: deine Zukunft und deine Vergangenheit. Hältst du das für ein vernünftiges Leben?

S. 30 *Es hat sich eine Wolke verfangen am Vesuvio, der Wind zerrt an ihr und zieht sie lang zur Fahne. Kleiner Betrug: noch raucht der Berg nicht wieder.*

Es ist, sagt Ciro, eine alte Geschichte. Ewig hat der Vesuvio Ruhe gegeben, und ewig rechnen wir damit, daß es vorbei ist mit der Ruhe. Ein ewiges Warten. So lange ist es her, daß der Vesuvio geraucht hat, daß wir uns auf die Skizzenblätter der Reisenden früherer Jahrhunderte besinnen müssen, unsere eigene Erinnerung ist längst verblaßt, sie verblaßt als erste, früher noch als die alten Fotografien. Aber die Fotografen und Zeichner und Beschreiber sind längst wieder weg, wir sind hier geblieben: und manchmal riskieren wir einen Blick auf den Berg, den wir *'a muntagna* nennen. Unseren Berg.

S. 31 *Es war der Tag des Massakers von Piazza Fontana, der Tag, an dem eine Bombe in der* Banca

Nazionale dell'Agricoltura *sechzehn Menschen zerfetzte, an die achtzig verletzte. Polizeioffiziell sollten es die Anarchisten gewesen sein. Ciro stellte sich vor uns hin, holte einmal tief Luft und sagte dann, still, fast unhörbar: »Ich sage euch: Es waren die Faschisten. Und wir decken sie.«*
Wenn ich damals, sagt Ciro, wenn ich damals nicht nur geahnt, sondern gewußt hätte, was ich heute weiß, wenn ich damals der gewesen wäre, der ich heute bin, wenn damals heute wäre, wenn gerade ungerade und schwarz weiß, wenn alles anders und alles vernünftiger, sagt Ciro, ich hätte euch, in jeder einzelnen Schulstunde an dieser verdammten Polizeischule, ich hätte euch eines ins Hirn gebleut, wieder und immer wieder, nur diese eine, kleine, russische Geschichte (weil sie alles sagt, was ich weiß, inzwischen; und vielleicht hätten wir heute ein paar vernünftige Kollegen mehr, wir würden sie dringend brauchen):

Da gab es diesen Evno Fiševič Azev. Irgendwann. Vor eigentlich längst undenklichen Zeiten. Und gar nicht so lange her. Eine große Figur, nicht umsonst längst vergessen. Evno Fiševič Azev war, im Jahre 1892, in den Dienst und auf die Zahlliste der Okhrana getreten, der Geheimpolizei der russischen Zaren. Als Spitzel,

Agent, Provokateur, was auch immer. Hatte Kontakt zu den Revolutionären aufgenommen, und: in der Folge Attentate geplant und ausgeführt. Gegen sechs Gouverneure, zwei Großherzöge, einen Prinzen, einen Generalstaatsanwalt, einen Admiral, zwei Generäle, einen Premierminister. Außerdem noch, um's abzurunden, gegen den Chef der Politischen Abteilung der Geheimpolizei, gegen den Innenminister Plehve und, warum nicht, gegen den Zaren selbst. Nicht alle Attentate waren erfolgreich, wie's eben so geht im Leben. Vielleicht wollte er es nicht besser können, vielleicht konnte er es nicht besser: wir werden es nie wissen. Was wir aber wissen, ist: Als Evno Fišelevič Azev aufflog, siebzehn Jahre später, als die Untaten des guten Mannes ans Licht kamen, ging Regierungschef Stolypin vors russische Parlament und bestätigte, daß dieser Umstürzler und Mörder all die Jahre auf der Lohnliste der Geheimpolizei gestanden hatte. Vorher hatte die aber ihren Spitzel, Agenten, Provokateur schon längst aus dem Verkehr gezogen und in Sicherheit gebracht. Und Evno Fišelevič Azev lebte glücklich und zufrieden und ruhig und weiter.

Prufesso', du ziehst dich in die Frühgeschichte zurück wie in deine Sprichwörter, sagt Totò.

Wird sein, sagt Ciro. Sag mir, was einem sonst bleibt, bei den Zeitläufen?

Und Totò nickt. Und Totò schüttelt den Kopf.

S. 32 *Wenn du mich fragst, ist das der Tag gewesen, an dem sein Polizistenherz einen Sprung bekommen hat. Und in den letzten dreißig Jahren ist genug passiert, um die Kluft zwischen ihm und seiner Polizei noch weiter zu vergrößern. Piazza Fontana ist seine offene Wunde.*

Hör zu, Totò, genau davor habe ich euch doch immer wieder gewarnt, oder? Es bringt nichts, die Dinge unnötig zu dramatisieren. Damit spielst du nur den anderen in die Hand; notwendig aber ist kühle Überlegung, auch wenn das, zugegebenermaßen, nicht immer einfach ist. Und wenn du schon von *offener Wunde* sprechen willst, dann bitte nicht im Zusammenhang mit mir, sondern mit der Seele unseres Staates. Und im Zusammenhang mit Valpredas Geschichte zum Beispiel. Oder wie soll man es sonst nennen? Wenn da, drei Tage nach dem Massaker von Piazza Fontana, unter anderem der Balletttänzer und Anarchist Pietro Valpreda und der Eisenbahner und Anarchist Giuseppe Pinelli verhaftet werden und man ihnen die Sache unterschiebt (wissend, was man tut; immerhin haben geheimdienstfinanzierte und polizeiunterstützte Faschisten aus dem Veneto den Anschlag ausgeführt). Und während Valpreda bereits in Rom der Presse vorgeführt wird (der Untersuchungsrichter dreht sein Gesicht in Richtung der Kameras, »zeig dein Gesicht, Monster«, und schon hat der Tänzer seinen Beinamen, Valpreda das Monster; wenn da am selben Tag der Eisenbahner Pinelli bei einem Verhör aus dem Mailänder Polizeipalastfenster zu Tode fällt und der Ruf nach dem Rettungswagen schon abging, bevor er überhaupt gestürzt worden war, wenn da der eine tot und der andere auf die absehbare Verurteilung wartet; wenn währenddessen der bei Pinellis Fenstersturz leitend verhörende Commissario Calabresi auf offener Straße erschossen wird (was Jahre später, nach einer Serie von skandalösen Prozessen und dubiosen Zeugen, den Journalisten und Schriftsteller Adriano Sofri in einen de facto lebenslänglichen Knast bringen wird, aus dem heraus er jetzt seine Bücher schreibt); wenn es bis ins ferne Jahr 1987 dauern wird, bis Valpreda endlich freigesprochen wird (wenn auch, zu mehr läßt sich dieser Staat nicht herab, nur aus *Mangel an Beweisen*, zu groß ist seine Schuld: sich nicht zum Monster geeignet zu haben); wenn dieser Mann dann alt wird und älter, und Schriftsteller auch, wenn er bis in den Juni 2001 warten muß, bis ein Gericht dieses Staates drei Faschisten zu je lebenslänglich verurteilt für das Massaker von Piazza Fontana, nach Jahrzehnten der Lüge, wenn Valpreda dann sagt: »Einen Wunsch habe ich noch im Leben: Das Wort *Ende* setzen zu können hinter das, was das Massaker von Piazza Fontana war. Und zwar nicht, was die Gerichte betrifft, sondern die Wahrheit.« Und wenn dann dieser Tänzer und Anarchist, Barbetreiber und Schriftsteller, wenn dieser Mann dann am 6. Juli 2002 endlich stirbt und immer noch nicht die ganze Wahrheit auf dem Tisch liegt; wenn einer der Täter, Delfo Zorzi, seit ewig und unangreifbar als Millionär in Japan lebt; wenn Carlo Diglio, der Sprengstoffexperte und CIA-Mitarbeiter, straffrei ausgeht, weil er gebeichtet hat; wenn die italienischen und transatlantischen Polizeien, Geheimdienste und Politiker, auf deren Putschistenmist das alles wachsen und gedeihen konnte durch die Jahrzehnte, wenn die in Ruhe straflos und weitgehend namenlos ihre Rente genießen; wenn dieses Land immer noch nicht alles weiß, was zu wissen dringend not täte; wie hat man das dann zu nennen, wenn nicht: *eine offene Wunde*? Davon, wenn schon, wäre zu reden. Und nicht von mir, Totò.

Ob er das damals schon ahnen konnte, unser *prufessore*, sagt Totò, was wir heute in den Zeitungen lesen können, im Mai 2005? Daß der Oberste Gerichtshof die drei Faschisten dann doch wieder, und zwar letztinstanzlich, freigesprochen hat, während die Angehörigen der Opfer die Prozeßkosten zu tragen haben. Und wie die Wunde jetzt zu nennen wäre? Wenn ich wenigstens wüßte, ob ich ihn anrufen soll, unseren *prufessore*, sagt Totò, und wenn ja: was sagen?

S. 33 *Und für Altmatrosen wie unsereinen die schaudernde Erinnerung an das eisige Nordmeer.* Vgl. dazu: »Azzurro. Ein Tschonnie-Tschenett-Roman«, Haymon 1998, Diogenes Taschenbuch 2001

S. 34 *Stößt mit diesen Hörnern einmal zu,* fa le corna, *das Uraltzaubermittel, um Bösen Blick,* jettatura, *Unglück und Mißgeschick von sich zu wenden.*

Diese Hörner, die einer da macht in Hoffnung und Glauben, es funktioniere, sind längst zu einem Instrument der italienischen Politik geworden, sagt Totò. Schon Jahrzehnte her, aber immer noch berühmt, sind die *corna*, mit denen sich der damalige Staatspräsident Giovanni Leone zu schützen glaubte, als er, in der Stadt war gerade eine Choleraepidemie ausgebrochen, nach Napoli kam. Bekannt sind Fälle von politischem *corna*-Einsatz bei Volksvertretern, die ausgebuht wurden. Man fragt sich aber immer noch, wieso Signor B. zu diesem Mittel griff, als nach einem Treffen der EU-Außenminister im spanischen Cacares das übliche Abschlußfoto geschossen werden sollte? Weil in Spanien ein Prozeß gegen ihn läuft?

Und die *jettatura*, sagt Angela, hat ihre eigene Geschichte. (Natürlich hängt es zuallererst davon ab, ob man daran glaubt oder nicht. Unter uns: manchmal glaube ich selber daran, aber sag Ciro nichts davon.) Dabei ist es, eigentlich, schon unmöglich, den *jettatore* und die *jettatura* zu beschreiben, ohne ihm oder ihr zum Opfer zu fallen. Es ist, eigentlich, nichts als der Böse Blick, wir reden von den Menschen, die die Fähigkeit haben, ihn dir anzuhängen. Manchmal mit zwei Worten. Es reicht, wenn einer sagt: Sie haben aber erstaunlich gute Ohren; und schon bist du taub. Laß dich also von Fremden nie loben. Schon Vergil schrieb: »Irgendein Böser Blick verhext mir die Lämmer«, und 1994 hat ein Abgeordneter im italienischen Parlament gesagt: »Verehrte Kollegen, dieser Regierungschef, dessen Namen ich nicht aussprechen werde (Tschenett: Er hatte Angst, es würde ihm schaden; deswegen halte ich es selbst jetzt auch so), bringt Unglück! In sechs Monaten Regierungszeit Cholera, Überschwemmungen und andere Naturkatastrophen. Er bringt Unglück, er bringt Unglück!« Das kann man so sehen oder nicht, das kann man glauben oder nicht. Tatsache aber ist, daß der berühmteste *jettatore*, der Herzog von Ventigliano Cesare della Valle, es bis in Alexandre Dumas' *Corricolo* geschafft hat und dort folgendermaßen beschrieben wird: Als er zur Welt kam, sei seine Mutter gestorben; als er ins Priesterseminar ging, sei dort eine Keuchhustenepidemie ausgebrochen; er ging in Napolis Opernhaus, das San Carlo, und prompt brach ein Feuer aus; und schlußendlich, sagt man, habe er Papst Pius II. die Hand geküßt, woraufhin der umgehend verstarb.

Gute Sache, sagt Tschenett, der optimale Auftragskiller.

S. 36 *Fuori dai coglioni, rompicoglioni.*
Dann sag mir, Tschenett, wie sich dieses italienischste aller italienischen Schimpfwörter ins Deutsche übertragen läßt. (Wörtlich gerne mit Eiertreter. Aber das sagt uns nichts.) Immerhin, Totò, gilt es folgendes festzuhalten: Alles, was im Italienischen mit *cazzo* wie *coglione*, mit Pe-

nis und Hoden, Schwanz und Sack zu tun hat, läßt sich angemessen ins Deutsche nur per *Arsch* transponieren. (Und jetzt sag du mir, was uns das sagt. So über die Völker im allgemeinen und ihren Zustand im besonderen.) Und dann sag mir, was den italienischen Innenminister und Zuchtmeister des Signor B. getrieben hat, den von Terroristen (man spricht von den Neuen Brigate Rosse. Was soll, bitte, das sein? fragt man sich vorsichtig, schließlich kennt man die Geschichte der Unterwanderung der Alten Brigate Rosse) erschossenen Wissenschaftler und Regierungsberater Biagi, ins Grab hinein noch, sozusagen, einen *rompicoglioni* zu heißen? Etwa weil, wieso auch immer, dem armen Biagi die Leibwächter verweigert worden waren? Im übrigen wette ich: Hätte er ihn bloß einen Hurensohn genannt, er säße heute noch in Amt und Würden und Dienstfahrzeug.

S. 36 *L'arma (dei carabinieri).*
Die Waffengattung der Carabinieri, mein Lieber, sagt Totò, das muß man sich auf der Zunge oder besser noch im Hirn wie *Mousse di parmigiano* zergehen lassen: Ordnungskräfte eines vermeintlich zivilen Staates in einer Reihe mit anderen Waffengattungen wie Marine, Luftwaffe, Heer; kasernierte Polizisten, vordemokratischer Put-

schistenscheiß (und wenn sie vor Gericht sollen, oder gar in den Knast, pinochetieren sie sich in die Dementia, feige Schweine ohne cogliones). Und nicht nur, sagt Totò, weil es zwischen den staatlichen Sicherheitsorganen der Polizia di Stato und der Carabinieri Feindschaft gibt, ewige, zuweilen bis aufs Blut, zuweilen durchaus zu Vorteil und Nutzen glücklicher Gauner; und nicht nur, sagt Totò, weil mein Vater selig Maresciallo der Carabinieri war, weswegen es dann doch mein Gang auf die Polizeischule gewesen sein wird, der ihn ins Grab gebracht hat, in voller Uniform, also auch in seinen frischgewichsten Stiefeln (nichts trauriger als die Vorstellung, was den armen Füßen des Mannes in Sarg und Stiefeln alles noch bevorstand an seinem Ende, nachdem er auf ihnen ein halbes Leben lang am Straßenrand von einem Hühnerauge aufs andere gewechselt war; und welche Verzweiflung der Würmer, an das gedunsene Fleisch, das die Stiefel längst zum Zerreißen gespannt hatte, nicht herankommen zu können, und die Frage: würden die Stiefel platzen und wann?, so stand ich am Sarg, hatte durchaus detaillierte Bilder im Kopf während seiner Grablegung, und deswegen auch ein Lächeln, das ich allerdings niemandem hätte erklären können); nicht nur deswegen ist mir diese Truppe zutiefst verhaßt, und es schrillen die Alarmglocken. Und die buchstabieren sich so: Alarm: all'armi! Zu den Waffen! So einfach ist das mit der *Arma dei Carabinieri.*

Eine Nachfrage, sagt Tschenett, *Mousse di parmigiano*?

Allerdings, sagt Totò. Ist aber ein höllisch perfides Rezept, klappt nur jedes zweite Mal, was Spaß macht bei dem Viertelkilo Parmigiano Reggiano, der dabei daran glauben muß. Andererseits: Wenn es funktioniert, gibt es nichts Schöneres, als diesen knochentrockenen Parmigiano sich plötzlich als kühle Mousse auf der Zunge zergehen zu lassen. Laß uns eine Hütte bauen und uns an diesem Rezept versuchen. Nachher weißt du mehr vom Leben.

Und wie sieht das Rezept aus? sagt Tschenett.

Da, sagt Totò, wirst du noch etwas warten müssen. Bis es mit der Hütte so weit ist.

S. 49 *Und alles deine Schuld, Tschenett, und alles deine Geschichte.*
Vgl. dazu: »Der Tote im Fels. Ein Tschonnie-Tschenett-Roman«, Haymon 1993, Diogenes Taschenbuch 1999

S. 50 *Freund Totò. Ist einer von denen, seit jeher, solange ich ihn kenne, jedenfalls, und das sind inzwischen runde dreizehn Jahre.*

Vgl. dazu: »Grobes Foul. Ein Tschonnie-Tschenett-Roman«, Haymon 1993, Diogenes Taschenbuch 2000

S. 60 *Und da wohl* parmigiana di melanzane, *hinter diesem Fenster, man bekommt Hunger und die Versuchung steigt, so lange stehenzubleiben davor, bis es sich auftut und eine gütige Hand dir einen Teller hinhält.*

Es gab, sagt Tschenett, eine Zeit, in der ich nicht anders konnte, als regelmäßigst, wöchentlich meist, mir eine *parmigiana di melanzane* zu machen. Aus sozusagen philosophischen Gründen. Die eineinhalb, zwei Stunden in der Küche, die zwei, drei Tage, die ich hinterher mir meine *parmigiana* auf den Teller legen konnte, die zweieinhalb Freunde am Tisch: sie haben mich jedesmal neu friedlich gestimmt. Und heute noch, wenn es cinmal ganz schlimm kommt: *parmigiana di melanzane*. Ein Allheilmittel.

Und, sagt Angela, Napules geheime Nationalspeise, wenn du mich fragst. Laß uns die Rezepte vergleichen.

Einfach, sage ich, es ist einfach genug, wichtig ist eine gewisse Ruhe: Ein rundes Kilo *melanzane*, die guten; in Scheiben schneiden und salzen. Teller drauf und ein zusätzliches Gewicht, ein bis zwei Stunden stehenlassen; das Bitterwasser wegschmeißen, die *melanzane* waschen, trocknen und in heißem Olivenöl goldgelb ausbacken. Vorher haben wir ein gutes Kilo Pelati mit etwas Zwiebel und Knoblauch und Basilikum aufgekocht zu einer sämigen Sauce. Basilikumblätter und ein schönes Stück Mozzarella dünn schneiden. Zwei Eier mit etwas Salz und Pfeffer, einer Viertel Handvoll geriebenem *parmigiano* und einer halben Handvoll Tomatensauce verrühren. In eine feuerfeste Form eine erste Schicht *melanzane* legen. Mit *parmigiano* bestreuen. Basilikumblätter und ein paar Löffel Eiersauce darauf. Ein guter Löffel Tomatensauce und Mozzarellawürfel drüber. Neue Schicht *melanzane*. *Parmigiano*. Basilikumblätter. Eiersauce. Tomatensauce. Mozzarella. Undsoweiter. Zuoberst die Sauce und gut *parmigiano*. Und ab in den Ofen, halbe Stunde, dreiviertel Stunde: Man sieht es, wenn es soweit ist. Und nie wärmer als leise lauwarm essen. Am nächsten Tag schmeckt sie noch besser.

Sehr schön, sagt Angela, von der *parmigiana* her gesehen könnte man dir den Zuzug nach Napule genehmigen. Es gibt eine Variante dazu, die ich sehr liebe, die allerdings etwas mehr Arbeit macht.

Was uns egal ist, sagt Tschenett, vernünftigerweise haben wir sonst nichts zu tun.

Wir schneiden also, sagt Angela, die *melanzane* in etwas dickere Scheiben von einem Zentimeter etwa. Und schneiden dann, Geduld, Geduld, seitlich Taschen in diese Scheiben. Etwas Wasser ziehen lassen. Rühren uns mit zwei Eiern und ordentlich *parmigiano* sowie etwas Salz und Pfeffer und Basilikumstreifen eine dicke Paste. Füllen die Taschen damit. Drücken sie seitlich gut zusammen und backen sie in Erdnußöl goldgelb heraus. Dann kommt die übliche Stapelei, wir lassen aber die Eiersauce und die Mozzarella weg und nehmen etwas mehr Basilikum und *parmigiano*. E voilà, wo auch immer sie sich herumtreiben, die Freunde, sie werden den geheimen Ruf der *parmigiana* hören und bald vor der Tür stehen.

S. 67 *Tatsächlich gibt es das große kapitale Verbrechen nicht mehr, spätestens seit Andreotti freigesprochen, Berlusconi verjährt und der eine oder andere Faschist an der Regierung ist.*

Andererseits, soviel ist abzusehen, sagt Totò: Andreotti bekommt seinen Prozeß wieder an den Hals, wegen Zusammenarbeit mit der Mafia, Signor B. wird weiter beide Hände brauchen, um seine Richter zu zählen, egal, welche Gesetze er sich zurechtschreiben läßt, und wir werden ihn noch erleben, irgendwann, den Ministerpräsidenten, der bis ins erwachsene Alter hinein Chef der Jungfaschisten war. Ich weiß gar nicht, was du hast? Da kommt doch Freude auf.

S. 68 *Die Ordnung der Neuen Zeiten macht unsereinen überflüssig.*

Und ich weiß genau, was ich sage, sagt Ciro. Eine der faschistischen Terrortruppen vergangener Jahrzehnte, amtlich gehegt und mütterlich gepflegt, *coccolata*, rund um die Uhr einsetzbar und immer wieder eingesetzt, hieß wie? Eben: *Ordine Nuovo*, Neue Ordnung. Wobei man sich die Entstehungsgeschichte dieses Vereins zu Gemüte führen muß, den Stammbaum, wenn du so willst. Da haben wir einen gewissen Major Karl Hass, 1934 in den deutschen Sicherheitsdienst eingetreten, ab 1943 Geheimdienstoffizier in Italien, Jahre später zusammen mit Priebke wegen des Massakers an den *Fosse Ardeatine* verurteilt, bei Kriegsende in einem italienischen Kloster untergetaucht, wird er 1947 von einem amerikanischen Agenten des *Counter Intelligence Corps* (CIC) angesprochen, kommt auf dessen Vermittlung (längst ist der Kampf gegen den Kommunismus zu kämpfen) ins österreichische Linz, die amerikanischen Freunde betreiben da eine Spionageschule für geläuterte Nazis, in Italien stehen die Wahlen bevor, die Dorfpfarrer verteilen Gewehre und Maschinenpistolen für den Fall, daß die Gottlosen dann doch die Wahlen gewinnen sollten, also kehrt Hass auf Bitten und Vermittlung des CIC nach Italien zurück, die falschen Ausweispapiere kommen aus dem Innenministerium. Hass selbst wird 1996 in einem Verhör berichten, unter der Leitung von Pater Felix Morlion gestanden, mit Giorgio Almirante und anderen führenden Alt- und Neofaschisten zusammengearbeitet und von den Amerikanern monatlich 1000 US-Dollar Entlohnung bekommen zu haben. In dieser Umgebung entsteht *Ordine Nuovo*, ursprünglich als sogenanntes *Studienzentrum des neofaschistischen MSI* geplant, später als Rechtsabspalter in Sicherheit gebracht, aber immer unter der Kontrolle italienischer wie amerikanischer Geheimdienste. Was die Jahre 1965 bis 1974 betrifft, ist vor allem ein gewisser Capitan Carrett zuständig, der deswegen (wie einer seiner Mitarbeiter vor Gericht ausgesagt hat) vor dem Massaker von Piazza Fontana bereits wußte, daß kapitale Anschläge geplant waren; nicht nur: er kannte und nannte damals auch die dazugehörigen Namen, Delfo Zorzi und Kollegen. Die italienische Justiz hat 30 Jahre gebraucht, um auf diesen Namen zu kommen. So einfach ist das. Deswegen liebe ich die Neue Ordnung, liebe ich die Neuen Zeiten. Nichts wie ran an die Neuordnung der Neuen Zeiten.

Dazu passend, sagt Totò, daß eine rechte Absplitterung von *Alleanza Nazionale*, Rechtsnachfolger des MSI und Regierungskoalitionär, dieser Tage mit folgendem Namen auf den tagespolitischen Markt drängt: *Forza Nuova*. Gute Mischung aus dem Parteinamen des Signor B. und der Terrortruppe der Staatsmächte, *Forza Italia* und *Ordine Nuovo*. Oder ist das zuviel der Kaffeesatzleserei?

Wir werden es, sagt Tschenett, wir werden es wieder einmal in dreißig Jahren wissen.

S. 68 *Bist du etwa noch in der Kirche?* Sancta romana simplicitas.

Oder kennst du die Geschichte nicht? Als Jan Hus, wir schreiben das ferne Jahr 1415, in Glaubensfragen und im Glauben, man würde sich an das freie Geleit, das ihm zugesichert worden ist, auch halten, zum Konstanzer Konzil anreist, landet er, wo? Richtig: direkt auf dem Scheiterhaufen. Und als, das Feuer brennt schon, aber noch recht gemütlich, ein glaubenstiefer Konstanzer Bauer mit eigenen Händen Holz herbeiträgt, um der römischen Kirche bei ihrer schweren Pflicht zu helfen, sagt Hus, lächelnd:

Heilige Römische Einfalt. Sancta romana simplicitas. Tschenett, laß das, sagt Ciro, rede mir nicht vom Scheiterhaufen. Da bin ich dann doch etwas abergläubisch. Und macht *le corna.*

S. 78 *Alles neu hier, alles Bassolino; die Stadt hat sich herausgeputzt die letzten Jahre, die verlorenen Cousins leben weiter in den Ghettos am Stadtrand.*

Man muß ihn nicht mögen, sagt Angela, man muß ihn nicht lieben, ich schon gar nicht; aber er hat, dieser Antonio Bassolino, Exkommunist und von 1993 bis 2000 Bürgermeister in dieser Stadt, seither Präsident der Region, er hat auf der Bugwelle *Tangentopolis* (der Große Waschgang für die korrupte Herrschaftsschicht unseres Landes, die einen gingen ins Gefängnis, die anderen ins Exil, die ganz Cleveren in die Politik), er hat zu einem Umdenken geführt in dieser Stadt. Und seither funktioniert einiges wieder so, wie es sollte, vor allem im Stadtzentrum.

Tatsächlich, sagt Tschenett, stehen an manchen Ecken rund um den Zionskirchplatz in Berlins Mitte, inzwischen Treffpunkt der Jungaufstrebenden und Reichstagslobbyisten, die Dreckhäufen längst höher: das nur, weil der Deutschtourist den Süden so gerne in Müllzentimetern berechnet.

S. 79 *Die verlorenen Cousins leben weiter in den Ghettos am Stadtrand, ganz gleichgültig welcher Rasse, und die einzige Freude im Leben sind die Millionen geklonter Chips fürs Pay-TV.*

Die Peripherie allerdings, sagt Angela, hat noch nicht viel abbekommen von den neuen Zeiten, vieles ist noch beim alten geblieben. Und zu den italienischen Flaggen, die über den Innenhöfen flattern, sind höchstens die blauen von *Forza Italia* dazugekommen: in solcher Umgebung organisiert die Camorra dann ihre Marienerscheinungen, kleine Volksfeste, und wer die Augen zum Himmel hebt und keine Muttergottes sehen kann, entdeckt garantiert die Satellitenschüsseln: auch eine Art, sich dem Ewigen anheimzustellen. Mehrkanal, Splitscreen, Cockpitkamera, dreiunddreißig frei wählbare Kamerapositionen. Da aber die Bewohner der napoletanischen Peripherie sich Pay-TV genaugenommen genausowenig leisten können wie Reiseveranstaltungen zugunsten der Jungfrau Maria, hat man die schede tarrocate in Umlauf gebracht, geklonte, äußerst preisgünstige Zugangschips eben, Manna vom camorristischen Himmel.

S. 80 *Als ob das einer dieser sonnachmittäglichen Spaziergänge unter befreundeten Ehepaaren wäre …*

...die, in Italien, natürlich ohne Fußball kaum denkbar sind; die Radioübertragung, erregt wie im Fernsehen nie, schnelle Schaltungen von einem Stadion ins andere, *Qui Milano, siamo al trentacinquesimo minuto, dopo fallo di...*, läßt jedem sein Recht und gibt, vor allem, den Rhythmus vor: Wenn's hart auf hart kommt, bei einem kleinen Funkloch in spielentscheidenden Minuten, laufen die männlichen Spazierer im Kreis, längst keine Spazierer mehr, so lange, bis man aufatmend halbentspannt weiterpromenieren kann an die nächste Ecke, und bis die Sanitäter ab und der Auswechselspieler aufgelaufen ist, stimmt es mit dem Empfang längst wieder, also ziehen vorne die Kinder, und hinten bremsen die Männer, und so ziehen sich die Familien auseinander und zusammen, die Frauen als Gummiband in der Mitte, und in der zweiten Halbzeit läuft alles in die Gegenrichtung, Feldwechsel, und man kreuzt sich, irgendwann, wieder mit den anderen dieser Sonntagnachmittagsgruppen, und nickt kurz, wie immer an diesen Nachmittagen, und selbstverständlich weiß man um den Hausverein der Herren, die einem da entgegenkommen, und gegebenenfalls, falls man sich halbfreundschaftlich zugewandt ist, fällt ein Wort oder zwei, wird gönnerisch hinübergeworfen, von wegen: Das war jetzt aber mehr Glück als Tor, und zurück kommt: Ihr verliert heute 3:2, wetten? Und um das zu verhindern und den *malocchio* und die *jettatura* abzuwenden, greift man sich in den Schritt, spuckt über die linke Schulter, kreuzt die Finger und schreit dem Ältesten, der gerade gegen einen Baum gelaufen ist und jetzt weinend dasteht, kleine Schramme überm Auge, zwei Tropfen Blut, schreit dem Ältesten zu: Paß gefälligst auf, und der Ehefrau: Willst du, daß dein Sohn sich umbringt? Am Ende gibt es dann, je nach Spielausgang, mehr oder minder freiwillig: Eis. Für alle. Und ausführliche Meta-Analyse. Die Frauen sind sich inzwischen einig, wer von den jungen Männern, die nach Japan zur WM fahren, am appetitlichsten ist.

S. 82 *Nicht genug: Unter Stadt und Unterstadt entdeckte man dieser Tage was? Eine riesige Lavablase, auf der das alles schwimmt.*

Auf der alles im ungewissen bleibt, vorläufig, sagt Ciro. Als ob wir das nicht gewohnt wären, als ob man nicht längst diese Ungewißheit sich als Grundsatz gesetzt hätte, als ob wir das nicht immer schon gewußt hätten, ohne es zu wissen. Dabei mehr als eine Ahnung. Als nüchterner Mensch liest man dieser Tage in der Zeitung, in acht Kilometer Tiefe würde sich, untergründig, ein vierhundert Quadratkilometer großer Lavasee breitgemacht haben, vom Vesuvio bis zu den Campi Flegrei, sie haben es mit, im Ernst, Luftdruckkanonen vermessen. Soll ich euch etwas sagen? Weil ich es immer gewußt habe, kann ich es jetzt nicht glauben.

Ach, Ciro, sagt Sera, jetzt bist du auch noch schlauer als die Wissenschaftler, oder?

S. 85 *Schrittwechsel. Militärisch nie geübt. Zivil oft geprobt, vergebens.*

Das, ja, ist eine Frage: Wie es einem Menschen widerstreben kann, zutiefst, die militärische Grundkonstruktion *Schrittwechsel* zu verabfolgen, also zweimal links vor einmal rechts zu setzen oder zweimal rechts vor einmal links, mit diesem kleinen Schleifschritt, eine eigentlich prinzipiell unmilitärische Bewegungsabfolge, kindisch gar, verspielt auf jeden Fall, bis auf ihre Folge, die Wiedereinreihung ins Glied; dann aber, zivil gesprochen, denselben Schleifschritt immer wieder auf Asphalt gesetzt, zum Tanzschritt, und plötzlich, plötzlich, klappt gar nichts mehr? (Mit Ausnahmen, natürlich, wie man sehen kann.)

S. 88 *Zigarettenschmuggel. Menschenhandel.*

Vgl. dazu: »Herzsprung. Ein Tschonnie-Tschenett-Roman«, Haymon 1995. Diogenes Taschenbuch 2000

S. 94 *Das* black listing; *wenn du da einmal draufstehst, und das geht schnell, bekommst du auf keinem Schiff mehr einen Job. Ich kenne das.* Ich kann dir noch mehr erzählen, sagt Tschenett: Diese Schwarzen Listen sind ein alter Hut. Nur, daß immer weniger reicht, um drauf zu landen, und daß sie online um die Welt gehen: Wenn du dich heute über schlechten Fraß aufregst und deiner Reederei macht das keinen Spaß, wenn du einmal ein Wort wie Gewerkschaft oder Überstunden in den Mund nimmst, haben die Rekrutierungsagenturen morgen deinen Namen auf dem Tisch; und aus. Es ist eine üble Geschichte. Einerseits wird das Geschäft zunehmend illegaler, und wo es noch legal läuft, ist es halbseiden. Die Hälfte der Schiffe weltwcit laufen unter Flaggen von Ländern, die so klein sind, daß du sie auf den besten Karten kaum findest, irgendwelche Inseln, kambodschanisch flaggen kann man sich via Internet, wenn man will, die sehen das Schiff gar nicht, Kontrolle null, die liberianischen Flaggen werden von einer US-Firma verteilt, Bolivien und die Mongolei haben zwar kein Meer, aber Flotten, rat mal wozu: Mit Billigfahnen sparen sich die Reeder Geld und Ärger, so sind sie an keines der internationalen Abkommen gebunden, nix ist mit Arbeitsrecht oder Sicherheitsbestimmungen; es ist ein einziges, riesiges, mafiöses System, an dem alle verdienen, bis auf die Seeleute, der Großteil davon arme Hunde, die für einen Kanten Brot ihr Leben riskieren. So ist das, Angela, und deswegen braucht es diese verdammten Schwarzen Listen. Und es wird immer schlimmer.

S. 94 *Erzähle ich dir bei Gelegenheit, vielleicht.* Gut, sagt Tschenett, hier ist sie, die Gelegenheit. Ich bin, aber eigentlich mehr aus eigener Dummheit, war noch sehr jung damals, frisch aus den Bergen ausgebüchst und in der Christlichen Seefahrt gelandet, als sie noch Christlich und als sie noch Seefahrt war, bin ich in so eine Geschichte reingerutscht. Und dann Nordmeerfischerei. Hand am Fisch. Und nicht aufgepaßt, zu blauäugig, und plötzlich über Bord. Wegen eines kleinen krummen Geschäftes, dem ich im Weg stand. Und weil ich mich nicht verscheißern lassen wollte, bin ich auf der Schwarzen Liste gelandet. Und Jahre später ein paar Monate im Knast. Weiß bis heut noch nicht, was schlimmer ist.

S. 98 *Beruf? Schwierig zu sagen. Früher Gewerkschaftsbasis, heute Sprachkurse für Zuwanderer.*

Und schon, sagt Angela, fragt man sich, ob das vernünftig war. Wieso sollte man ihnen die Sprache der Ausbeuter beibringen? Man müßte dazu an die Möglichkeit zum Aufstieg in dieser Gesellschaft glauben. Aber wer tut das schon?

Naja, sage ich, manche glauben dran. Und prompt sitzen ihnen die Dämonen im Nacken, gegen die sie sich verzweifelt mit ihren Glücksbringern zur Wehr setzen.

S. 99 *Kostet dich mindestens eine* sfogliatella.

Siehst du, so ist das, sagt Ciro, mit den jungen Frauen. Da sind sie knallhart und Schleckmäuler zugleich; muß sich unsereins erst einmal dran gewöhnen, und es ist fraglich, ob noch soviel Zeit bleibt und man überhaupt agil genug ist dafür. Und es ist fraglich, ob Signorina Sera weiß, daß diese *sfogliatelle* (bei Gott, wirklich eines der süßesten Geheimnisse Napolis, ich könnte mich auch überfressen daran, wenn Angela nicht ein wachsames Auge auf mich und meinen Ranzen hätte, Angela hat es nicht so mit unseren Süßigkeiten, was eigentlich verwunderlich ist, weil sie doch sonst in allem so temperamentvoll ist und gutes Essen mehr als nur liebt), schon fraglich, ob Sera überhaupt ahnt, welche verzwickte frauenklösterliche Vergangenheit diese *sfogliatelle* haben. Sind zuallererst Opfergabe in einem alten Fruchtbarkeitskult der jungfräulichen Kybele-Priesterinnen, und weil, geschickt, geschickt, die Christlichen, wie sie über die Welt rollen, alles in ihre Logik ummünzen, entsteht an der Kultstätte in der Höhle von Piedigrotta ein Madonnenheiligtum, und folglich und durchaus folgerichtig, ein strenges Frauenkloster, in das sich nicht nur die Jungfrauen, sondern auch die *sfogliatella* zurückzieht. Und schon wird aus Fruchtbarkeit weibliche Keuschheit und das Rezept der *sfogliatella* ein streng gehütetes Geheimnis, eifersüchtig bewahrt und lüstern beäugt, wahre Wunderwerke entstehen da hinter den züchtigen Karmelitermauern, raunt man sich zu, süße Versuchungen; Ricotta, kandierte Früchte, Zimt und Vanille und werweißwasnoch in muschelförmigem Gebäck, die Muschel dabei als Symbol weiblicher Keuschheit, worüber man streiten kann, warum nicht Sinnlichkeit, um nicht Geschlechtsteil zu sagen, ich weiß schon, wie ich mich da entscheiden würde. Und dann, so um 1640 herum, klagt man drei Novizinnen an (Aurelia, Maria und Eleonora, verwöhnte, verspielte Prinzessinnen, ist anzunehmen): sie sollen das Rezept geklaut und in die Welt gebracht haben. Ob es wirklich diese drei waren, ist bis heute noch nicht ausgestanden, ein weiterer unserer ewigen Justizskandale, wir haben uns, sieht man, schon lange daran gewöhnt, Tatsache ist seither jedenfalls: Sera verrechnet meine Schulden bei ihr vorzugsweise in *sfogliatelle*-Einheiten. Und ich lasse es mir gefallen, fällt doch für mich auch immer etwas dabei ab, allerdings unter Angelas strengen Augen. Nicht umsonst verbindet die napoletanische Kabbalistik die *sfogliatella* mit der 38: *'E mazzate e 'a sfugliatella*, wörtlich also *Schläge* und *sfogliatella*, Gut und Böse, wenn ihr wollt, Zuckerbrot und Peitsche, das ganze bunte Leben eben.

S. 103 *Der G8-Gipfel. Nicht der von Genova, der kam etwas später, folgte auf dem Fuße, hat aber seine eigene Geschichte, sein eigenes Dilemma.* Was nennst du da Dilemma, Angela? Im nachhinein, das schon, muß man sehen, daß Napoli nur der Testlauf war für Genova, sagt Sera. Wie viele wurden hier in eine Kaserne verschleppt, mißhandelt und geschlagen? Achtzig, hundert? In Genova, vier Monate später, waren es dreihundertsechzig, die in eine Kaserne gebracht wurden, die sie *centro di detenzione temporanea* genannt haben, Zentralstelle für vorübergehende Inhaftierung, das klingt doch nobel. Wenn dort nicht wieder geschlagen, bespuckt, beleidigt, erniedrigt worden wäre, Folter eben. Und der

Knastkrankenpfleger, der in einer seitenlangen Aussage darüber berichtet hat, ist seither beurlaubt und bedroht und seines Lebens nicht mehr froh. Aber immerhin lebt er noch. Carlo Giuliani ist erschossen worden, Carabinierikugel. Und immer noch weiß man nicht genau, wie es passiert ist. Und immer noch warten wir auf den Prozeß. Die Molotowcocktails, die sie auf ihren Pressekonferenzen stolz herumgereicht haben als Begründung für Erstürmung und Verhaftungen, haben die Bullen selbst mitgebracht. Sagt zumindest der untersuchende Staatsanwalt, und sagt ein Bulle, und sagt damit gleichzeitig gegen den stellvertretenden Polizeichef aus. Und die Regierung sagt: Habt ihr gut gemacht. Und: Jeder anständige Bürger hat auf der Seite der Ordnungskräfte zu stehen. Alle anderen: Chaoten, natürlich. *Amnesty International* sieht in den Ereignissen von Genova *die schlimmsten staatlichen Gewaltübergriffe im Nachkriegseuropa.* Und was sehen wir?

S. 110 *Piazza Carità. Platz der Barmherzigkeit.* Sehr schön, sagt Ciro, daß sie diesen stadtmittigen Platz so benannt haben. Und immer wenn ich hier vorbeigehe, denke ich, anders buchstabierte es sich so: *Fede, speranza, carità.* Glaube, Hoffnung, Liebe. Als ob noch Hoffnung wäre.

Von Glaube ganz zu schweigen. Und über Liebe spricht man besser nicht. Haut sonst ab.

S. 115 *Ringsherum Trari und Trara, Abrakadabra und Hokuspokus.*

Auch so ein Fall, dieses Abrakadabra und Hokuspokus, man denkt an Zauberei, und dabei redet man doch wieder nur von irgendwelchen Glaubensdingen, sagt Angela, solange eben *Abrakadabra* nichts als der Gebetsruf *Allahu akbar* und *Hokuspokus* nichts als das katholische Ritenwort *Hoc est corpus meus* ist.

S. 125 *I ceppi di Sant'Antonio, die Feuer des heiligen Antonius, alter Brauch, bei dem es manchmal rüde hergeht.*

Und die Verwirrung wird immer größer, wer weiß, was dir Totò erzählt hat, der es auch nur von Ciro hat, und bei dem weiß ich, wie Dichtung und Wahrheit und Ahnungslosigkeit sich mischen zu seiner ganz eigenen, kleinen Privatwelt, einer Insel, an der alle *traghetti* vorbeifahren, tragischerweise ganz und gar ohne zu tuten und ohne ausgestreckte Touristenfinger, sagt Angela, es fängt ja schon damit an, daß der Napoletaner eigentlich zwei Wörter dafür hat, sie im Wildwechsel verwendet, mal das, mal dieses, was zwar sinnvoll ist, wovon er aber nichts ahnt, leider, weil ihm so Sinn verlorengeht. Zwei

Worte: il cippo und il ceppo, und was auf den ersten Blick wie eine kleine Verwechslung aussehen mag, die übliche Verschluderung der Sprache, was wird das schon sein, so ein i oder so ein e, warum nicht gleich cappo oder coppo oder cuppo, und so spricht man im selben Satz von cippi und ceppi, und dabei meint ursprünglich cippo Säulenstumpf und ceppo Wurzelstock, zwei Worte, die man im Leben selten in den Mund nimmt, oder? Wann, Tschenett, hast du vom einen oder vom anderen geredet, zuletzt, aber an diesem Antoniustag im Januar dreht sich, und wie es scheint seit jeher schon in dieser Stadt, alles nur um diese beiden. Bei den Jungen schon gar. Am Ende aber, sagt Angela, ist *la festa del ceppo* eben das Weihnachtsfest und dieser Brauch, die verdorrten Weihnachtsbäume anzuzünden, höchstwahrscheinlich eine Gewohnheit, die uns die Griechen eingebracht haben, die schon wieder, und das ist, wie wir wissen, eine Weile her, nichts als die Überreste eines alten, verlorengegangenen Mythos, der inzwischen zur Gewohnheit geworden ist, eine liebgewonnene Übung, mir jedenfalls, seit ich gehen kann, haben die *ceppi di Sant' Antonio* ein stilles Feuer in mir geschürt, etwas wie einen Augenblick lang Atem holen vom Leben, wenn man das Gewohnte und das Gewöhnliche, die Beherrschung und das Behütete als Leben beschreiben will. Inzwischen sind die alljährlichen Kampfrituale um die ceppi, im besten Falle, ein Kampf um die Ehre des Stadtteils, der Straße, der Gasse, von den Jungen gefochten, von den Alten aufmerksam beäugt, auch wenn sie dann so tun, als ob sie nichts damit zu tun hätten, die mittlere Generation, die am ehesten, kümmert sich nicht darum, ist mit Geldmachen befaßt oder Überleben, je nach Gusto und Klasse, Lage und Gelegenheit.

S. 129 *Der erste Blick auf Schöns Schlabbertrainer und Menottis Anzug brachte mir alles bei, erklärte mir die Welt und zwang mich, mich auf die richtige Seite zu schlagen.*

Und nur aus dem Maßanzug heraus läßt sich, wie Menotti es tut, folgendes folgerichtig formulieren: »Im wildgewordenen Kapitalismus nehmen dir die herrschenden Klassen als erstes die Besitztümer weg, die Solidarität erzeugen. Sie nehmen dir den Fußball und die Musik weg, die Bücher, die dir etwas bedeuten, und sie sagen zugleich, der Beste ist der, der die meisten Platten, die meisten Bücher verkauft...«

S. 130 *Dann steht der* luogotenente *auf, mein Blick fällt auf seine Schuhe, und jetzt bin ich doch maßlos enttäuscht.*

Was für ein Entsetzen, an einem Italiener solches Schuhwerk entdecken zu müssen. Und dann an diesem: Armer *luogotenente*, trägst schreiend halbhoh wattierte Winterschuhe aus Plastik, unmögliches Modell, Fußfolter, Augenqual, ein wahrhaft brandenburgischer Zuschnitt, sind's die Füße, geh zu *Deichmann,* und ich frage mich unwillkürlich, sagt Tschenett: Wann, wann endlich werden wir erlöst von unserer Barbarei, dieser tagtäglichen? Und werde, soviel weiß ich, heute abend wieder keine Antwort bekommen.

S. 130 *Und unser* luogotenente *hält sich mindestens für einen halben* guappo *und glaubt an die alten Geschichten von blühenden Zeiten für seinesgleichen.*

Ich bitte dich, sagt Ciro, so gesehen hat er schon recht, dein *luogotenente*, es gab schon bessere Zeiten für die *guappi*, auch wenn er selbst es zeitlebens nie zu einem gebracht hätte, höchstens nach dem, was man den Norditalienern und der Restwelt als *guappo* vorstellt, nichts als so etwas wie den *Camorra*-Angehöriger nämlich, was natürlich mit der Wahrheit weniger zu tun hat als mit der Postkarte, wir, sagt Ciro, haben als Napoletaner freiwillig und viel zu lange mit der Postkarte gelebt.

Weißt du, wer unser bestverkaufter Schriftsteller im Norden ist? sagt Angela, um die Nase ein kleines Wutzittern, und ich erahne den Namen, dieser unsägliche, sagt sie, dieser unmögliche und leider möglich gewordene Talkshowsitzer, meno male, Gott sei Dank ist es langsam vorbei mit dem, in zehn Jahren wird keiner mehr wissen, wer er war, und von seinen Büchern nur Staub; aber wenn ich an sein Grinsen denke, sausardonisch, dabei eher im medizinischen als im Wortsinne, also eher krampfhaft als boshaft, wird mir anders.

Damit kenne ich mich nicht aus, stimme dir aber gern zu, sagt Totò, aber ganz kann ich Ciro nicht recht geben, bei aller Liebe und Verehrung dem verehrten *prufessore* gegenüber, falls er das gemeint hat: daß die *guappi* schlechte Zeiten leben würden. Glaube ich nicht. Glaube eher daran, daß sie in neuen Klamotten rumlaufen und alten Hüten, daß das ganze Geschäft sich gedreht hat, daß sie neukühl Zahlen rechnen und Ziffern drehen im worldwide onlinebanking und dabei das immeralte Spiel spielen, aber: sie treiben's nicht mehr auf der Straße, der Frieden mit dem Staat ist gemacht, man lebt bestens zusammen mit der Regierung. Natürlich, sage ich, hundert Prozent der Regionalparlamentsitze Siziliens sind bei den letzten Wahlen an Signor B.

gegangen, das ist mehr Macht, als Lucky Luciano hatte, als er den Amis 1943 auf die Insel half, die Regierung in Washington hat bis in die siebziger Jahre hinein dafür bezahlt, die römische Regierung wird genausogut die nächsten dreißig in der Bringschuld sein. Und solange es so läuft wie jetzt, läuft es unblutig. Mal sehen, was geschieht, sollte unser aller Entertainer von der *guappo*-Bühne fallen.

Stop, sagt Angela, das geht mir in seiner Kurzsichtigkeit jetzt deutlich zu weit, Totò, das ist einer dieser Polizistensätze, wie ich sie manchmal auch von Ciro höre, *prufessore* hin, *prufessore* her, und bringt mir euren Signor B. nicht in *guappo*-Zusammenhänge!, das nicht, bitte, das wäre über- und das wäre unterschätzt.

Und wieso? sagt Totò.

Weil ich, was den *guappo* betrifft, sagt Angela, immer noch Peppino Marotta, und nicht nur wegen seines wundervollen Namens, anhänge; unter hundert, sagt er, und er hat es vor beinahe fünfzig Jahren gesagt, unter hundert harmlosen und anonymen *bassi* gab es immer einen, der vom *guappo* des Viertels bewohnt und vom einfachen Volk nicht weniger verehrt wurde als die Bilder der Heiligen in den Wandaltären der Straßen. Der *guappo* war ein Verbrecher und war es auch nicht. Er stellte sich nicht so sehr außerhalb des Gesetzes, sondern er stellte dem Gesetz sein eigenes entgegen. Er war auf seine Weise ritterlich und manchmal heroisch. Auf seine Weise machte er sich der Stadt nützlich und war gottesfürchtig. Er hätte eher gefastet oder sogar gearbeitet, als sich mit einem Diebstahl oder einem Raub zu besudeln; doch wer sich solcher Verbrechen schuldig machte, mußte sich mit Zehnten und Tributen seine Duldung sichern. So, sagt Angela, so und nicht anders sagt das Peppino Marotta, und deswegen, lieber Totò, lieber Ciro, werdet ihr mir mit dem Titel des *guappo* in gewissen Zusammenhängen und in Zukunft vorsichtig sein, begriffen? Vor allem werdet ihr ihn mir an Leute verleihen, die eigenhändig klauen und sich mit Steuern nicht zufriedengeben.

S. 132 *Und ich frage mich immer noch, wo in dieser Stadt es Bräunungstische gibt, die so gnadenlos zuschlagen.*

Frage nicht, frage nicht. Du wirst, nächtens auf Schlendrian, eines Abends über einen Platz dieser Stadt gehen, und schon stehst du verblüfft da, suchst eine Rippenseite, in die freundschaftlich mit Ellbogen zu stochern wäre, wenn man nicht allein unterwegs, aber was für eine Nacht wäre das, also zwickst du dich selber: hängen da und strahlen, unweit zueinander an den graubröselnden Wänden eines alten Palazzo, diese zwei Leuchtreklamen und schreien? *Beauty Club »Lampadas«* in Schrillgrün hier, der Club der Lampen, und, keine zehn Schritte weiter, *Centro Abbronzante »Inferno giallo«* da, gar nicht so folgerichtig in Altrosa, dieses Bräunungszentrum »Gelbe Hölle«, und natürlich tippst du, Alleingeher haben immer etwas, mit dem sie gegen sich selbst wetten: die Brits haben sich ihre Röte in der *Gelben Hölle* geholt, ganz altes Kolonialvolk. Die Rache der UV-Röhren.

S. 133 *Und legt alles, stumm, dem* luogotenente *submissest zu Füßen und also vor den Teller mit der* maltagliata, *an der er gerade säbelt.*

Laß dich fragen, sagt Tschenett, und wenn du willst, spar dir die Antwort, aber: Wann werden wir wieder genußvoll an Fleisch kauen dürfen, obwohl es nicht von der eigenen Kuh stammt, und wann werden wir wieder Fleisch essen, das nicht zur Schuhsohle taugt? Hier unten, im Süden, ist es, außer du sitzt bei deinem Schwiegervater oder dem Freund deines Lebens, inzwischen leider übel bestellt um das Fleisch, die alten Regeln außer Kraft gesetzt (anderswo schon länger): daß man sich für ein dürres Stück höchstpersönlich schämt, als ob es einem aus den eigenen Rippen geschnitten und damit, in all der Dürre, nichts als ein Beleg fürs eigene Versagen.

S. 140 *Bier, Wodka, Shit. Wein im Hinterstübchen, für die verhältnismäßig Betuchten.*

Traurig ist das, traurig. Bis auf ein paar gottverlassene Enklaven mit dem Mobiliar der Siebziger ist es doch, wo auch immer man hinsieht, längst schon so, daß das Armeleutegetränk des Südens eben nicht Wein ist, längst nicht mehr. Bier schon eher. Von den Nachwachsenden nicht zu reden, sagt Tschenett. Schau's dir in Griechenland an, in Spanien, Italien, vom alten Jugoslawien nicht zu reden. Schau dir die Moden an, die Preise. Ich glaube, sagt Totò, es ist ein Zweifaches: Bier hält man für moderner (wenn mit Whiskey kombiniert oder Wodka), Wein, wenn schon, ist für Alte und Neureiche, und: der gute, preiswerte Hauswein ist verschwunden. Kann sein, sagt Tschenett, aber nicht in unserem Keller. So weit geb' ich mich nicht hin. Irgendwo ist man noch Mensch.

S. 142 *Aus der näheren Umgebung einen* Quarto di luna, *und sofort einen* Quarto di sole *hinterndrein, allein schon der Namen wegen.*

Da brauchst du nicht zu grinsen, Totò, es gibt

weitaus schlimmere Beweggründe, um einen bestimmten Wein zu trinken; einmal, vor Jahren und aus purer Leichtsinnigkeit, habe ich mich in einen dieser Weinverkostungstempel einladen lassen: hatte Durst. Ich wundere mich heute noch, daß bei der Affektiertheit, die an den Trinkern hing wie Buttersäure, nicht dreiviertel der ob ihres Schicksals beklagenswerten Weine sofort zu Essig gerannen, aus Protest. Immerhin trank ich den einen oder anderen, der durchaus bemerkenswerten Charakter hatte. Im übrigen, was das *allein schon der Namen wegen* betrifft: das ist es nicht nur, selbstverständlich. Die *Cantine Grotta di Sole* in Quarto (Napoli) – und schon dechiffriert sich nüchtern alle Romantik – leisten Beträchtliches, nel hinterland napoletano. Allem voran, was den Rotwein betrifft, ein hochinteressanter Cuvée aus Piedirosso- und Aglianico-Rebe, angebaut in der Gegend von Pompeji. (Beim dritten Schluck dachte ich an gewisse dortige Fresken. Man läßt sich ja gern gehen.) Sodann scheint Famiglia Martusciello einen mäßig diskreten Sprachspieler in ihren Reihen zu haben, worauf der Weißwein *Quarto di luna* getauft wurde, mit seinem Namen seither glücklich ist und wir mit ihm: strohgelber Weißer aus der Falanghina- und der (autochthonen) Caprettone-Rebe, und, wieder, aus pompejanischen Gefilden.

S. 158 *Aber Ciro tut mir den Gefallen nicht, schimpft weiter über Erfindungsreichtum und Herzlosigkeit zeitgenössischer Kaffeesieder, flucht sich die Seele aus dem Leib.*

Ich werde schon grenzenlos altmodisch sein, störrisch bis in die Entmündigung hinein, aber man wird mich nicht dazu bekommen, bei diesen Perversitäten mitzumachen; und ich muß mich schon sehr wundern, daß sie sogar in Napoli aufgekommen sind. In Milano und Trieste: bah, wenn sie wollen, diese Österreicher, dann sollen sie ihren *ciofèca* eben trinken. Aber daß die Bars dieser Stadt seit einiger Zeit großlaut Scheußlichkeiten anpreisen, die sie ebenso geschmacklos wie phantasievoll *Caffè Vesuvio* (mit Sahne und Schokoladesplittern), *Caffè nocciolato* (Nußcreme) oder *cioccolattato* (Schokoladencreme), *Caffè Brasiliano, Viennese, Irlandese, Veneziano* nennen, tut mir im Herzen weh. Und ich kenne nur mehr drei, vier Bars, die sich dieser unsäglichen Mode widersetzen und ihren *barista* vor der Schmach bewahren, mit Cremes und Krims und Krams zu hantieren wie Kindergartenköche. Ein guter *caffè* gehört sich so, wie Michail Bakunin (der nun wahrlich kein gebürtiger Napoletaner war; allerdings hat er in den Jahren seines Italienaufenthaltes (1864-67) nicht nur an seiner Theorie des Anarchismus gefeilt, sondern offensichtlich auch sonst dazugelernt) ihn einmal beschrieben: *Schwarz wie die Nacht, süß wie die Liebe, heiß wie die Hölle hat er zu sein, der caffè*, sagte er, und ich füge hinzu: der Abgrund einer Seele eben. Im übrigen kann unsereins den die neuen Scheußlichkeiten vertreibenden Bars nur mit dem Komödienschreiber Courteline drohen: *man wechsle eben eher seine Religion als seinen caffè*. Noch ist es nicht soweit, noch kann ich mit meinem *barista* darüber diskutieren, ob er 7 oder 8 Gramm Pulver einfüllt, *Robusta* oder *Arabica* oder eine Mischung, um wieviel gröber bei Regenwetter er sein Pulver mahlt, ob er seine Maschine auf 17 oder 18 Bar Druck hochfährt, ob er 25 oder 29 Sekunden lang brüht und ob er den Wünschen der Damen, die ihre Lippen und ihren Lippenstift schonen wollen, nachgibt und die Tassen eben nicht mehr siedend heiß serviert. Sollen die Palermitaner ihr Glas Wasser hinterher trinken; ich nehme es, wie seit ewigen Zeiten, vorher.

Und wenn, sagt Ciro, wenn alles schiefläuft, wenn sich die *Starbuck-Cafés* weiterhin über die Welt verteilen mit ihren absonderlichen Geschmacklosigkeiten, wenn sie heute stolz verkünden, in 5140 Filialen in 24 Ländern einen immer gleich schmeckenden und deswegen nach gar nichts schmecken könnenden Kaffee unter die Leute zu bringen und demnächst in allen, wenn sie sogar damit drohen, den Griechen Kaffeekultur beibringen zu wollen (bei uns haben sie es ja, um die Bande gespielt, anscheinend schon geschafft), wenn, dann bleibt mir immer noch eines: der Griff zur heimischen Moccamaschine. Da halte ich es mit dem großen Eduardo de Filippo: *Io, per esempio, a tutto rinuncerei, tranne a questa tazzina di caffè, presa tranquillamente qua, fuori al balcone, dopo quell'oretta di sonno che uno si è fatto dopo mangiato. E me lo devo fare io stesso, con le mie mani.* Ich zum Beispiel verzichte gerne auf alles, aber nicht auf diese Tasse Kaffee, in aller Herrgottsruhe draußen auf dem Balkon, nach dem Stündchen Schlaf, das man sich nach dem Essen gönnt. Und ich muß ihn mir selbst machen, mit meinen eigenen Händen.

Das, sagt Angela, hat einen einfachen Grund, das mit dem Selbermachen. Ihr Männer wollt das Privileg, täglich mindestens zweimal an Eisen zu greifen und somit den *malocchio* von euch zu halten, einfach nicht abgeben.

S. 170 *Dreihunderttausend Geschädigte, es geht um Millionen und Milliarden Lire, die diese gutmütigen Idioten so brav, wie sie anderen ihre Stimme geben, nur weil sie ihr geliftetes Gesicht in die Kamera halten, irgendwelchen Geldboten übergeben haben. Tausende von Familien ruiniert, Betriebe bankrott: alles, was du willst.*
Es sind, sagt Ciro, wenn du dir die Dossiers der Kollegen durchblätterst, Dokumente verzweifelter Arglosigkeit, man kann es, je näher es an die Details geht, kaum glauben. Die Signora M. zum Beispiel, nüchterne Mailänderin, möchte man meinen, läßt sich einreden, daß die *maga* von ihr geträumt hat, samt Lottozahlen, selbstverständlich. Also zahlt sie die üblichen dreihunderttausend Lire und bekommt die Lottozahlen zugeschickt, samt einer Tüte Wundersalz. Das Salz (vollkommen handelsüblich, kein Wunder) soll sie komplett in ein Wasserglas schütten und dann kontrollieren, ob es sich zur Gänze aufgelöst hat. Wenn ja, kein Problem, ihr wären, dank seiner Wundertätigkeit, Geld und Glück und Wohlergehen gesichert. Falls nicht, sagt ihr die *maga*, wäre das ein klares Zeichen dafür, daß ihr jemand den Bösen Blick angehext hat, worauf es ein Dutzend Millionen Lire braucht, um mit Hilfe wundertätiger Steine, die

sich am Strand von Rio de Janeiro finden, knapp hinter der berühmten Statue, und die man aus Sorge um das Wohlergehen der Signora sich bemühen würde zu besorgen, ohne auf Mühe und Spesen zu achten, mit Hilfe dieser Steine also würde man dem Übel gewiß zu Leibe rücken können. Aber eben nur so. (Und die gute Dame wird sich am Ende als Amateurprostituierte wiederfinden, inzwischen ist längst das Leben ihrer Tochter in Gefahr, sagt die *maga*, und die Ersparnisse längst geplündert.) Dabei hat alles, sagt Ciro, so simpel angefangen, eigentlich weiß das jede Hausfrau, und es ist keine Frage von Zauber: es löst sich eben nur eine gewisse Menge Salz in einer gegebenen Wassermenge auf (und wir sprechen von Süßwasser); irgendwann ist der Sättigungsgrad erreicht, und was Wunder, daß der Rest bodensatzig liegenbleibt?

Es gab da, sagt Totò, und wieso fällt mir das gerade jetzt ein?, es gab da Ende der 70er Jahre einen wild-dynamischen Jungunternehmer, der seinen Versicherungsdrückern auf den Einpeitschveranstaltungen zurief: Wenn ihr unsere Produkte verkauft, erinnert euch immer daran, daß die Italiener das leichtgläubigste Volk der Erde sind. Sie glauben uns alles. Wenn wir es glauben.

S. 180 *Und Don Rosario, stolz auf sein Geschäft und sein Heft und seine* pizze *und seine* ricotta *und seine Frau.*

Das mußt du dir einmal vorstellen, sagt Tschenett, und zwar von ganzem Herzen. Da stehst du mitten in Berlin, die verdammten Fallwinde haben dich hier anlanden lassen, und du hast eine kleine Bleibe auf Zeit, und es ist Silvestervormittag, du weitab der Heimat und ohne Geschäft und Heft und *pizze di Don Rosario* und *ricotta*, und nichts, was jetzt mehr Glück ins Haus bringen würde in dieser letzten Nacht des Jahres, das bei Gott und allen ihm assoziierten teuflischen Helfern beileibe kein besonders gutes war, nichts, was mehr Glück ins Haus bringen und Unglück abwehren würde als *cannoli*; und weil du ohne deine *cannoli*-Eisen nicht verreist und die drei, auf einen Seesack gerechnet, nichts wiegen, hast du dir deine *cannoli*-Rollen längst in Öl frittiert, und es fehlen nur noch, zum vollständigen Glück, das dir Glück fürs neue Jahr bringen soll, es fehlen nur noch: *ricotta* und kandierte Früchte. Was die kandierten Früchte betrifft, hast du hier im Märkischen Sand die Hoffnung längst schon begraben, mehr als üble Fabrikware ist und war nicht aufzutreiben, selbst in die selbsternannten Tempel der Wohlmeinenden und Modenkocher hast du dich gewagt, einen anaphylaktischen Schock nach dem anderen überlebt, um dann doch wieder nur als kandierte Früchte deklariertes Plastik zu finden (undefinierbar in Quadrate gehäckselt: Wenn sie einem die Arbeit abnehmen, ist das nichts als der Ausdruck ihres schlechten Gewissens; sie wissen nämlich, was sie tun; nichts übler als passiert tiefgefrorener Spinat, mehr als Gras und Geschmacksverstärker ist da nicht drin. Aber immer wieder heißgeliebtes Hausfrauenmitbringsel. Suizidale Tendenzen?) und nichts als das, und dieses selbe Plastik kannst du beim Aldi für einen Bruchteil des Preises kaufen, und, weit wichtiger, ohne in ihre Parfumschwaden zu laufen und ihre hochpreisig slowfoodgemästete Second-hand-Ignoranz. Kandierte Früchte also hast du schon in der Hand, und es fehlt dir, zum Glück, nur noch die *ricotta*, ein Viertel Kilo würde reichen, aber du weißt: das wird haarig. Und um vierzehn Uhr ist Ladenschluß bis weit ins neue Jahr hinein, und ohne *ricotta* keine *cannoli*, und wie will ein vernünftiger Mensch so ins Jahr gehen? Also tust du alles dafür und hetzt durch Kaufhalle und Kaufhaus alle die alten Adressen ab, aber wie es der Teufel will und die ihm beigestellten göttlichen Helfershelfer, nirgendwo *ricotta* zu finden, alles von diabolischen Kräften ausverkauft, also vom Parkdeck des Kaufhauses wieder abgefahren in dreiunddreißig Halbrunden und, im ewigen Kreisen noch, nachgedacht, wo letzte Chance zum Himmelreich: ein deutscher Italiener auf der Pieckstraße, die sie hier längst schon Torstraße nennen, und dann die Ausfahrt und die Einfahrt in die Straße und dabei einen Stoßfänger stoßfrei gestreift und die plastene Kappe abgefahren: ausgestiegen, um sich gelugt und auf die Uhr, zehn Minuten noch bis Geschäftsschluß, elf davon Fahrzeit, kein Geschädigter in Sicht und die abzusehenden Jammerschreie im Ohr, nieendenwollende Klageweiberrufe einer automobilen Nation, die sonst nichts hat, an das sie glauben kann, vor dem sie ernst wird, und der Blick aufs eigene, dann doch malträtierte Blech, und also: einsteigen, weiter, *ricotta*, nur zu auf der Jagd nach dem Glück.

(Was man, in deutschen Landen, Fahrerflucht nennt; ein in diesem Kontext dem Italiener vollkommen unverständlicher juridischer Mißgriff und gewollter Akt der Züchtigung, von dem der Delinquent, bis es soweit ist, nicht ahnt, wie hart er bestraft wird: am liebsten mit dem Leben, geht aber nicht mehr so recht, also kurzerhand mit langjährigen Freiheitsstrafen. Jeder multiple

Totschläger kommt besser weg; schon gar, wenn er zwei Tage lang an einem Asylantenhaus zündelt. Dann reicht es nach zehnjährigem Prozeß gerade mal eben zu ein paar Monaten auf Bewährung. Aber Fahrerflucht bei Kratzer am Blech! Also hat man dem Polizeipräsidenten zu Berlin eine Sachverhaltsdarlegung zu verfassen, woraufhin eine Amtsanwaltschaft entscheidet: am besten, man liefert das Rezept gleich mit und hofft, da die Amtsanwaltschaft in Form einer Dame sich äußert, auf kulinarisches Interesse und allerhöchste Gnade.)

Und das Jahr, wohlwollend, endete mit *cannoli* und begann mit *cannoli* und wurde ein gutes Jahr.

S. 187 *Die beiden kommen mich besuchen, und, ahimè, das leider allzu selten, in meinem Alter ist Zeit etwas anderes als in eurem.*

Und immer kommt mir, mit jedem *ahimè*, Puccinis Mimi in den Sinn, wie ich hier sitze in meinem Sessel, sagt Zia Teresa, und bevor ich *Ahimè! È finita. O vita mia! Ahimè, morir!* singe, lieber junger Mann, übe ich mich lieber noch ein Weilchen an *Ma i fior ch'io faccio, ahimè, non hanno odore, die Blumen, die ich sticke, weh mir, sie duften nicht*; dabei habe ich noch nie Röschen auf Rüschen gestickt, mir ist das alles zuwider. Vielleicht weil ich zu abergläubisch bin, ich sehe bei diesen Stickereien immer rosa Leichentücher vor mir, und das ist keine schöne Vorstellung.

S.193 *Auf den Weg nach oben haben ihn Mafiosi und korrupte Politiker geschoben, und er bezahlt jetzt die Rechnungen.*

Und nachdem wir, sagt Ciro, in den letzten Jahren doch ein paar Schritte weitergekommen sind im Anti-Mafia-Kampf, gewinnt dieser Verein für selbstbeweihräuchernde Selbstbereicherung die bekannten hundert Prozent der sizilianischen Regionalratssitze. Und was sagt der treue Diener seines Herrn und unser aller Bautenminister, den wir Mister Tunnel nennen, weil er als Unternehmer eine der größten italienischen Baufirmen betreibt und nichts lieber als Tunnel und Brücken und Jahrhundertbauwerke; was sagt er also, am hellichten Tag und mitten in die Scheinwerfer des Fernsehens hinein? Sagt wörtlich: »Die Mafia hat es immer gegeben und wird es immer geben. Daher müssen wir mit ihr leben.« E grazie. Da freuen wir uns doch alle schon auf die Hunderte und Tausende Millionen Euro, die die EU in sizilianische Baumaßnahmen pumpen will in den nächsten Jahren, und da raten wir doch frohgemut: Wie werden wir wohl dieses schöne Geld unter wen verteilen?

S. 194 *Und er sitzt noch da, wo er sitzt, weil er sich sämtliche Gesetze hat zurechtbiegen lassen.*
Es ist doch, eigentlich, ganz einfach, sagt Totò. Sie haben dich wegen Bilanzfälschung am Haken? Bastel dir ein neues Gesetz, das Bilanzfälschung zum Kavaliersdelikt erklärt. Sie sind dir hinterher wegen dubioser Geldflüsse aus der Schweiz? Laß dir ein Gesetz basteln, das die bereits den Gerichten vorliegenden ausländischen Beweisstücke für ungültig erklärt. Du hast Richter bestochen, und demnächst soll das Urteil fallen? Dein Bastelverein, das Parlament, wird dir ein Gesetz auf den Leib schreinern, das es dir möglich macht, deine Richter abzulehnen und dir neue zu suchen. Daß so ein Gesetz erst 1989 wieder abgeschafft wurde, nachdem in den 80er Jahren ein paar clevere Mafiabosse so lange ihre Richter ablehnten (bis zu vier Mal), bis sie welche fanden, die sie endlich freisprachen: Das alles ist höchstens einen Lacher wert.

S. 202 *Das stammt, Augenblick, aus einem psychiatrischen Gutachten.*
So was müßte man sich gerahmt über den heimischen Kamin hängen, sagt Tschenett, wenn es denn einen gäbe. *Gutachten erstellt zur Person des Angeklagten Johann Tschenett. Gutachter Univ. Doz. Prof. Dr. Dipl. Ing. Zoczynski, Or-*

dinarius für Forensische Psychiatrie der Universität Freiburg i.B., vorgelegt der 3. Kammer des Landesgerichtes Regensburg. Ich erinnere mich: war eine ziemlich schräge Veranstaltung, diese Befragung. Ich meine, lies dir das hier einmal durch, allein schon die Sprache, in der so etwas geschrieben ist. »Auf das deutlich klinisch gestörte Vater-Verhältnis, insbesondere zu dessen Behörden- bzw. Ordnungshüter-Aspekt wurde schon in 2.2.4. und folgende wiederholt hingewiesen. Es ist augenfällig, daß Herr Tsch. ein deutlich krankhaft gestörtes Verhältnis zu den Geschlechtern hat; sowohl zum männlichen, wie zum weiblichen. Allerdings ist daraus keinesfalls juristisch relevante verminderte Zurechnungsfähigkeit oder ein anderer Minderungsgrund abzuleiten. Abschließend ist mit aller gebotenen Entschiedenheit zu bekräftigen, daß sich aus den durchgeführten Tests keine wie auch immer geartete Unzurechnungsfähigkeit der zu untersuchenden Person ergeben hat. Sie muß vielmehr aus wissenschaftlicher Sicht in jeder Hinsicht als ein rechts- und straffähiges Individuum angesehen werden. Die vorliegenden Störungen tangieren diesen Befund nicht.«

Na siehst du, sagt Totò, ganz so schlimm ist es dann doch nicht mit dir.

Da bedanke ich mich aber, sagt Tschenett, straffähig auch noch: ich kann mich an den psychiatrischen Deppen noch erinnern. Verglichen mit dem ist unsereins hochgradig normal, so sieht's aus.

Würde ich nicht zu laut sagen, sagt Totò, das wird dir sofort wieder als krankhafte Renitenz mit wahnhaftem Aspekt ausgelegt.

Sollen sie, sagt Tschenett, renitent bin ich gerne, in solchen Zuständen schon gar. Und was ist schon Wahn?

S. 244 *Irgendwann werfe ich einen Blick hinaus in den Golf, auf die* Odessa. *Friedlich liegt sie und ruhig. Als ob nichts wäre. Als ob sie dazugehörte, längst ein Stück Napule.*

Ciro wollte nach der ganzen Geschichte nichts mehr wissen von dem Schiff, sagt Angela. Und ich kann ihn, teilweise wenigstens, sogar verstehen. Aber ich habe mir gedacht, du bist daran interessiert, wie es ausgegangen ist, oder?

Und Tschenett kratzt sich am Kopf.

Was ist? sagt Angela.

Doch, sagt Tschenett, will ich eigentlich schon wissen. Weniger, was aus dem Schiff, mehr, was aus den Seeleuten geworden ist. Und vor allem, weil ich es zu schätzen weiß, daß du extra angerufen hast. Woher hast du meine Nummer?

Ciro, sagt Angela, Ciro und seine Möglichkeiten. Er nutzt sie zum letzten Mal, hat bereits gekündigt, endlich ist er nicht mehr Polizist.

Erzähl mir von der *Odessa*, sagt Tschenett.

Ich weiß nicht, sagt Angela, ob du glücklich werden wirst. Sie hat einen Käufer gefunden, gestern, nach dem siebten Versteigerungstermin und nach sieben Jahren, eine panamesische Gesellschaft. Die Seeleute sollen ihr Geld bekommen, und man hat ihnen ein paar Urlaubswochen in einem Hotel in den Karpaten angeboten, morgen reisen sie ab.

Panama und Karpaten, sagt Tschenett, wenn das nur gutgeht. Und grüße mir Ciro und Sera.

S. 245 *Lange her, daß ich an Bord der* Hefaistos *gegangen bin. Und ich erinnere mich, in der Meerenge von Messina, mitten im Schneesturm gedacht zu haben: Wenn das bloß kein Fehler war.*

Mir war der alte Hesiod durch den Kopf gegangen: »Ich rate dir: Wenn der Winter anbricht und die Winde aus allen Himmelsrichtungen wüten, nicht mehr in See zu stechen, deren Wasser weinrot ist, sondern die Erde zu bearbeiten. Zieh dein Schiff aufs Ufer, leg Steine rundherum und zieh den Spund heraus, damit im Regen des Zeus nichts morsch wird. Räume das Tauwerk ordentlich beiseite, falte die Schiffstücher sorgfältig zusammen, hänge das Ruder ins Trockene, und was dich angeht: warte, bis die Schiffahrtssaison wiederkehrt.«

Motti

S. 5 *Bedienungsanleitung: Es gilt alles nichts. Also gilt das geschriebene Wort.*
O beatissime lector, lava manus tuas et sic librum adprehende, leniter folia turna, longe a littera digito pone. Quia qui nescit scribere, putat hoc esse nullum laborem. O quam gravis est scriptura: oculos gravat, renes frangit, simul et omnia membra contristat. Tria digita scribunt, totus corpus laborat. *O glücklichster Leser, wasche deine Hände und fasse so das Buch an, drehe die Blätter sanft, halte die Finger weit ab von den Buchstaben. Der, der nicht weiß zu schreiben, glaubt nicht, daß dies eine Arbeit sei. O wie schwer ist das Schreiben: es trübt die Augen, quetscht die Nieren und bringt zugleich allen Gliedern Qual. Drei Finger schreiben, der ganze Körper leidet.«* (Notiz eines Schreibers aus dem 8. Jahrhundert)

S. 7 *Partono 'e bastimente / pe' terre assaje luntane.*
Die Schiffe laufen / zu fernen Ländern aus. (Die

ersten zwei Zeilen des napoletanischen Klassikers *Santa Lucia luntano 'a te*, Text und Melodie: E. A. Mario)

S. 25 *Nun è ca dico: 'O mare fa paura / Ma dico: 'O mare sta facenno 'o mare.*
Ich sage nicht: das Meer macht angst / Ich sage: das Meer macht das Meer. (Eduardo de Filippo: *'O mare*)

S. 120 *'Stu vico niro nun fernesce maie / e pure 'o sole passa e se ne fuie.*
Diese dunkle Gasse nimmt kein Ende / und sogar die Sonne haut sofort wieder ab. (*Carmela*: Text: Salvatore Palomba. Melodie: Sergio Bruni)

S. 177 *Te si fatta fa' / de' putente e de' fifì.*
Du hast dich bescheißen lassen / von Mächtigen und Eingebildeten. (Napoli Centrale: *Ngazzate nire*)

Kurt Lanthaler im Diogenes Verlag

Der Tote im Fels

Ein Tschonnie-Tschenett-Roman

Bei Bauarbeiten für einen Eisenbahntunnel am Brenner wird eine nur wenige Tage alte Leiche aus dem massiven Fels freigesprengt. Keiner kann sich erklären, wie sie dorthin gekommen ist. Die einzigen Hinweise liegen im Aktenkoffer des Toten. Und den hat Tschonnie Tschenett, Ex-Matrose und Aushilfs-LKW-Fahrer mit der fatalen Neigung, seine Nase in obskure Dinge zu stecken. So macht er unfreiwillig die Bekanntschaft mit skrupellosen Grundstückspekulanten, alten und neuen Nazis und ähnlich üblen Subjekten. Tschenett entdeckt, daß große Bauvorhaben lange Schatten vorauswerfen.

»Tschonnie Tschenett ist ›hard-boiled‹, als wäre er mit Mike Hammer in Manhattan groß geworden.«
Hannoversche Allgemeine Zeitung

»Genaue Milieuschilderungen, feine Gedankenspiele, sauber durchgestaltete Dramaturgie.«
Buchkultur, Wien

Grobes Foul

Ein Tschonnie-Tschenett-Roman

Um ein Uhr nachts, dreißig Kilometer vor Sterzing, merkt Tschonnie Tschenett, daß ihm der Sprit ausgeht. In diesem Moment hat ihm der Typ, der ihm um ein Haar vor die Zugmaschine gesprungen wäre, gerade noch gefehlt. Es handelt sich um den bekifften Fahrer eines Ferraris, der auf dem Seitenstreifen liegengeblieben ist. Sein Name: Paolo Canaccia, Stürmerstar des Serie-A-Spitzenreiters AS ROMA, der seinen *ferragosto*-Trainingsaufenthalt in Sterzing verbringt. Dies erfährt

Tschenett am nächsten Tag – von der Polizei. Denn am Schauplatz seiner Zufallsbekanntschaft mit Canaccia wird in der gleichen Nacht eine Leiche gefunden. Tschenett hat damit ein Problem am Hals. Aber nicht nur er. Canaccia ist tief in den Fall verstrickt und bittet den Amateurdetektiv um seine Hilfe.

Herzsprung

Ein Tschonnie-Tschenett-Roman

Sein Freund Totò von der italienischen Grenzpolizei hatte ihn ja gewarnt. Aber Tschonnie Tschenett steckt tief in einer Sinnkrise und ist bereit, den nächstbesten LKW-Auftrag anzunehmen, Hauptsache, er bringt ihn weit weg. Das erreicht er auf Anhieb. Denn gleich beim ersten Job hat er die Bullen am Hals und muß über die grüne Grenze. Für eine dubiose Schweizer Firma übernimmt Tschenett Fahrten nach Berlin und nach Herzsprung bei Wittstock. Dort trifft er einen alten Kumpel wieder, der für dieselbe Firma arbeitet und Tschenett mit leicht zu verdienendem Geld lockt. Wie schmutzig der Job in Wirklichkeit ist, begreift der Amateurdetektiv erst, als er im Fernsehen das Bild eines toten Vietnamesen sieht. Mit dem er vor kurzem noch Geschäfte gemacht hat. Ein sozialkritischer Thriller und atemberaubender ›road-movie‹.

»Ein Roman, der schon kurz nach seinem Erscheinen von der Realität eingeholt wurde. Ein trauriger Beweis für das brillante Gespür Lanthalers, realistische und spannende Stoffe für seine Romane zu finden. Ein fesselndes Lesevergnügen der besonderen Art.«
Deutsche Welle, Köln

Azzurro

Ein Tschonnie-Tschenett-Roman

Der vierte Tschonnie-Tschenett-Roman bringt Licht in die dunkle Vergangenheit seines gleichnamigen

›Helden‹. Er beginnt 1977: Tschonnie Tschenett, Matrose an Bord eines Seitenfängers, der unter Grönland auf Fischfang geht, wird beschuldigt, einen Kollegen über Bord geworfen und damit umgebracht zu haben. Zwanzig Jahre müssen vergehen, bis sich der Amateurdetektiv für das damals erlittene Unrecht rächen kann. 1997: Tschenett, gerade aus einem Hamburger Knast entlassen, sehnt sich nach einem Klimawechsel. Nach diversen abenteuerlichen Erlebnissen am Brenner und in Italien landet er in Albanien, einem Land am Rande des Bürgerkriegs. Tschenett erlebt, was es bedeutet, wenn ein Land auf der Einkaufsliste legaler wie illegaler Geschäftemacher steht.

»Lanthaler gräbt tiefer und gerät damit an die Wurzeln der Übel. Er erzählt genau und dabei spannend, er erzählt witzig, ohne Souveränität und Wahrheitsgehalt einzubüßen. Er erzählt so, daß jemand, der in zweihundert Jahren Genaueres von unserem heutigen Tun und Lassen wissen wollte, mit einem solchen Buch bestens bedient wäre.«
Österreichischer Rundfunk, Wien

Weißwein und Aspirin

Hirnrissige Geschichten

Beim Namen Kurt Lanthaler denkt man vor allem an seine Tschonnie-Tschenett-Romane. Die pointierten Geschichten des Bandes *Weißwein und Aspirin* zeigen neue erzählerische Aspekte von überraschender Vielfalt.

»Lanthaler zeigt, daß die Short-Story längst nicht so tot ist, wie viele Rezensenten gern behaupten. Eine lakonische, brillant zurechtgefeilte Sprache, die präziser und disziplinierter nicht sein könnte. Lanthalers bestes Buch!« *Michael Horvath/Buchkultur, Wien*

»Pointierte Geschichten, hintergründig, skurril und vor allem witzig.« *Christine Hofer/Tip, Innsbruck*

Alfred Komarek im Diogenes Verlag

Alfred Komarek, geboren 1945 in Bad Aussee, lebt als freier Schriftsteller in Wien. Zahlreiche Publikationen (Kurzprosa, Essays, Feuilletons) sowie Arbeiten für Hörfunk und TV, mehrere Landschaftsbände, u. a. über die Umgebung von Wien, das Salzkammergut, das Ausseerland und das Weinviertel sowie kulturgeschichtliche Bücher. Alfred Komareks erster Kriminalroman Polt *muß weinen* wurde mit dem Glauser 1999 ausgezeichnet.

»Mit Simon Polt, dem gutmütigen, aber beharrlichen Gendarmerie-Inspektor, betritt ein Krimiheld die Bühne, von dem man sich wünscht, daß er mit seiner stillen, schüchternen und schlichten Art noch viele Fälle zu lösen haben wird.« *Salzburger Nachrichten*

Polt muß weinen
Roman

Blumen für Polt
Roman

Himmel, Polt und Hölle
Roman

Polterabend
Roman

Die Villen der Frau Hürsch
Roman